EVEREST
1930

DEBORAH LEVY

Oyun yazarı, romancı ve şair Deborah Levy, 1959 yılında Güney Afrika'da doğdu. Eserleri Royal Shakespeare Company tarafından sahnelendi. Romanları arasında *Swallowing Geography* (1993), *The Unloved* (1994) ve 2012 yılında Man Booker Ödülü finalisti olan *Eve Yüzerken* (2011) bulunmaktadır. *Siyah Votka* (2018) ve *Bilmek İstemediğim Şeyler* (2019)'da Everest Yayınları tarafından yayınlandı.

EDA İŞLER

1988 doğumlu. İngilizce öğretmeni. Öyküleri bugüne dek çeşitli dergilerde yayınlandı. İlk kitabı *Kaza Süsü*, Nisan 2019'da Dergah Yayınlarından çıkmıştır..

DEBORAH LEVY

SICAK SÜT

Türkçesi: Eda İşler

§

Yayın No **1930**
Çağdaş Dünya Edebiyatı **263**

Sıcak Süt
Deborah Levy

Kitabın özgün adı: *Hot Milk*

Editör: Emre Tokcael
İngilizce aslından çeviren: Eda İşler
Kapak tasarımı: Emir Tali
Sayfa tasarımı: Muzaffer Aysu

1. Basım: 2020, Everest Yayınları

ISBN: 978 - 605 - 185 - 479 - 3
Sertifika No: 43949

Baskı ve Cilt: Melisa Matbaacılık
Matbaa Sertifika No: 45099
Çiftehavuzlar Yolu Acar Sanayi Sitesi No: 8
Bayrampaşa/İstanbul
Tel: (0212) 674 97 23 Faks: (0212) 674 97 29

EVEREST YAYINLARI
Ticarethane Sokak No: 15 Cağaloğlu/İSTANBUL
Tel: (0212) 513 34 20-21 Faks: (0212) 512 33 76
e-posta: info@everestyayinlari.com
www.everestyayinlari.com
www.twitter.com/everestkitap
www.facebook.com/everestyayinlari
www.instagram.com/everestyayinlari

Everest, Alfa Yayınları'nın tescilli markasıdır.

SICAK SÜT

2015. Almería. Güney İspanya. Ağustos.

Bugün bilgisayarımı plajdaki barda yere düşürdüm. Koltuğumun altında sımsıkı tutuyordum. Sonra bir anda ne olduysa oldu, zarf şeklinde tasarlanmış siyah kılıfından kayıp beton zemine düştü, hem de yüz üstü. Ekranı artık paramparça; neyse ki hâlâ çalışıyor. Tüm hayatım bilgisayarın içinde ve hakkımda kimsenin bilmediklerini biliyor.

Yani demem o ki, o kırılırsa ben de kırılırım.

Ekran koruyucum, yıldızlarla dolu menekşe rengi bir gece göğü, takımyıldızlar ve adını Latince *lactea*[1] dan alan samanyolu. Annem yıllar önce samanyolunu γαλαξίας κύκλος şek-

---

1 *Lat.* Süt (ç.n.)

linde yazmam gerektiğini söylerdi. Babamın doğduğu yer olan Selanik'in otuz dört mil doğusundaki Halkidiki'de samanyoluna gözlerini dikip bakarmış Aristo. En eski yıldız yaklaşık on üç milyar yıllık, oysa benim ekran koruyucumdaki yıldızlar daha iki yıllık, üstelik de Çin malı. Ekrandaki evrene gelince, o da artık paramparça.

Bu konuda yapabileceğim bir şey yok. Aslında yakınlardaki köhne kasabada bir internet kafe var ve sahibi de ufak tefek teknik sorunları tamir ediyor ama yeni ekran taktırmak için bilgisayarın servise gönderilmesi gerekebilir ve geri dönmesi de bir ayı bulabilir. Bir ay sonra hâlâ burada olacak mıyım bakalım? Bilmiyorum. Yan odada cibinliğin altında uyuyan hasta anneme bağlı bu. Uyanır birazdan ve "Su getir, Sofia," diye bağırır. Ben gider, ona su getiririm ama o su mutlaka kusurlu olur. Suyun başka anlamlara gelip gelmediğini bilmiyorum ama su hakkındaki bütün bilgi birikimimle ona doğru olduğunu düşündüğüm suyu getireceğim: Dolaptan bir şişe içinde, dolapta olmayan bir şişe içinde ya da ısıtıcıyla kaynatılıp soğumaya bırakılmış. Ekran koruyucumdaki yıldız kümelerine bakınca, garip bir şekilde zamanın dışına çıkıp dolaştığım oluyor.

Saat daha on bir. Şu an denize sırtımı vermiş uzanıyor, sahici bir göğe ve samanyoluna bakıyor olabilirdim. Ama bunun yerine denizanalarını düşünüp geriliyorum. Dün öğleden sonra kolumu sokup mosmor bir iz bıraktılar. Can havliyle kızgın kumlarda yalınayak koşup, tüm işi denizanalarının soktuğu turistlerle ilgilenmek olan bir öğrenciden (saçlı sakallı bir tipti) biraz merhem almaya gittim. Çalıştığı revir kulübesi plajın sonundaydı. Bana denizanalarına İspanyolcada medusa dendiğini söyledi. Medusa'nın, lanetlendikten sonra gözlerine bakan herkesi taşa çevirmeye başlayan bir Yunan tanrıçası olduğunu sanıyordum. Neden denizanası o tanrıçanın adıyla anılıyordu ki? Haklısın, dedi, tahminine göre denizanasının dokunaçları, resimlerdeki iç içe geçmiş yılanlar gibi kıvrılan Medusa'nın saçlarını andırıyordu, nedeni buydu.

Revir kulübesinin dışında Medusa baskılı sarı bir tehlike flaması görmüştüm. Uzun sivri dişleri ve delice bakan gözleri vardı.

"Medusa bayrağı dalgalanırken, yüzmemen en doğrusu olur. Gerçekten, kendi iyiliğin için."

Isıtılmış deniz suyuna batırdığı pamuğu sokulan yerlere hafifçe dokundurarak gezdirdi ve benden dilekçeye benzer bir formu doldurup imzalamamı istedi. O gün plajda denizanalarının soktuğu insanların listesiydi. Adımı, yaşımı, işimi ve doğum yerimi yazmam gerekiyordu. Kolu kabarcıklarla dolu ve dayanılmaz acılar içinde olan birine bu kadar yüklenmek doğru muydu? Söylediğine göre İspanya'nın durağan ekonomisine rağmen reviri açık tutmaları için formu doldurmam şarttı. Turistler bu kulübeyi kullanmasa işsiz kalırdı; yani bir anlamda medusalara minnettardı. Ne de olsa ağzına ekmek, motorlu bisikletine benzin koyuyorlardı.

Göz ucuyla forma bakarken medusaların yediden yetmişe herkesi soktuğunu gördüm; çoğu İspanya ve çevresinden gelmişti, sonra birkaç İngiliz turist ve de Trieste'den gelen biri vardı. Hep Trieste'ye gitmek istemişimdir çünkü şehrin ismi *tristesse* sözcüğüne benziyor; her ne kadar Fransızca hüzün anlamına gelse de bana daha sıcak bir anlamı çağrıştırıyor.

İspanyolcası *tristeza* ise Fransızcadaki hüzünden biraz daha ağır; fısıltıdan ziyade boğuk bir inilti gibi geliyor kulağa.

Yüzerken hiç denizanası görmemiştim ama öğrenci bana dokunaçlarının çok uzun olduğunu ve uzaktan da sokabildiklerini söyledi. Kolumu ovmakta olduğu işaret parmağı merhemle yapış yapış olmuştu. Denizanaları konusunda epey bilgili görünüyordu. Medusalar şeffafmış çünkü yüzde doksan beşleri suymuş, böylece kolaylıkla gizleyebilirlermiş kendilerini. Bütün okyanuslarda bu kadar çok sayıda olmalarının nedeniyse aşırı balıkçılıkmış. Öncelikle, kolumdaki izleri kaşımadığımdan, ovmadığımdan emin olmamız gerekiyormuş. Kolumda hâlâ denizanası hücreleri olabilir ve soktukları yer ovuldukça daha fazla zehir yayılabilirmiş; ama neyse ki onun merhemi zehirli hücreleri etkisiz hale getiriyormuş. O konuşurken ben sakallarının altında medusa gibi titreşen yumuşak, pembe dudaklarını inceliyordum. Boyu parmağımın ucu kadar olan bir kurşun kalemi uzatıp formu doldurmamı söyledi.

İsim: Sofia Papastergiadis

Yaş: 25

Ülke: Birleşik Krallık

Meslek:

Denizanalarının ne iş yaptığımla ilgilenmediği ortada, öyleyse ne anlamı var ki bu sorunun? Hassas noktam bu benim, kolumdaki yaradan daha acı verici; kimsenin söyleyemediği, telaffuz edemediği soyadımdan bile daha büyük bir sorun benim için. Ona antropoloji okuduğumu ve geçici olarak Batı Londra'da bir kafede çalıştığımı söyledim. Adı Kahve Evi, içeride bedava internet ve yenilenmiş kilise sıraları var. Kendi kahve çekirdeklerimizi kavuruyor ve üç çeşit espresso yapabiliyoruz... Yani bu "meslek" kısmına ne yazacağımı bilmiyorum ben.

Öğrenci, sakalını çekiştiriyordu. "Yani siz antropologlar ilkel insanlar üzerine mi çalışıyorsunuz?"

"Evet ama şu ana dek üzerinde çalıştığım tek ilkel insan benim."

Aniden Britanya'nın o hafif rüzgârlı, nemli parklarını özlediğimi hissettim. İlkel bedenimi yaprakları arasında denizanaları olmayan yemyeşil çimenlerin üzerinde sımsıkı germek istedim. Almería'da, golf sahaları dışında hiç yeşillik yoktu. Tozlu, çorak tepeleri öylesine kuruydu ki vaktiyle Spagetti Western filmlerini burada çekiyorlardı – hatta bir tanesinde Clint Eastwood bile oynamıştı. Gerçek kovboyların dudakları muhtemelen her daim çatlaktı. Dudaklarım güneşten kupkuru olduğundan her gün dudak kremi kullanıyordum. Belki kovboylar da hayvansal yağ kullanıyorlardı? Gözlerini uçsuz bucaksız gökyüzüne dikip öpüşmeleri, okşamaları özlüyorlar mıydı acaba? Onların dertleri de tıpkı benim ekran koruyucumdaki galaksiye baktığımda kaybolan dertlerim gibi silinip gidiyor muydu uzayın gizemli boşluğunda?

Öğrenci, denizanaları konusunda olduğu kadar antropoloji hakkında da epey bilgili görünüyordu. Hazır ben İspanya'daydayken "özgün bir saha çalışması" için fikir vermek istiyordu. "Almería'yı boydan boya kaplayan beyaz plastik yapıları gördün mü?"

Hayalet gibi görünen o beyaz plastikleri *görmüştüm* evet. Gözün görebildiği bütün ova ve vadilerin ötesine uzanıyorlardı.

"Sera onlar," dedi. "O çöl tarlalarının içinde hava kırk beş derecenin üstüne çıkabiliyor. Kaçak göçmenler süpermarketler için domates ve biber topluyor orada. Ama yaptıkları iş hemen hemen kölelik."

Ben de öyle düşünüyordum. Saklı olan her zaman ilgi çeker. Üzerine örtü geçirilmiş bir şeyin altı asla boş değildir. Çocukken, kimsenin beni görmemesi için ellerimle yüzümü kapardım. Sonra fark ettim ki suratımı saklamam beni daha da görünür kılıyordu; çünkü herkes ellerimin altında neyi sakladığımı merak ediyordu.

Formda yazan soy ismime baktı, sonra da eklem yeri hâlâ oynayabiliyor mu diye kontrol eder gibi sol elinin başparmağını bükmeye başladı.

"Yunansın değil mi?"

Dikkatini verememesi rahatsız ediciydi. Asla dosdoğru yüzüme bakmıyordu. Ezberden anlatmaya başladım: Babam Yunan, annem İngiliz, bense Britanya'da doğdum.

"Yunanistan, İspanya'dan daha küçük bir ülke ama borçlarını ödeyemiyor. Hayalleri suya düşmüş bir ülke."

Ekonomiden mi bahsediyor olduğunu sordum. "Evet," dedi. Granada Üniversitesi'nde Felsefe alanında yüksek lisansını yapıyor ve yaz dönemi için plajdaki revir kulübesinde iş bulduğu için kendini şanslı sayıyordu. Mezun olduğunda Kahve Evi eleman arıyor olursa, kalkıp Londra'ya giderdi. Neden Yunanistan'ın hayallerinin suya düştüğünü söylediğini bilmiyordu çünkü buna inanmıyordu. Muhtemelen bir yerlerde okumuştu ve diline yapışıp kalmıştı. Ama "hayaller suya düştü" gibi bir deyim kesinlikle ona ait değildi. Öncelikle, o hayali kuran kimdi? İkinci olarak da bildiği tek kamuya mal olmuş hayal muhtemelen Martin Luther King'in konuşmasında geçen, "Benim bir hayalim vardı..." cümlesindeki hayaldi. Burada ima edilen hayal de bir zamanlar başlamış ve artık bitmiş bir şeye karşılık geliyordu. Yalnızca hayali kuran kişi onun bittiğini söyleyebilirdi, başkalarının onun yerine böyle bir şey söylemeye hakkı yoktu.

Daha sonra bana Yunanca bir cümle söyledi ve benden Yunanca bilmediğim yanıtını alınca şaşkına döndü.

Papastergiadis gibi bir soyada sahip olup da babanızın dilini konuşamamak daima utanç kaynağıdır.

"Annem İngiliz."

"Evet," dedi o muhteşem İngilizcesiyle. "Yunanistan'a sadece bir kere, İskados Adası'na gittim ama birkaç deyimi aklımda tutmayı becerebildim."

Sanki yeterince Yunan olmadığım için beni hafifçe aşağılıyor gibiydi. Babam annemi terk ettiğinde beş yaşındaydim, annem İngiliz ve benimle de çoğunlukla İngilizce konuşuyor. Bu durumu ona açıklamak zorunda mıydım peki? Bildiğim kadarıyla onu yalnız denizanası vakaları ilgilendiriyordu.

"Seni annenle meydanda gördüm."

"Doğrudur."

"Yürümekte zorluk mu çekiyor?"

"Rose bazen yürüyebiliyor, bazense yürüyemiyor."

"Annenin adı Rose mu?"

"Evet."

"Adıyla mı hitap ediyorsun ona?"

"Evet."

"Anne demiyor musun?"

"Hayır."

Revir kulübesinin köşesinde duran ufak buzdolabının vızırtısı, buz gibi ölü olduğu halde hâlâ nabzı atan bir şeyi andırıyordu. İçinde su şişeleri var mı diye merak ettim. *Agua con gas, agua sin gas.*[2] Suyu annem için daha doğru hale nasıl getirebilirim diye düşünüp duruyordum.

Öğrenci saatine baktı. "Buraya sokma vakası ile gelen herkesin beş dakika kalması gerekiyor. Böylelikle kalp krizi veya başka bir reaksiyon geçirmediğinizden emin oluyoruz."

Boş bıraktığım "Meslek" bölümünü bir kez daha işaret etti.

Kolumdaki ağrının etkisiyle belki de, ona içler acısı küçük hayatımdan söz ederken buldum kendimi. "Bir işim yok ama bir meşguliyetim var: Annem, Rose."

Ben konuşurken parmaklarını dizlerinde gezdiriyordu.

"Buraya, İspanya'ya Gómez Kliniği'ni ziyaret edip bacaklarındaki sorunun ne olduğunu bulmak için geldik. İlk randevumuz üç gün sonra."

"Annenin bacakları felçli mi?"

"Bilmiyoruz. Hastalığı bir süredir gizemini koruyor."

Streç filme sarılı büyük bir parça beyaz ekmeği karşımda açmaya başladı. Denizanası sokması tedavisinin bir parçası sandım ama en sevdiği öğle yemeği olduğunu söylediği fıstık ezmeli sandviç çıktı ortaya. Ufak bir ısırık aldı. Çiğnerken kara, yağlı sakalı da yerinde durmuyordu. Belli ki Gómez Kliniği'ni biliyordu, önemli bir yerdi. Bize sahildeki bölmeli daireyi kiralayan kadını da tanıyordu. O evi merdivenleri olmadığı için seçmiştik. Her şey tek bir zeminin üzerinde, içinde yan yana iki yatak odası var, mutfağı da odaların hemen

2 *İsp.* Maden suyu, normal su (ç.n.)

dışında. Meydana, kafelere, Spar'a[3] çok yakın. Ayrıca Escuela de Buceo y Náutica'nın[4], yani lomboz şeklinde pencereleri olan iki katlı, beyaz parkeli dalgıçlık kursunun da bitişiğinde. Kursun resepsiyon bölümü boyanıyor şu an. İki Meksikalı adam her sabah kocaman beyaz boya tenekeleriyle işe koyuluyor. Havlayan, cılız bir Alman kurdu bütün gün kursun çatı katındaki demir çubuğa bağlı duruyor. Kursun müdürü Pablo'nun köpeği ama Pablo gün boyu bilgisayar başında *Infinite Scuba*[5] diye bir oyun oynuyor. Gözü dönmüş köpek de zinciri çekiştirip duruyor ve düzenli olarak kendini çatıdan atmaya çalışıyor.

Öğrenci de benimle aynı fikirdeydi, "Kimse sevmez Pablo'yu," dedi. "Tavuğu canlı canlı yolacak tip var herifte."

"Antropolojik saha çalışması için ideal bir konu," diye yanıtladım.

"Hangi konu?"

"Neden kimsenin Pablo'yu sevmediği konusu."

Üç parmağını havaya kaldırdı. Bundan üç dakika daha revirde kalmam gerektiğini anladım.

Sabahları dalgıçlık kursundaki erkek görevliler öğrencilere dalgıç kostümlerini nasıl giyeceklerini öğretiyor. Onlar da zincire vurulmuş köpekten huzursuz olsa da yapmak zorunda oldukları işleri ihmal etmiyorlar. İkinci görevleri, bir huni aracılığıyla plastik tanklara benzin dökmek ve onları kumların üzerinden elektrikli bir araçla geçirip tekneye yüklemek.

---

3 Spar, bağımsız olarak sahip olunan ve işletilen gıda perakende mağazalarını yöneten çok uluslu bir grup. Marketler zinciri. (ç.n.)

4 *İsp.* Dalgıçlık ve Denizcilik Okulu (ç.n.)

5 *İng.* Sonsuz Skuba (ç.n.)

Bu, genellikle o esnada çadırını kurmakta olan İsveçli masör Ingmar'a kıyasla oldukça karmaşık bir teknoloji. Ingmar, masaj yatağının ayaklarına pinpon topları takıyor ve kumların üzerinde kaydırarak götürüyor. Sanki dalgıçlık kursuyla tesadüfen bitişik daireleri paylaşıyor olmamız, zavallı alman kurdunun bir diğer sahibi olmamı gerektiriyormuş gibi gelip bana Pablo'nun köpeğinden yakınıyor. Ingmar'ın müşterileri, köpeğin havlamaları, inlemeleri ve kendini öldürme girişimleri yüzünden aromaterapi masajları boyunca asla doğru dürüst rahatlayamıyormuş.

Revirdeki öğrenci nefes almaya devam edip etmediğimi sordu.

Beni burada tutmak istediğini düşünmeye başlıyorum artık.

Bir parmağını kaldırdı. "Bir dakika daha benimle kalmak zorundasın. Sonrasında nasıl hissettiğini yeniden sormam gerekiyor."

Daha büyük bir hayat istiyorum.

En çok da başarısız biri olduğumu hissediyorum; ama yine de müşterilerin neden bir çamaşır makinesini diğerine tercih ettiğini araştıracağım bir iştense Kahve Evi'nde çalışmayı tercih ederdim. Okuldan arkadaşlarımın çoğunun sonu kurumsal şirketlerde etnograflık oldu. Etnografi kültür incelemesi demekse, piyasa araştırması da bir çeşit kültür incelemesi sayılır (insanlar nerede yaşar, ne tür yerlerde ikamet eder, kıyafetleri yıkama görevi toplumun hangi bireyleri arasında paylaşılır vs.) fakat neticede mesele çamaşır makinesi satmaktan ibarettir. Ben daha hamağa uzanıp gölgelikte otlanan kutsal bizonu[6]

---

6 Tarih, dans, folklor, doğa ve bizonlarla ilişki kuran bir Kızılderili kabilesinin de isim kaynağı. Yazar, İspanya'da olmasına vurgu yapıyor. (ç.n.)

izlediğim özgün bir saha çalışmasını istediğimden bile emin değilim.

Neden Herkes Paul'den Nefret Ediyor konusunun iyi bir fikir olduğunu söylediğimde şaka yapmıyordum.

Hayallerim suya düştü. Her şey o sonbahar, çantamı sırtlayıp üniversiteye gittiğimde, ayakları sakat annemi Doğu Londra'daki bahçemizde armut toplasın diye yapayalnız bıraktığımda başladı. Okulu birincilikle bitirdim. Yüksek lisansa başladığımda da kendini esirgemedi başarı benden, ta ki annem hastalandığında doktora eğitimimi yarıda bırakıncaya dek. Tamamlanmamış doktora tezim, ekranı paramparça bilgisayarımın içindeki bir dosyada, faili meçhul bir cinayet gibi duruyor şimdi, gizemini koruyor, hiç renk vermiyor.

Evet, bazı şeyler giderek büyüyor (hayatta yönümü bulamamam mesela) ama iyi şeyler değil. Kahve Evi'ndeki bisküviler büyüyor (kafam kadar oluyorlar), faturalar büyüyor (faturaların üzerinde öyle çok rakam var ki kendi başlarına birer saha çalışması bile olabilirler), ayrıca kalçalarım da büyüyor (o kadar sandviçten, pastadan sonra olacağı bu). Ama bankadaki param giderek küçülüyor, tıpkı tutku meyvelerinin küçüldüğü gibi (oysa narlar giderek irileşiyor,[7] hava her geçen gün daha da kirleniyor ve haftanın beş günü Kahve Evi'nin üstündeki depoda geceliyor olmam yüzünden içimdeki utanç büyüyor). Londra'da çoğu gece çocuk yatağı kadar ufak bir yatakta kü-

7 Elips biçimli tutku meyvesinin diğer adı da mor granadiladır. Tutku meyvesinin buruşuk, mor-kahverengi bir kabuğu ve içinde de narınkini andıran çekirdekleri vardır. Öyle ki, İspanyolcada granadila küçük nar demektir. Yazar burada narların büyüyüp tutku meyvelerinin küçülüyor olduğunu söyleyerek bu duruma atıfta bulunuyor. (ç.n.)

tük gibi uyuyorum. İşe geç kalmak için hiçbir bahanem yok. İşimin en korkunç yanı kablosuz seyahat fareleriyle şarj cihazlarını ayıklamamı isteyen müşteriler. Ben bir yandan onların boş fincanlarını toplayıp diğer yandan peynirli keklere etiket yapıştırırken onlar bir başka yere gitmek üzere yola düşmüş oluyorlar.

Dikkatimi kolumda zonklayan ağrıdan uzaklaştırmak için ayağımı sertçe yere vurdum. Ve o an fark ettim ki boyundan bağlamalı bikinimin ipleri çözülmüş, memelerim de ben ayağımı yere vurdukça özgürce hopluyor. Denizanası beni muhtemelen yüzerken soktuğuna göre, plajı koşarak geçip revir kulübesine vardığımda üstümde bikini falan yoktu. Sohbetimiz boyunca öğrencinin gözlerini nereye sabitleyeceğini bir türlü bilememesi de bu yüzdendi demek ki. İpleri bağlarken arkamı döndüm.

"Nasıl hissediyorsun?"

"İyiyim."

"Artık gitmekte özgürsün."

Geriye döndüğümde üzerleri yeni örtülmüş memelerime kaçamak bir bakış attı.

"Hâlâ şu 'Meslek' kısmını doldurmadın."

Kalemi elime aldım ve sonunda şöyle yazdım: GARSON.

Annem, Gómez Kliniği'ndeki ilk randevusunda giyeceği ayçiçeği desenli sarı elbisesini yıkamamı emretti. Dert değildi benim için, elbiseleri elimde yıkamayı ve güneşte kurumaları için dışarıya asmayı severim. Öğrencinin kolumun her yerini merheme bulamasına rağmen yara yeniden sızlamaya başladı. Yüzüm de yanıyordu ama bence formdaki "Meslek" bölümünü doldurmakta yaşadığım güçlüktü nedeni. Sanki medusa, zehrini yavaş yavaş içime damlatıyordu. Pazartesi günü annem, uzman doktora hastalığının semptomlarını bir tepsiye dizdiği gizemli kanepeler gibi sunacak. Ben de o tepsiyi tutuyor olacağım.

İşte gidiyor. Güzeller güzeli Yunan kız bikinisiyle plajda yürüyor. Onun vücuduyla benimki arasında gizemli bir gölge var. Yürürken arada bir ayaklarını kumda sürüyor. Güneş kremini sırtına sürecek kimse yok, evet buraya, yok oraya değil, hah, işte oraya, diyebileceği bir kişi bile yok yanında.

Doktor Gómez

Bunca yolu bir şifacı bulmaya geldik. Bizi Gómez kliniğine götürmesi için tuttuğumuz taksicinin neden bu kadar gergin olduğumuzdan ya da neyin bu denli önemli olduğundan haberi bile yoktu.

Annemin altmış küsur yıllık bacak tarihinde yeni bir sayfa açmak istemiştik ve o sayfa bizi Güney İspanya'daki bu çölümsü şehre sürüklemişti.

Öyle kolay açılmadı bu sayfa. Gómez Kliniği'ne vereceğimiz ücreti karşılasın diye Rose'un evini ikinci kez ipotek etmek zorunda kaldık. Masraflar toplamda yirmi beş bin euro tutuyordu. Kaybetmeyi göze alamayacağınız kadar yüklü bir miktardı bu, özellikle de benim gibi kendinizi bildiniz bileli annenizin hastalık bulgularının izini sürüyorsanız.

Bugüne dek kendi başıma yaptığım araştırmalar yirmi beş yıllık hayatımın yirmi yılını kapsıyor. Belki de daha fazlasını. Daha dört yaşındayken ona baş ağrısının nasıl bir şey olduğunu sormuştum. O da bana kafasının içinde bir kapının çarpmasına benzediğini söylemişti. İyi bir akıl okuyucu olmuşumdur hep, karşımdakiyle kolaylıkla empati kurabilirim. Bu yüzden onun kafasına vurulan kapılar benim kafama da çarpıyordu. Kafasına hiç durmadan çarpan onlarca kapının sesini ben de duyuyordum, hepsi bütün bütüne beni de içine alıyordu.

Ben kendimi bu hastalığın gizeminin üzerindeki örtüyü kaldırmaya çalışan uyuşuk bir dedektif sanıyorsam, bu onun hastalığını çözülmemiş bir cinayet mi yapıyor? Şayet öyleyse, kim cani, kim kurban? Ağrı ve sızılarını, bu ağrıların tetikleyicilerini ve nedenlerini yorumlamaya çalışmak, benim gibi bir antropolog için de iyi bir egzersiz sayılır aslında. Büyük bir aydınlanmanın eşiğinde olduğumu düşündüğüm, cesetlerin nerelere gömüldüğünü bildiğimi sandığım zamanlar olmuştu ama hepsi bir kez daha yanılmak içinmiş. Rose, her seferinde kendisine sunulan bütünüyle yeni ve gizemli bir tedavi için bütünüyle yeni ve gizemli bir bulgu ortaya koyuyor. İngiltere'deki doktorlar ayakları için antidepresan yazmıştı en son. Söylediklerine göre ayaklarındaki sinir kaybını tedavi etmek içindi.

Klinik, çimento fabrikasıyla ünlü Carboneras kasabasına yakındı. Arabayla yarım saatlik mesafedeydi. Taksideki klima, çöl sıcağını Rus kışına döndürdüğü için annemle arka koltukta titriyorduk. Şoför bize *carboneras* kelimesinin kömür ambarı anlamına geldiğini söyledi. Dağlar da bir zamanlar ormanlarla çevriliydi ama kömür elde etmek için hepsini kesmişlerdi. Her yer "fırında" yakılmak üzere çırılçıplak bırakılmıştı.

Sorun olmayacaksa klimayı kapatmasını söyledim. Klimanın otomatik olduğunda ısrar etti, yani istese de kısamazdı ama nerede temiz plaj, temiz su bulabileceğimiz konusunda tavsiyeler verebilirdi.

"En iyi plaj 'Ölüler Plajı' anlamına gelen Playa de los Muertos'tur. Kasabanın yalnızca beş kilometre güneyinde. Yirmi dakika yürüyerek dağdan aşağı doğru ineceksiniz. Yoldan ulaşım yok."

Rose öne doğru eğilip adamın omzuna vurdu. "Benim kemik rahatsızlığım yüzünden buradayız, yürüyemiyorum ben." dedi. Sonra da suratını ekşitip üzerinde bir tespih asılı olan dikiz aynasına baktı. Rose kuvvetli bir ateistti, babamın din değiştirmesinden sonra kendini inançsızlığa daha da adamıştı. Dudakları arabadaki aşırı soğuktan morarmaya başladı. "Ölüler Plajı demişken –konuşurken sesi titriyordu– henüz oraya gitmedim ama cehennem ateşinde yanmaktansa temiz sularda yüzmenin daha cazip olduğunu az çok tahmin edebiliyorum. Gün gelecek dünyadaki tüm ağaçların kesilmesi, her bir dağın kömür elde etmek için çırılçıplak soyulması gerekecek." Yorkshire aksanı, tartıştığı konudan zevk aldığı zamanlardaki gibi keskinleşmişti.

Şoförün dikkati direksiyona konan sinekteydi. "Dilerseniz dönüş yolunda da benim taksiyi kiralayabilirsiniz?"

"Aracınız sıcak olursa belki." Taksinin ısısı yükselince Rose'un ince, mavi dudaklarının kenarlarında gülümsemeye benzeyen bir kıvrım çizildi.

Saplanıp kaldığımız Rus kışından çıkmış, daha ziyade İsveç kışına sürüklenmiştik.

Pencereyi açtım. Vadi, revirdeki öğrencinin dediği gibi boydan boya beyaz plastiklerle örtülüydü. Çöl tarlaları araziyi cansız, hastalıklı bir ten gibi solduruyordu. Sıcacık bir rüzgâr, gözlerimin üstüne düşen saçlarımı okşarken Rose da kafasını sızlayan omzuma koymuştu. Daha az acı veren bir pozisyona geçmeye cesaret edemedim çünkü korktuğunu biliyordum; bu durumda yapmam gereken acı duymuyormuşum gibi davranmaktı. Şefkat ya da umut dileneceği bir tanrısı yoktu. Hayatı, insani bir yakınlığa ve ağrı kesicilere bağlıydı.

Şoför, taksiyi etrafı palmiyelerle çevrili Gómez Kliniği'ne çevirirken, broşürlerde "büyük ekolojik öneme sahip küçük bir vaha" olarak tanıtılan bahçelere takıldı gözlerimiz. İki göçmen güvercin mimoza ağaçlarının altında birbirlerine sokulmuş duruyordu.

Kliniğin kendisi de yakılmış dağlara oyulmuştu sanki. Krem renkli mermerden yapılmış, kubbe şeklindeki yapı, baş aşağı konmuş devasa bir fincana benziyordu. Daha önce Google'da birçok kez aratmıştım ama sanal bir sayfa, kanlı canlı orada bulunulduğunda duyulan sakinlik ve rahatlık hissini iletemiyordu. Giriş, binanın geneliyle tezat oluşturacak şekilde, bütünüyle camdan yapılmıştı. Mor tomurcuklar açan dikenli çalılar ve bodur, dolaşık, gümüşi kaktüslerle kubbenin eğrisi boydan boya yeşillendirilmiş, çakıl taşlarıyla kaplı girişte küçük servis minibüsünün yanına bir de taksi park edebilsin diye yer bırakılmıştı.

Rose ile arabadan inip cam kapılı girişe yürümek tam on dört dakika sürdü. Geleceğimizi tahmin etmiş, ikimizin de girmek istediği halde teklif beklediğini anlamış gibi kapıyı bizim için sessizce açtılar.

Gözlerim dağın eteklerinde uçuşan Akdeniz'in derin mavi sularına takılıp daldı ve içim huzurla doldu.

Resepsiyonist, Sinyora Papastergiadis diye seslenince hemen Rose'un koluna girdim ve mermer zemin üzerinde birlikte topallaya topallaya masaya doğru yürüdük. Evet, birlikte topallıyoruz biz. Yirmi beş yaşındayım ve anneme ayak uydurabilmek için onunla birlikte topallıyorum. Benim bacaklarım onun bacakları. Bitmek bilmeyen yollarımız biraz da böyle çekiliyor aslında. Ebeveynler emeklemeyi yeni bırakmış çocuklarıyla nasıl yürüyorsa, yetişkin çocuklar da ihtiyaç duyduklarında anne babalarına böyle omuz veriyor işte. Oysa sabah erken saatlerde annem birkaç saç tokası almak için kendi başına Spar'a yürümüştü. Dayanmak için baston bile almamıştı yanına. Ama derhal kovuşturdum bunu aklımdan.

Resepsiyonist, tekerlekli sandalyeyle bekleyen bir hemşireye yönlendirdi beni. Rose'u başka birine devretmek, sandalyesini iten hemşirenin arkasından yürürken onu seyretmek, kızın yürürken sallanan kalçalarına, beyaz, saten bir kurdele ile bağladığı uzun, parlak, atkuyruğu saçlarına hayranlıkla bakmak iyi geldi. Her zamankinden farklı bir yürüyüştü bizim için; acıdan bütünüyle uzak, aile bağlarını kuvvetlendiren, uzlaştıran bir yolculuktu. Hemşirenin gri süet topuklu ayakkabıları, mermer koridorlarda yumurta çatlamasına benzeyen bir ses çıkarıyordu. Üstünde ahşap cilalı bir tabelada altın harflerle Bay Gómez yazılı bir kapının önünde durdu, kapıyı tıklattı ve bekledi.

Tırnakları parlak kırmızı ojeliydi.

Evden buraya kadar upuzun bir yolculuğu yüklenerek gelmiştik. Sonunda duvarlarından kehribar şeritler geçen o kavisli koridorda olmak, bir çeşit hac gibi, son bir şans gibiydi bizim için. İngiltere'de, sayıları günden güne artan doktorlarımız karanlıkta, kafaları karışık bir halde, özensiz, umursamaz, uyuşuk, el yordamıyla bir teşhis aradı yıllarca. Ama artık son yolculuğumuz olmak zorundaydı bu ve sanırım annem de farkındaydı. İçeriden bir adam bağıra çağıra İspanyolca bir şeyler söyledi. Hemşire külçe gibi kapıyı iterek açtı, sonra da gözüyle işaret edip "*artık sizin*" dercesine tekerlekli sandalyeyi bana devretti.

Doktor Gómez. Aylarca arayıp sonunda bulduğum ortopedi uzmanı. Altmışlarının başında, saçları büyük oranda kırlaşmış, sol kulağının üzerindeki saç yığınından da şaşırtıcı derecede parlak, beyaz bir şerit geçiyor. Çizgili bir takım elbise giymiş, elleri esmer, gözleri mavi ve ışıl ışıl.

"Teşekkürler Hemşire Günışığı," dedi kıza, sanki kas ve iskelet sistemlerinde uzmanlaşmış bir doktorun personeline hava koşullarından ilham alan bir isim takması normalmiş gibi. Kızın haline bakılırsa düşüncelerini Sierra Nevada'da gezintiye çıkarmıştı. Kapının önünde öylece dikiliyordu.

Sesini yükseltip bir de İspanyolca tekrar etti adam, "Gracias, Enfermera, Luz del Sol." [8]

Kız bu sefer kapıyı kapatıp çıktı. Topuklarının yumurta kırılmasını andıran sesi yeniden duyuldu; önce yavaştı adımları, sonra birden hızlandı. Koşmaya başlamıştı. Topuklarının yankısı uzun süre kulağımda kaldı.

---

8 *İsp.* Teşekkürler Hemşire Günışığı.

Doktor Gómez Amerikan aksanlı İngilizce konuşuyordu. "Buyurun. Size nasıl yardımcı olabilirim?"

Rose şaşırdı. "Aslında *ben* de *sizden* tam olarak bunu öğrenmek istiyorum."

Doktor Gómez gülümseyince altın kaplamalı ön dişleri ortaya çıktı. Antropolojideki ilk yılımda yeme alışkanlıklarını tahmin etmek için bir iskeletin kafatasını incelediğimizi hatırladım o an. Dişler çürüklerle doluydu ve bu da iskeletin çok fazla sert buğday çiğnediğini gösteriyordu. Kafatasını daha detaylı incelediğimizde ise çürüklerden birinin içine küçük bir bez parçasının sıkıştırıldığını görmüştük. Ağrıyı dindirmesi ve enfeksiyonu önlemesi için sedir yağına batırılmıştı.

Doktor Gómez ne çok cana yakın ne de fazla resmîydi. "Belgelerinizi bir süredir inceliyorum, Bayan Papastergiadis. Birkaç yıl kütüphanecilik yaptınız değil mi?"

"Evet. Sağlık durumum nedeniyle erken emekli olmak zorunda kaldım."

"Çalışmayı bırakmak istiyor muydunuz peki?"

"Evet."

"O halde sağlık durumunuz yüzünden emekli olmadınız?"

"Koşulların tamamı etki etti diyelim."

"Anlıyorum." Ne sıkılmış ne de ilgili görünüyordu.

"Görevim kitapları listelemek, dizinlemek ve tasnif etmekti."

Kafasını salladı ve gözlerini bilgisayar ekranına dikti. Dikkatini yeniden bize çevirmesini beklerken bir yandan da muayenehaneyi inceliyordum. Minimal döşenmişti. Bir lavabo. Kaldırılıp indirilebilen tekerlekli bir yatak ve hemen onun yanında duran gümüş rengi bir lamba.

Masasının arkasında ise deri ciltli kitaplarla dolu vitrinli bir dolap vardı. O an bana doğru bakan bir şey gördüm. Gözleri cin gibi meraklı, ışıl ışıl bakan bir şey. Küçük, gri, doldurulmuş bir maymun duvarın ortasındaki bir cam kutunun içinde çömelmiş vaziyette duruyordu. Gözleri insan kardeşlerinin üzerinde dondurucu bir bakışla sonsuza dek sabitlenmişti.

"Bayan Papastergiadis, ilk isminizin Rose olduğunu görüyorum."

"Evet."

Papastergiadis'i, Joan Smith der gibi kolayca telaffuz edebilmişti.

"Size Rose diyebilir miyim peki?"

"Evet, diyebilirsiniz. Ne de olsa adım bu. Kızım bile bana Rose diye seslenirken sizin de öyle demenizde hiçbir sakınca yok bence."

Doktor Gómez bana bakıp gülümsedi. "Annenize ismiyle mi hitap edersiniz?"

"Evet," dedim, önemsiz bir detaymış gibi, hızlıca. "Biz de size nasıl hitap etmemiz gerektiğiniz öğrenebilir miyiz Doktor Gómez?"

"Tabii ki. Uzman doktorum ben, Bay Gómez'im yani. Ama bu biraz fazla resmî olur. O yüzden siz en iyisi bana sadece Gómez deyin."

"Ha, bunu öğrendiğimiz iyi oldu." Annem kolunu kaldırmış firketesi hâlâ topuzunu tutuyor mu diye kontrol ediyordu.

"Daha altmış dört yaşındasınız değil mi Bayan Papastergiadis?"

Yeni hastasına adıyla hitap edebileceğini unutmuş muydu?

"Altmış dört yaşında ve elden ayaktan düşmüş biriyim."

"Yani kızınızı doğurduğunuzda otuz dokuz yaşındaydınız?"

Rose, boğazını temizler gibi öksürdü, kafasıyla onayladı ve sonra bir kez daha öksürdü. Gómez de öksürmeye başladı ve parmaklarını saçındaki beyaz şeride götürdü. Rose sağ bacağını hareket ettirip inledi. Gómez de sol bacağını hareket ettirip inledi.

Annemi taklit mi ediyordu yoksa onunla dalga mı geçiyordu emin olamadım. İnlemeler, öksürükler ve iç çekmelerle ilerleyen bir sohbetin içinde birbirilerini konuşmadan da anlıyorlar mı diye merak ediyordum.

"Sizi kliniğimde ağırlamak benim için zevk, Rose."

Elini uzattı. Annem de sanki eli tutacakmış gibi öne doğru eğildi ama sonra birden vazgeçti. Adamın eli havada kaldı. Anlaşılan sözsüz sohbetleri Rose'da güven uyandırmamıştı.

"Sofia, bana bir mendil ver," dedi.

Mendilini uzattım ve Gómez'le onun yerine tokalaştım. Ne de olsa onun eli benim elimdi.

"Ve siz de küçük Papastergiadis olmalısınız?" Küçük derken "ç"yi o kadar vurguladı ki neredeyse tükürecek sandım.

"Sofia benim tek kızım."

"Oğullarınız da mı var?"

"Dediğim gibi, o tek."

"Rose," diyerek gülümsedi. "Sanırım birazdan hapşıracaksınız. Havada polen falan mı var bugün? Ya da başka bir şey?"

"Polen mi?" dedi Rose alınmış gibi. "Çöldeyiz yahu. Bildiğim kadarıyla hiç çiçek yok burada."

Gómez de alınmış gibi yüzünü buruşturdu. "Daha sonra ben sizi bir tura çıkarayım da o bilmediğiniz çiçeklerin olduğu bahçelerimizle tanışın. Mor deniz lavantasını, muhteşem dikenli dallarıyla hünnap ağaçlarını, Fenike ardıçlarını ve sizin için Tabernas[9] yakınlarından ithal ettiğimiz çeşit çeşit çalı bitkilerini görün."

Tekerlekli sandalyeye doğru yürüdü, dizlerinin üzerine çöktü, annemin gözlerinin içine baktı. Rose hapşırmaya başladı. "Sofia, bir mendil daha ver."

Emre riayet ettim. Şimdi iki elinde de birer mendil vardı.

"Hapşırdıktan sonra sol koluma hep bir ağrı girer," dedi. "Keskin, şiddetli bir sızı. Hapşırığım bitene kadar kolumu tutmak zorunda kalırım."

"Neresi ağrır tam olarak?"

"Dirseğimin içi."

"Teşekkürler. Kafatası sinir taraması dahil detaylı bir nörolojik inceleme yapacağız."

"Bir de sol elimde kronik bir eklem ağrısı var."

Cevap olarak sol elinin parmaklarını maymuna doğru çevirip, ondan da aynısını yapmasını istiyormuş gibi, hareket ettirdi.

Bir süre sonra bana dönüp, "Benzerliği görebiliyorum. Ama siz daha esmersiniz küçük hanım. Ten renginizse daha solgun. Saçlarınız neredeyse siyah. Oysa annenizin saçları kumral. Burnunuz onunkinden daha büyük. Gözleriniz kahverengi. Annenizin gözleriyse mavi, tıpkı benimkiler gibi." dedi.

"Babam Yunan ama ben Britanya'da doğdum."

Soluk tenli olmanın inciten bir yanı mı vardı, yoksa iltifat edilesi bir özellik miydi diye merak ettim.

---

9 İspanya'nın güneyinde bulunan Almería'ya bağlı bir belediye. (ç.n.)

"O zaman siz de bana benziyorsunuz," dedi. "Benim de babam İspanyol, annem Amerikalı. Boston'da büyüdüm."

"Tıpkı bilgisayarım gibi. O da Amerika'da tasarlandı ama Çin'de yapıldı."

"Evet, kimlik daima güvenmesi en zor şey olmuştur küçük hanım."

Rose kendini dışlanmış hissedip söze karıştı. "Ben de Hull'un yakınlarında doğdum, Yorkshirelıyım."

Gómez, annemin sağ ayağına yaklaşınca, annem onu bir hediye gibi uzattı. Gómez başparmağı ve işaret parmağıyla annemin parmaklarına basınç uyguluyordu, ben de cam kutunun içindeki maymunla beraber onları izliyordum. Başparmağı bileğine kayınca anlatmaya başladı. "Bu kemiğe talus denir. Bundan önce bastırdığım yer ise falanks idi. Hissedebiliyor musunuz?"

Rose kafasını salladı. "Hiçbir şey hissetmiyorum. Ayaklarımda his yok benim."

Gómez bunu zaten biliyormuş gibi kafasıyla onayladı. "Keyfiniz nasıl?" diye sordu, sanki keyif adlı bir kemiği kasteder gibi.

"Fena değil."

Eğilip yerdeki ayakkabıları aldım.

"Lütfen," dedi Gómez. "Bırakın kalsınlar." Annemin sağ ayak tabanına dokunuyordu şimdi de. "Burada ülser var, bir de burada. Diyabet testi yaptırdınız mı hiç?"

"Ah, tabii canım," dedi Rose.

"Derinin üstünde küçük bir yer ama az da olsa enfeksiyon kapmış. Acilen müdahale etmeliyiz."

Rose, ağır ağır başını salladı ama hoşnut görünüyordu. "Diyabet," diye haykırdı. "Belki de aradığımız cevap budur."

Gómez, konuşmayı devam ettirmek istemiyor gibiydi, öyle ki kalkıp lavaboya gitti ve ellerini yıkadı. Kâğıt havlu almaya uzandığında bana döndü. "Büyük ihtimalle kliniğimin mimarisi ilginizi çekiyordur?"

Evet, ilgimi çekiyor*du*. Tarihte en eski kubbelerin bildiğim kadarıyla mamut dişleri ve kemiklerinden yapıldığını söyledim.

"Ev-vet," dedi. "Sizin plajdaki dairenizse dikdörtgen biçiminde. Ama hiç olmazsa deniz manzaranız var."

"Bu, tatsız bir durum aslında," diyerek araya girdi Rose. "Çok gürültü oluyor. Yalnız bize ait olması gereken beton zeminli bir terasımız var ama öyle değil. Plajın tam ortasındayız. Kızım da tüm zamanını terasta oturup bilgisayarına bakarak geçirmeye bayılıyor. Benden kaçmak olsun da."

Rose, tüm dertlerini bir bir sıralıyordu. "Geceleri plajda çocuklar için sihirbazlık gösterileri oluyor. Gürültü, patırtı. Restorandan gelen şangır şungur tabak sesleri, bağırıp çağıran turistler, motorlu bisikletler, çığlık çığlığa koşturan çocuklar, havai fişekler... Sofia tekerlekli sandalyeme oturtup götürmezse denize de gidemiyorum hiç; gittiğimde de su hep çok sıcak oluyor zaten."

"O halde denizi benim size getirmem gerekecek Bayan Papastergiadis."

Rose, alt dudağını ön dişleriyle ısırdı ve bir süre öyle kaldı. Sonra serbest bıraktı. "Güney İspanya yemeklerini de fazlasıyla ağır buluyorum bu arada."

"Bunu duyduğuma üzüldüm," dedi. Bakışları, masmavi bir kelebeğin süzülerek bir çiçeğin yapraklarına konması gibi usulca Rose'un karnına yerleşti.

Annem son birkaç ayda epey kilo vermişti. Sanki ufalmıştı ve her zamankinden daha kısa görünüyordu; bir zamanlar dizlerinde olan elbiseleri şimdi ayak bileklerinin biraz üzerinde kalıyordu. Yaşına göre oldukça iyi göründüğünü hatırlatıyordum kendime yine de. Saçlarını daima tek bir firkete ile tutturup şık bir şekilde ensesinde topuz yapıyordu. Her üç ayda bir, beyazları geldiğinde kendi saçlarını kazıtmış bir renk teknisyeni tarafından saçları folyoya sarılıp boyanıyordu. Bana da aynısını öneriyordu, özellikle yağmur yağdığında elektriklenip kabaran, ipe sapa gelmeyen simsiyah kıvırcıklarım için. Kuaförün kafasını kazıtması asla dahil olamayacağım bir ritüel gibi geliyordu bana. Kadının, saçlarını geçmişin yükünü silkeleyip geleceğe yer açmak için mi kazıttığını epey merak etmiştim. Bir Hindu geleneği gibi yani. O ise bana (ağzında bir parça folyoyla) uzun saçın zahmetinden kurtulmak için kafasını kazıttığını söylemişti. Benimse saçlarımın ağırlığı omuzlarımdaki en hafif yüktü.

Gómez, "Sofia Irina, oturun buraya," dedi sandalyeyi bilgisayarın karşısına sürükleyip. Öyle birdenbire, tıpkı pasaportumda yazdığı gibi adım ve soyadımla seslenmişti. Söylediğini yapıp sandalyeye oturdum. Ekranı göreyim diye bana doğru çevirdi. Üzerinde annemin adının yazdığı, siyah beyaz bir resim gösterdi: R. B. PAPASTERGIADIS (K).

Şimdi arkamda duruyordu. Elini yıkadığı sabundan sanırım, kesif bir ot kokusu alıyordum, adaçayı belki. "Annenizin omurgasının yüksek çözünürlüklü röntgen filmine bakıyorsunuz. Arkadan görünüşü bu."

"Evet," dedim. "İngiltere'deki doktorlardan çektikleri röntgenleri size göndermelerini istemiştim ama onların miadı doldu galiba artık."

"Elbette. Biz kendimizinkileri çekip onlarla karşılaştırırız yine. Anormallikler, yolunda gitmeyen bir şeyler var mı diye bakarız." Parmağı bilgisayar ekranından kayıp masasının üzerinde duran ufak, gri radyonun düğmesine dokundu. "Affedersiniz, tasarruf programıyla ilgili gelişmeleri merak ediyorum da."

İspanyolca bir radyo programını dinlemeye başladık. Zaman zaman araya giriyordu Gómez, radyodaki İspanyol finans uzmanının adını da söylemişti. Rose, burada neler oluyor, bu adam sahiden doktor mu, der gibi şaşkınlıkla karışık somurtmaya başladığında, Gómez, altın dişleriyle gülümseyip ikimizi de şaşırtıyordu.

"Evet, ben sahiden de doktorum Bayan Papastergiadis. Diyorum ki bu öğleden sonrayı sizin ilaçlarınıza ayıralım. Ben biliyorum elbette ama bir de sizden duymak isterim, hangi ilaçlardan memnunsunuz, hangilerini kullanmasanız da olur sizce? Bu arada, bunu duyduğunuza sevineceksiniz; hava durumunun dediğine göre İspanya'nın büyük bir bölümü kurak ve sıcak olacakmış."

Rose tekerlekli sandalyesinde kıpırdanmaya başladı. "Bir bardak su, lütfen."

"Hay hay." Gómez lavaboya doğru yürüdü, musluğu açtı, doldurduğu plastik bardağı anneme uzattı.

"Musluk suyu içilebiliyor mu?"

"Tabii, tabii."

Annemin bulutlu suyu yudumlamasını seyrettim. Onun için kusursuz su böyle bir şey miydi? Gómez birden dönüp anneme dilini dışarı çıkarmasını söyledi.

"Dilimi mi? Neden?"

"Dil, genel sağlığımız hakkında çok önemli bilgiler verir."

Rose, söylenileni yaptı.

Gómez'in sırtı bana dönüktü ama raftaki maymunu dikizlediğimi hissediyordu.

"Tanzanya'dan bir vervet. Elektrik direğinde öldü, sonra da hastalarımdan biri onu tahnitçiye götürüp doldurttu. Önce biraz düşündüm ama hediyesini kabul ettim; çünkü vervet maymunlarının insanlarla çok fazla benzer özellikleri vardır, hipertansiyon ve anksiyete mesela." Hâlâ dikkatle annemin dilini inceliyordu. "Göremediklerimizse mavi testis torbası ve kırmızı penisi. Bana kalırsa tahnitçi kesti onları. Neyse, sonuç olarak bu çocuğun ağaç tepelerinde kardeşleriyle nasıl koşup oynadığını sadece hayal etmekle yetineceğiz artık." Yavaşça annemin dizlerine dokundu. Onun da dili usulca içeri kaçtı. "Teşekkür ederim Rose. Su istemekte haklıymışsınız. Diliniz susuz kaldığınızı söylüyor."

"Doğru, her zaman susuz kalıyorum zaten. Sofia, geceleri yatmadan başucuma bir bardak su koymaya üşeniyor."

"Yorkshire'ın neresindensiniz Bayan Papastergiadis?"

"Warter. Pocklington'ın beş mil doğusunda bir köy."

"Warter," diye tekrar etti. Altın dişleri tamamen meydandaydı şimdi. Bana döndü. "Bence, Sofia Irina, siz bizim maymungiller ailesinden gelen kısırlaştırılmış miniğimizi serbest bırakmak istiyorsunuz, odada koşturup dursun, hatta benim kitaplığımdaki Cervantes'in ilk baskılarını okuyabilsin diye. Ama önce kendinizi serbest bırakmalısınız," dedi. Gözleri o kadar keskin maviydi ki lazer ışınlarının yaptığı gibi bir taşı bile un ufak edebilirlerdi. "Bayan Papastergiadis'le konuşup bir tedavi planı oluşturmam gerekiyor. Yalnız konuşmamız gereken bir şey bu."

"Hayır. Kalmalı." Rose, tekerlekli sandalyenin koluna parmaklarının boğumlarıyla hafifçe vurdu. "İlaçlarımı yabancı bir ülkedeyken bırakacak değilim. Sofia, tedavim hakkında her şeyi bilen tek kişi."

Gómez, parmağını bana doğru salladı. "Neden iki saat resepsiyonda beklemek isteyesiniz? Şöyle yapın, gidin kliniğin önünden kalkan minibüse atlayın hemen. O sizi Carboneras plajının yakınlarında bir yerde bırakacaktır. Hastaneden yalnızca yirmi dakika uzaklıkta."

Rose, hakarete uğramış gibi somurtuyor ama Gómez onu görmezden geliyordu. "Sofia Irina, hemen yola çıkmanızı öneriyorum. Öğlen oldu zaten. Sizinle saat ikide tekrar görüşelim."

"Keşke ben de yüzmenin tadına varabilsem şimdi," diye araya girdi annem.

"Bir şeylerin tadına varmayı istemek her zaman iyi bir şeydir Bayan Papastergiadis."

"Ah keşke,". diye iç çekti Rose.

"Ah keşke, ne?" Gomez yere diz çökmüş, Rose'un kalbinin üzerine stetoskobunu yerleştirmişti.

"Keşke yüzebilseydim ve güneşte uzanabilseydim."

"Ah, ah, ne kadar iyi olurdu hakikaten."

Yine, ne yapmaya çalıştığını anlayamıyordum. Tavrı öylesine silik, öyle belirsizdi ki. Biraz alaycı, azıcık da sokulgan. Bir tür yetenekti aslında bu. Uzanıp Rose'un elini avucumun içine alıp sıktım. Ona hoşça kal demek istiyordum ama Gómez o an tüm dikkatini vermiş Rose'un kalbini dinliyordu. Ben de eğilip saçlarını öptüm.

Annem, "Ay!" diye bağırdı. Gözlerini kapadı, kafasını şiddetli bir ıstırap içindeymiş ya da kendinden geçmiş gibi geriye attı. Hangisi olduğuna karar veremedim.

Çimento fabrikasının karşısındaki ıssız plaja vardığımda güneş tam tepeden vuruyordu. Gaz tüplerinin dizili olduğu bir yoldan geçip ufak bir kafeye doğru yürüdüm ve cana yakın garsondan bir cin tonik istedim. Denizi işaret edip asla girmememi, o sabah medusaların üç kişiyi çok kötü soktuğunu söyledi. İnsanların kollarındaki, bacaklarındaki izlerin beyazdan mora döndüğünü görmüş. Önce yüzünü ekşitti, sonra gözlerini kapattı, en sonunda da okyanusu ve içindeki tüm medusaları kovar gibi ellerini havada salladı. Gaz tüpleri, kumda açan tuhaf çöl bitkilerini andırıyordu.

Büyük bir sanayi gemisi ufukta görünmeye başladı. Pruvasında Yunan bayrağı dalgalanıyordu. Ama ben onun yerine biraz ötede, çakıllı kumlara saplanmış paslı bir çocuk salıncağına diktim gözlerimi. Oturma yeri hurdası çıkmış bir arabanın lastiğiydi ve sanki bir çocuğun hayaleti az evvel üstünden inmiş gibi usul usul sallanıyordu. Tuz giderme tesisindeki vinçler, gökyüzünü dilimlere ayırıyordu. Plajın sağında, yapımı henüz bitmemiş otel ve binaların dağlarda birer cinayet gibi durduğu yerde, bir depoda yeşil-gri karışımı çimento tozlarının biriktiği dalgalı tepeler vardı.

Gözüm telefonumun ışığına takıldı. Kahve Evi'nde birlikte çalıştığım Dan'den bir mesaj gelmişti. Sandviç ve kurabiyeleri etiketlerken kullandığımız kalemi nereye koyduğumu soruyordu. Denver'lı Dan bir kalem için İspanya'ya mesaj mı yolluyordu? Büyük cin toniğimden bir yudum alıp garsona teşekkür mahiyetinde kafa salladım ve kalemi kuytu bir yere koyup koymadığımı düşünmeye başladım.

Güneş omuzlarıma değsin diye elbisemin fermuarını biraz indirdim. Medusanın bıraktığı yanma hissi geçmişti ama düzenli aralıklarla bir sızı gelip saplanıyor, sonra gidiyordu. Dünyanın en dayanılmaz ağrısı değildi yine de; hatta bir anlamda rahatlama bile sayılabilirdi.

Dan'dan bir mesaj daha geldi. Kalemi bulmuş. Ev sahibi geçen hafta kirasını yükselttiği için, ben İspanya'dayken o da benim Kahve Evi'nin üst katındaki odamda kalmaya başlamış. Kalem yatağımdaymış. Kapağı açıkmış. Yani çarşaflar ve yorgan şu an simsiyah mürekkep içindeymiş. Onun deyimiyle oluk oluk mürekkep kanamış kalem.

Bundan sonra şunları yazamayacak demek ki:

Sofia'nın mayhoş Amaretto peynirli keki, içeride £3.90, paket £ 3.20.

Dan'ın yumuşacık, portakallı polenta keki (glutenli ve glutensiz seçenekleriyle) içeride £ 3.70, paket £3.

Benim tadım mayhoş.

Onunki yumuşacık.

Dan yumuşacık falan değil bir kere.

Bu kekleri de kendimiz pişirmiyoruz ama patron, müşteri öyle olduğunu düşünürse alır diyor. Pişirmediğimiz şeylerin üzerine adımızı yazıyoruz. Mürekkebin uçup gitmesine bu yüzden seviniyorum.

Kalemi, kültür antropoloğu Margaret Mead'den bir alıntı yazmak için yatakta bırakmış olabileceğimi hatırlıyorum. Olduğu gibi duvara yazmıştım.

Eskiden sınıflarımda içgörü kazanmanın
yollarını şöyle anlatırdım:
Çocukları inceleyin; hayvanları inceleyin;
ilkel insanları inceleyin; psikanaliz yaptırın;
din değiştirin, sonra boş verin; psikoza girin,
sonra onu da boş verin.

O alıntıda beş tane noktalı virgül vardı. Kalemle duvara ;;;;; yaptığımı hatırlıyorum. "Din değiştirin" kısmının altını da iki kez çizmiştim.

Babam da din değiştirmişti ve bildiğim kadarıyla boş vermedi onu. Benden dört yaş büyük biriyle evlendi, bir de bebekleri oldu. Kadın yirmi dokuz yaşında. Babamsa altmış dokuz. Yeni eşiyle tanışmadan birkaç yıl önce, dedesinin Atina'daki gemi nakliyatı işlerinden kalan büyük bir mirasa kondu. Ve muhtemelen bunu doğru yolda olduğuna dair bir işaret gibi gördü. Tanrı ona ülkesi iflas ederken para getirmişti. Bir aşk. Bir de kız çocuğu. Bense babamı on dört yaşımdan beri görmemiştim. Yeni kazandığı servetin bir eurosunu bile bana ayırmayı geçirmedi aklından; bu yüzden ben de birilerine külfet olma hakkımı annemden yana kullanıyorum. O bana kredi açıyor, ben de ona olan borcumu bacaklarımla ödüyorum, etrafında pervane olan, koşturup duran bacaklarımla.

Gómez Kliniği'ne ödemek zorunda olduğumuz para için alacağımız kredinin evraklarını imzalamaya beraber gitmiştik. Sabah işten izin almıştım; ki bu da üç saat için on sekiz sterlin ve otuz peni kaybettiğim anlamına geliyordu. Yağmur yağıyordu, kapının önündeki kırmızı halı ıslaktı. Her yerde bankaların bizi ne kadar önemsediği mesajını veren posterler asılıydı; sanki en büyük meseleleri insan haklarıymış gibi davranıyorlardı. Bilgisayarının arkasında oturan adam, bize neşeli ve cana yakın görünmek için eğitim almıştı; empati sahibi bir insan taklidi yapmak, olabildiğince enerjik ve ulaşılabilir olmak, üzerinde bankanın logosu olan çirkin kravatını seviyor gibi davranmak zorundaydı. Kırmızı rozeti adını ve ne iş yaptığını içeriyordu ama maaşı hakkında bilgi vermiyordu – muhtemelen fakir ama gururlular tarafında yer alıyordu. Bizimle elinden geldiği kadar özel ilgilenmeye çalışıyordu, durumumuza olabildiğince adil yaklaşmak istiyordu, anlayabileceğimiz kadar basit bir dille konuşuyordu. Üç sevimsiz genel müdür, duvarda asılı posterlerin içinden gözlerini dikmiş bize bakıyor, hep bir ağızdan gülüyordu. Kadınlar kadın takım elbisesi giyiyordu (etek ve ceket), erkeklerse erkek takım elbisesi (pantolon ve ceket). Benzerliklerimizi ortaya çıkaran, farklılıklarımızı yok eden bir mesaj iletmeye çalışıyor gibiydiler; hepimiz çürük dişlerini unutup gülümseyen, makul rüyalar gören hayalperestleriz, bizler de sizin gibiyiz; biz de sizin gibi Noel'de ailelerimizle rahat rahat kavga edebileceğimiz bir evimiz olsun istiyoruz.

Duvardaki posterleri bir tür kabul ayini (mala mülke, yatırımlara, borçlara) gibi görüyordum ve o kurumsal takım elbiseler de cinsiyet ayrımı karmaşasından kurtulmanın simgesiydi. Bir başka poster daha vardı. Mezar büyüklüğünde ön bahçesi olan yarı müstakil bir evin fotoğrafıydı. Bahçede hiç çiçek yoktu, yalnızca yeni sürülmüş toprak görünüyordu. Terk edilmişe benziyordu. Kareler halinde bulunan torf henüz birbirine karışmamıştı. Belki de paranoyak bir karakter bizim için hazırlanan hikâyenin karanlık bir yerinde gizleniyordu. Bütün çiçekleri kesmiş, evdeki hayvanları öldürmüştü.

Adamımız neşeli ama robot gibi konuşuyordu. Malımı mülkümü alıp beni soyup soğana çevirecek detayları ezbere anlatmadan önce "Selam arkadaşlar," diyerek girdi söze. En azından "Selam hanımlar" dememişti. Birdenbire anneme biftek yiyip yemediğini sordu. Alakasız bir soru gibi dursa da nereye varmak istediğini anlamıştık (savurgan bir yaşam sürüyor muyuz diye merak ediyordu), Rose da ona vegan olduğundan bahsetti. Çünkü dünyanın daha insancıl ve sevecen bir yer olmasını istiyordu. Kendini şımartmak isterse, dahl[10] ve pirincine bir çorba kaşığı yoğurt ekleyeceğini söyledi. Adam neyse ki veganların süt ürünleri yemediğini bilmiyordu; aksi halde Rose, o kurumsal kırmızı sandalyeden çoktan indirilip eve gönderilmiş olurdu. Tasarım kıyafetleri sevip sevmediğini de sordu anneme. O da yalnız ucuz ve çirkin elbiselerden hoşlandığını söyledi. Bir spor salonuna kayıtlı mıydı peki?

10 Kırmızı mercimek, soğan ve çeşitli baharatlarla yapılan, sulu püre kıvamında olan, etli yemekler ve pilavla beraber yenen Hint yemeği. Rose, burada veganların et ve süt ürünleri yemediğini bilmeyen banka memuruyla alay ediyor. (ç.n.)

Annemin elindeki bastona ve şişmiş ayak bileklerine sarılı bandajlara bakıp, iltihap sökücü ağrı kesicileri her sabah bir bardak kusurlu suyla yuvarladığını düşününce tuhaf kaçmıştı bu soru.

Annemden emlakçıların evimiz için belirlediği tahmini değeri sordu ve bankanın kendi müfettişinin de herhangi bir gün bizi ziyarete geleceğini bildirdi. Bilgisayar, annem ev kredisini önceden ödediği için o ana kadar sunduğumuz bilgileri beğenmişti. Her ne kadar Viktoryan dönemi tuğlaları, tükürük, sidik ve kumaş bantlarla tutturulmuş olsa da Londra'da evler değerliydi. Adam bize kredi onayı vereceğini söyledi. Annem de yeni bir tıbbi maceraya atıldığına epey heyecanlandı: Gómez Kliniği onun için balinaları gözlemek gibiydi. İşimiz bitince ben üç çeşit espresso yapmak için işe döndüm. Rose da eve, yeni bir ağrı ve sızı listesi yapmaya döndü. Semptomları her ne kadar beni perişan ediyor olsa da onlara karşı entelektüel bir ilgi beslediğimi de inkâr edemem. Rose'un yerine bütün konuşmayı onlar yapıyor. Gevezelik edip duruyorlar tüm gün. Bunu ben bile biliyorum.

Ayaklarımı serinletmek için kızgın kumlardan geçip denize girdim.

Bazen topalladığımı fark ediyorum. Bedenim adeta annemle yürüdüğümüz anları hatırlayıp öyle davranıyor. Hafızaya güven olmuyor her zaman. Gerçeğin tamamını içermeyebiliyor hafıza. Bunu ben bile biliyorum.

2.15'te kliniğe geri döndüğümde, Rose, tekerlekli sandalye yerine normal bir sandalyeye oturmuş, gurbetçiler için İngilizce çıkan gazeteden burç yorumlarını okuyordu.

"Merhaba Sofia. Plajda iyi vakit geçirmişsin anlaşılan."

Ona plajda kimseciklerin olmadığını ve iki saat boyunca gaz tüplerini seyredip durduğumu söyledim. Bu, benim günümü basitleştirip onunkini yüceltmek için uyguladığım özel bir taktik, bana özgü bir yetenekti.

"Kollarıma baksana, dedi, her yerim kan testleri yüzünden mosmor oldu."

"Yazık sana."

"Yazık bana. Doktor, üç ilacımı kesti. Üç tanesini birden!"

Ağzını ağlama taklidi yapıyormuş gibi büzdü, sonra da elindeki gazeteyi koridorun sonundan bize doğru usul usul yürüyen Gómez'e salladı.

Gómez'in söylediğine göre annemde kronik demir eksikliği varmış ve bu yüzden güçsüz düşmüş olabilirmiş. Ayaklarındaki yaraların iyileşmesi için verdiği medikal çorapların[11] yanı sıra B12 vitamini de yazmıştı reçetesine.

Vitaminlerle dolu bir reçete, yirmi beş bin euro ediyor mu sahiden?

Rose, tedavi ritüelinden koparılıp alınan ilaçları bir bir saymaya başladı. Onlardan sanki yitirdiği dostlarıymış gibi üzüntüyle bahsediyordu. Gómez, gri süet topuklularıyla ona doğru gelmekte olan Hemşire Günışığı'na el salladı. Yanına gelir gelmez kolunu omzuna doladı; kadın sağ göğsünün üzerine iğnelediği saatle oynuyordu. Bir ambulans gelip otoparka girmişti. Gómez'e, şoförün öğle yemeğine çıkması gerektiğini İngilizce söyledi. Gómez kafasını salladı, kolunu kadının omzundan aldı; böylelikle o da saatini daha rahat kavrayabilirdi.

11 Genellikle ayaktaki çıban ve yaraları tedavi etmek için kullanılan, içinde tıbbi metaller bulunan çizgili çorap şeklinde sargı bezi. (ç.n.)

"Hemşire Günışığı benim kızım," dedi. "Asıl adı Julieta Gómez. Ona istediğiniz gibi hitap etmekten çekinmeyin lütfen. Bugün onun doğum günü."

Julieta Gómez, ilk kez gülümsüyordu. Dişleri, insanın gözünü kör edecek kadar beyazdı. "Otuz üç yaşına girdim. Artık çocukluktan resmi olarak çıkmış bulunuyorum. Lütfen bana Julieta deyin."

Gómez, mavinin türlü tonlarını barındıran gözleriyle kızını şöyle bir süzdü. "Biliyorsunuz İspanya'daki işsizlik oranı çok yüksek," dedi. "Şu an bile oran neredeyse yüzde 29,6. Şanslıyım ki kızım Barselona'da iyi bir tıp eğitimi aldı ve İspanya'nın en saygın fizyoterapisti oldu. Yani aslına bakarsanız bu mermer sarayımda ona iş vermek için, bulunduğum konumu kullanarak biraz fırsatçılık etmiş olabilirim."

Çizgili takım elbisenin sardığı kollarını, bir asilzade edasıyla ağır ağır açtı; sanki tüm o kavisli duvarları, çiçek açan kaktüsleri, yeni ambulans aracını, resepsiyonistleri, diğer hemşireleri ve Gómez'in aksine mavi tişört ile ışıl ışıl spor ayakkabıları giyen iki erkek doktoru kendine katmak ister gibiydi.

"Bu mermer Cóbdar'dan[12] çıkarıldı. Rengi, rahmetli karımın solgun tenini andırıyor. Evet, kliniğimi kızımın annesin hatırasına hürmeten yaptırdım. Bahar ayları gelince kubbeye üşüşen kelebekler büyülüyor bizi. Hastalıktan mustarip insanların ruhlarını ayağa kaldırıyorlar. Aklıma gelmişken Rose, Bakire Rosario heykelini ziyaret etmek isteyebilirsiniz.

12 İspanya'nın güneyinde bulunan Almería'ya bağlı bir belediye. (ç.n.)

Macael dağlarından çıkarılan en saf mermerle yontulmuştur kendisi."

"Ben ateistim Bay Gómez," dedi Rose hışımla. "Ve doğum yapan kadınların bakire olduğuna da inanmıyorum."

"Fakat Rose, o heykel, rengini anne sütünden alan, hassas bir mermerden yapıldı. Beyaz ama az biraz da sarılık barındırıyor içinde. Yani heykeltıraş belki de analığa olan saygısından yaptı böyle bir şeyi. Merak ediyorum da o bakirenin tek çocuğu da annesine ismiyle mi hitap ediyordu acaba?"

"Fark etmez," dedi Rose. "Sonuçta hepsi safsata. Bu arada İsa da annesine 'kadın' diye seslenirdi. İbranice'deki 'madam' sözcüğünün karşılığıdır kadın."

O an resepsiyonist beliriverdi ve Gómez'e hızlıca İspanyolca bir şeyler anlatamaya koyuldu. Kollarında tuttuğu beyaz şişman bir kediyi yere, Gómez'in siyah rugan ayakkabılarının yanına bıraktı. Kedi, Gómez'in bacaklarının etrafında dönmeye başlayınca o da yere eğildi ve elini uzattı. "Jodo benim gerçek aşkımdır," dedi. Kedi, yüzünü Gómez'in avucunun içine yasladı. "Çok uysaldır. Burada farelerimizin olmamasına çok üzülüyorum, bütün gün bana sokulmak dışında bir meşguliyeti olmuyor zavallının."

Rose hapşırmaya başladı. Dördüncü hapşırmadan sonra elini telaşla gözlerine götürdü. "Kedilere alerjim var benim."

Gómez, serçe parmağını Jodo'nun ağzının içinde kaydırdı. "Diş etleri sert ve pembe olmalı, Jodo bu anlamda sağlıklı görünüyor. Ama karnında alışagelmişin dışında bir şişlik var. Böbreklerinde bir rahatsızlık olmasından kuşkulanıyorum."

Elini cebine attı, bir şişe dezenfektan çıkarıp ellerine sıktı; o esnada Julieta, Rose'a kaşınan gözleri için göz damlası isteyip istemediğini soruyordu.

"Ah, lütfen."

Annemin "lütfen" dediği pek duyulmamıştır. Sanki az evvel bir kutu çikolata ikram etmişler gibi minnettardı sesi.

Julieta Gómez cebinden ufak, beyaz bir plastik şişe çıkardı. "Antihistaminiktir, daha demin alerjik birine verdim bu damladan." Rose'a doğru eğildi, bir eliyle çenesini geriye doğru itti, şişeyi sıktı ve gözlerinin her birine ikişer damla düşürdü.

Annem zarif ve ağlamaklı duruyor, sanki gözlerinden yaşlar fışkıracakmış da onları yanaklarına düşürmek istemiyormuş gibi sitemkâr bir ifadeyle bakıyordu.

Kedi Jodo, pratisyen hekimlerden birinin kollarının arasında kaybolmuştu.

Julieta, yani hemşire Günışığı, ne tam anlamıyla cana yakın ne de bütünüyle soğuk davranıyordu. Aslında becerikli ve sakindi. Babasındaki coşku onda yoktu. Belli etmiyor olsa da Rose'un her söylediğini dikkatlice dinliyordu. Muayene odasına girdiğimizde kapıda uzun uzun beklediği anı yeniden düşünmeye başladım. Belki de sandığım gibi uzaklara dalmıyordu. Tersine, her şeye dikkat ediyordu. Elbisemi düzeltmemde yardım isteyip istemediğimi sordu şimdi de. Anlaşılan plajda fermuarı çözdüğümü unutmuşum. Hissettirmeden fermuarımı çekti ve elini incecik beline atıp taksimizin geldiğini haber verdi.

"Güle güle, Rose." Gómez, kuvvetlice Rose'un elini sıktı. "Bu arada, sizin için ayarladığımız arabayı kullanabilirsiniz. Araç ücrete dahil."

Rose bir kez daha hakarete uğramış gibi somurttu. "Nasıl araba kullanayım ki? Bacaklarımı hissetmiyorum ben."

"Araba kullanmanıza ben izin veriyorum. Bir sonraki ziyaretinizde alın arabayı. Birkaç evrak işi gerekse de arabanız otoparkımızda sizi bekliyor olacak."

Julieta elini annemin omzuna koydu. "Arabayı kullanmakta güçlük çekerseniz, Sofia gelip sizi almamız için bizi arayabilir. Bütün iletişim numaralarımız onda var." Gómez Kliniği anlaşılan tam bir aile şirketiydi.

Gómez bize yalnız araba temin etmekle kalmamış, bir de annemi öğle yemeğine çıkarmak istediğini söylemişti. Julieta'dan randevuyu ajandasına iki gün önceden not almasını istemişti. Sonra da kır saçlı kafasıyla annemi selamlayıp mermer sütunlardan birinin önünde onu bekleyen genç doktorun yanına gitmek üzere topuklarının üzerinde dönmüştü.

Arabaya doğru annemle beraber topallarken Gómez'in ona ne tür egzersizler verdiğini sordum.

"Fiziksel bir egzersiz vermedi. Bütün düşmanlarımı tek tek isimlendirdiğim bir mektup yazmamı söyledi," dedi. Çantasını şıngırdatarak açtı ve tokaya sıkışan bir mendili çıkarmaya uğraştı. "Baksana Sofia, hemşire Günışığı –ya da Julieta Gómez ya da her kimse işte– gözüme o damladan sıkarken alkol koktuğuna yemin edebilirim. Hatta votka kokuyordu nefesi."

"Yani? Neticede bugün onun doğum günü."

Dağın altındaki deniz durgundu.

Yunan kız çok tembel. Sahildeki evlerinin pencereleri kir içinde ama silmiyor bir türlü. Kapıyı da kilitlemiyor hiç. Büyük dikkatsizlik. Belayı çağırıyor sanki. Kasksız bisiklet sürmek gibi. Bu da büyük dikkatsizlik. Bir kaza olsa canı çok fena yanacak.

Hanımlar Beyler

Dalgıçlık kursundaki köpek, zincirlerine asılmaya başlamış bile. Üstelik saat daha sabahın sekizi. İki ayağının üstünde durup uyuz kahverengi kafasını terastaki duvarın üzerinden uzatıyor ve aşağıdaki plaj cümbüşüne hırlıyor. Pablo ise duvarları boyayan Meksikalı iki adama bağırıyor. Karşılık veremiyorlar çünkü Pablo'ya hareket çekebilmek için doğru dürüst bir yasal belge yok ellerinde. Köpek havladıkça Pablo daha çok bağırıyor.

Bugün Pablo'nun köpeğini azat edeceğim.

Dalgıçlık kursunun yanındaki Café Playa'ya[13] gidip en sevdiğim kahveden, yani cortado[14] sipariş ediyorum. İşin aslı,

---

13 *İsp.* Plaj kafe (ç.n.)

14 Espresso ve az miktarda sıcak sütle hazırlanan içecek. Cortado kelimesi İspanyolca cortar, yani kesmek fiilinin geçmiş zaman çekimidir. İçeceğe,

Kahve Evi'nde altı uzun gün boyunca süt köpürtme üzerine eğitim aldığım için, garsonun sütü köpürtme şeklini incelemek niyetindeyim. Garsonun siyah saçları değişik yönlerde dimdik durabilsin diye iyice jölelenmiş. Yer çekimine direnip, kaskatı kalmışlar. Pablo'nun köpeğini azat etmek yerine bir saat bunu izleyebilirim. Çölde çoğunlukla kullandıkları uzun ömürlü sütten yapmışlar cortadomu. "Ticari istikrar" tanımını destekleyen türden bir süt.

"Memelerinde bir kova çiğ süt taşıyan inekten çok uzaklaştık. Evden bir hayli uzaktayız artık."

Patronum, yumuşacık, hüzünlü sesiyle Kahve Evi'ndeki ilk günümde bana böyle söylemişti. Hâlâ sık sık düşünürüm bunu. Onu, o bunu düşünürken düşünürüm. Ev, içinde çiğ süt bulunan yer midir?

Dalgıçlık kursunun hocaları plastik benzin bidonlarını ve oksijen tanklarını kumun üzerinde götürüyor. Tekneleri, denizin özel güvenlikli bölümünde onları bekliyor. Acaba Pablo'nun köpeğini azat etmek için en doğru zamanı nasıl bulacağım?

Tuvalete gitmek için ayağa kalkıyor ve sabah konyağını bir tabak dolusu yağlı cipsle beraber yuvarlayan alkolik köylünün yanından geçmek zorunda kalıyorum. Kadınlar tuvaletinin kapıları kovboy filmlerindeki barların iki tarafa açılan kapılarını andırıyor; çıtalı ve beyaz boyalı. Western filmlerinde, barmenin kapıdan giren aksi yabancıya kuşkuyla baktığı sahnelerde görmüştüm onları. İşerken yandaki kabine biri giriyor.

---

kahvenin sütle seyreltilip hafifletildiği düşünüldüğü için bu isim verilmiştir. (ç.n.)

Yerle kabinleri ayıran bölme arasında boşluk olduğundan yan tarafa gelen kişinin erkek olduğunu görebiliyorum. Kenarında altın tokalar olan siyah deri ayakkabılar giymiş. Sanki beni bekliyor gibi. Çok sakin duruyor, nefes aldığını duyuyorum ama ayakları kıpırdamıyor. Saklanıyor. İzlendiğim duygusuna kapılıyorum. Belki de belime kadar çektiğim eteğimle beni görüyor. Başka neden orada durup beklesin ki? Birkaç saniye daha hareket etmesini ya da çıkıp gitmesini bekliyorum. Ama hiçbir şey yapmayınca paniklemeye başlıyorum. Alelacele eteğimi indiriyor, barın kapısını açıyor, koşarak garsonu bulmaya gidiyorum.

Adam, aynı anda hem kahve makinesiyle uğraşıyor hem tost yapıyor hem de portakal sıkıyor.

"Pardon, bakar mısınız, kadınlar tuvaletinde biri var."

Garson omzundaki bezi çekip indiriyor ve ucundan süt damlayan paslanmaz çelik çubuğu siliyor. Sonra da bayat bagetleri tost makinesinden alıp bir tabağın üzerinde dilimliyor.

"Ne?"

Bacaklarım titriyor. Neden bu kadar korktuğumu bilmiyorum. "Kadınlar tuvaletinde bir adam var. Kapının altından beni dikizliyordu. Bıçağı olabilir."

Garson kafasını sallıyor, huzursuz oluyor, çelik boruların altında dizili tüm o fincanları ve bardaklarıyla makinesini bırakıp bununla ilgilenmek istemiyor. Aynı anda birkaç çeşit kahve yapmak kolay iş değildir; her birine ayrı fincan, ayrı bardak gerekir. "Belki de siz erkekler tuvaletine girdiniz. İkisi yan yana."

"Hayır. Bakın, bence tehlikeli biri."

Kırmızı bir yelpazenin kabaca resmedildiği, altında "Señoras"[15] yazan tuvalet kapısına benimle birlikte hızlıca yürüyor ve kapıyı tekmeleyip açıyor.

Kadının biri lavabonun önünde, ellerini yıkıyor. Benim yaşlarımda, mavi kadife şort giymiş, sarı saçları kalın bir örgü halinde arkadan toplanmış. Garson, İspanyolca ona kadınlar tuvaletinde bir adam görüp görmediğini soruyor. Kadın kafasını sallayıp ellerini yıkamaya devam ederken garson diğer kapıyı ayağıyla aralıyor.

"Buradaki tek erkek sizsiniz," diyor kadın. Alman aksanı var.

Suçlu gibi başımı yere eğiyor ve kadının ayağında az evvel tuvaletteki bölmenin altından gördüğüm erkek ayakkabılarını görüyorum. Altın tokalı siyah rugan ayakkabılar. Ne diyeceğimi bilemiyor ve aynı paniğin göğsümü yeniden sıkıştırdığını hissediyorum. Garson durumu yüzüme vurur gibi ellerini havaya kaldırıyor ve bir hışımla kadınlar tuvaletinden çıkıp kadınla beni yalnız bırakıyor.

Sessizce duruyoruz ve ben sırf bir şey yapıyor olmak için ellerimi yıkamaya başlıyorum. Ama işim bitince musluğu kapatmayı beceremiyorum bir türlü. Yanıma gelip avucunun içiyle musluğun tepesine bir darbe indiriyor. Su kesiliyor. Lavabonun üzerindeki aynadan kendime bakarken yeşil gözlerinin ucuyla beni izlediğini görüyorum. Hemen hemen aynı yaştayız. Kaşları gür, neredeyse kapkara. Saçlarıysa altın sarısı ve düz.

---

15 *İsp.* Kadınlar (ç.n.)

"Bunlar erkek dansçı ayakkabıları," diyor. "Tepedeki eski giysi mağazasında buldum. Orada çalışıyorum zaten."

Islak ellerimi saçlarıma daldırıp, huzursuz parmaklarımla buklelerimi karıştırıyorum. O, karşımda sakin ve özgüvenli dururken kıvırcık saçlarım elektriklenip kabarmaya başlıyor.

"Yaz boyu mağaza için dikiş diktim. Onlar da bana bu ayakkabıları verdi." Konuşurken bir yandan da örgüsünü ucundan tutup çekiştiriyor. "Seni buralarda annenle beraber görmüştüm."

Köy meydanında bir adam kamyonundaki hoparlörden bağırıyor. Karpuz satıyor ve epey sinirli olmalı ki kornaya basıp duruyor.

"Evet. Annem burada bir klinikte tedavi görüyor." Tam bir ezik gibi çıkıyor sesim. Nedense onun olumlu kanaatine ihtiyacım var ama verdiğim izlenim çok da iyi değil ne yazık ki. Kalbim hâlâ deli gibi çarpıyor ve tişörtümün her yeri su içinde. O, ince ve uzun. Kavruk bileklerini iki gümüş bilezik sarıyor.

"Burada erkek arkadaşımla bir evimiz var," dedi. "Çoğu yaz geliriz. Öğleden sonra mağazada bir iki tamirat işini halledeceğim. Ondan sonra arabayla akşam yemeğine Rodalquilar'a[16] gideceğiz. Geceleri araba kullanmayı seviyorum, serin olduğunda."

Hayatı, benim olmasını istediğim türden bir hayat. Parmakları hâlâ örgüsünü okşuyor.

"Sen de etrafı görmesi için arabayla gezdirecek misin anneni?"

---

16 Almería'da bir kasaba. (ç.n.)

Klinikteki kiralık arabamızı gidip almak zorunda olduğumuzu ama benim araba kullanamadığımı ve annemin bacaklarındaki problemi bir bir anlatıyorum.

"Sen neden araba kullanmıyorsun?"

"Ehliyet sınavını dört kere geçemedim."

"Yok artık."

"Yazılı sınavdan da kaldım."

Dudaklarını büzüştürüp uzun göz kapaklarının altından saçlarımı süzmeye başlıyor. "At binebiliyor misin?"

"Hayır."

"Ben üç yaşından beri at binerim."

Belli ki kimseye tavsiye edecek bir şeyim bulunmuyor.

"Yanlış anlaşılma için özür dilerim," deyip kadınlar tuvaletinden elimden geldiği kadar hızla çıkıyorum, hatta neredeyse koşuyorum.

Nereye gideceğim? Gidecek yerim yok ki. Annemle ipotek görüşmesine gittiğimizde duvarda gördüğüm posterlerden yayılan korku bu. Haklılar. Gidecek yerimiz, bir evimiz yok. Café Playa'nın yanındaki meydana, karpuz alacakmış gibi yapmaya gidiyorum.

Bu yaz sıcağında hâlâ mucizevi bir şekilde yumurta veren tavuklar için meyve kabuklarını saklıyorum. Kocası, Franco'nun faşist ordusuna katılıp iç savaşta ölen Sinyora Bedello'nun tavukları için.

Karpuz satıcısı erkek değil, basbayağı kadın.

Kamyonun sürücü koltuğunda oturmuş, küçük, esmer eliyle kornaya basıp duruyor. Kafam karışıyor. Aklımda canlanan, kaba sakal bir kamyon şoförüyken hasır şapkalı, orta yaşlı bir kadın görüyorum karşımda. Çöl yolu yüzünden mavi elbisesi toz içinde. Koca memeleriyle direksiyona yaslanıyor.

Kahvemi bitirmeden çıktığımı hatırlıyorum birden.

Café Playa'ya dönüp cortadomu, sabah konyağını lüp diye yutan alkolik köylü gibi bir dikişte bitiriyorum.

İşte orada.

Erkek ayakkabıları giyen kadın, masamın önünde. İnce ve uzun, bir askeri andırıyor. Denize bakıyor. Teknelere. Dev simitlerle yüzen çocuklara. Şemsiyenin altında yatan turistlere, sandalyelere, kumların üzerindeki havlulara. Dalgıçlık kursunun teknesi malzemelerini yüklenmiş, denize doğru sürükleniyor. Henüz azat edemediğim kahverengi Alman kurdu ise zincirlerini şıngırdatmaya devam ediyor.

"Adım Ingrid Bauer."

Niye bu kadar yakınımda duruyor?

"Ben Sophie ama Sophia da benim Yunan ismim."

"Ne iş yapıyorsun Zoffie?"

İsmimi söyleyiş biçimine bakılırsa tamamen başka bir dünyadan gelmiş gibiydi. Zavallı parmak arası terliklerimden utandım. Bu yaz sıcağında, tozda toprakta beyazdan griye dönmüşlerdi.

"Dudakların çatlamış," dedi. "Tıpkı olgunlaşırken çatlayan Andalucía ağaçlarındaki bademler gibi."

Pablo'nun köpeği havlamaya başladı.

Ingrid dalgıçlık kursunun terasına dikti gözlerini. "Alman kurdu," dedi. "Eğitimli bir köpek, tüm gün zincirlenmemesi gerekiyor."

"Pablo'nun. Herkes nefret ediyor Pablo'dan."

"Biliyorum."

"Bugün o köpeği azat edeceğim."

"Öyle mi? Nasıl yapacaksın peki?"

"Bilmem."

Gökyüzüne bakıyor. "Zincirlerini çözerken onunla göz göze gelmeyi düşünüyor musun?"

"Evet."

"Yanlış. Asla böyle bir şey yapma. Ağaç gibi hareketsiz mi duracaksın ona yaklaşınca?"

"Ağaç hareketsiz durmaz ki."

"Tamam kütük gibi o zaman."

"Evet, kütük gibi sabit duracağım."

"Ya da yaprak gibi."

"Yapraklar da sabit durmaz."

Hâlâ gökyüzüne bakıyordu. "Mesele şu ki Zoffie, Pablo'nun köpeği bugüne dek hep kötü muamele görmüş. Şimdi özgürlüğüne kavuşursa ilkin nasıl davranacağını bilemeyecek. Köye doğru koşup bulduğu bütün bebekleri yiyecek belki de. Onu azat edeceksen bari dağlara götür de vahşi doğada koşturup dursun. Ancak o şekilde tamamen özgür olur."

"Ama dağda da susuzluktan ölür."

Bu sefer bakışlarını bana çeviriyor. "Hangisi daha kötü? Bir kâse suyla tüm gün zincire vurulmak mı yoksa özgür olup susuzluktan ölmek mi?" Sol kaşı, *Sen biraz isterik misin? Garsonu peşinden sürükleyip tuvalette olmayan bir adamı aratıyorsun, musluğu nasıl kapatacağını bilmiyorsun, araba kullanmayı bilmiyorsun, bir de kalkmış yabani bir köpeği azat etmeye çalışıyorsun,* der gibi kalkmıştı.

Plajda yürümek ister miyim, diye sordu.

İsterim.

Parmak arası terliklerimle önden gidiyordum; kafenin verandasını plajdan ayıran üç beton basamağın üzerinden atladık. Bir şey vardı bu gidişte, o merdivenlerden bizi yalnız indirmeyip, koştururcasına atlatan bir şey. Kumun üzerinde hızlıca koştuk; sanki orada olduğunu ikimizin de bildiği ama henüz göremediği bir şeyi kovalıyor gibiydik. Sonra biraz yavaşlayıp kıyı boyunca yürüdük. Ingrid ayakkabılarını çıkarıp yüzüme baktı, sonra da onları denize attı.

Kendimi "Yapma, yapma, yapma!" diye bağırırken buldum bir anda. Eteğimi toplayıp dalgaların arasına koştum peşlerinden. Sonunda göğsüme takıldılar da denizden çıkarıp ona geri verebildim.

Birini bir eline diğerini öbürüne alıp içindeki suları boşalttı ve gülmeye başladı. "Ne ayakkabılarmış ama. Seni korkutmak istememiştim Zoffie."

"Senin suçun yok. Ben zaten korkmuştum."

Neden öyle söyledim ki? Zaten korkmuş muydum?

Çocukların anne babalarıyla yaptığı kumdan kalelerin, kulecikler ve hendeklerle dolu karmaşık krallıkların üzerinden atlayarak yürümeye devam ettik. Beline kadar kuma gömülü yedi sekiz yaşlarındaki bir kız çocuğuna üç kız kardeşi denizkızı kuyruğu yapıyordu. Üzerinden atlayıp plajın sonuna kadar koştuk. Ben kayalıkların yanındaki su yosunu kaplı banka yığılıp kalınca Ingrid Bauer de yanıma oturdu. Sırtımızı geriye yasladık, yan yana masmavi gökyüzünde uçuşan mavi bir uçurtmayı izliyorduk. Nefes alışını duyabiliyordum. Uçurtma kırışmaya ve yavaş yavaş düşmeye başladı. O an düşündüm de tüm hayatım boyunca dalgalara kapılıp gitmek, bambaşka bir hayata başlamak istemiştim. Ama bunun ne anlama geldiğini ya da nasıl elde edileceğini hiç bilemedim.

Ingrid'in şortunun arka cebindeki telefon çalıyordu. Eliyle uzanabilmek için iki büklüm oldu. Ben de iki büklüm oldum, sonra daha da yaklaştık birbirimize. Çatlamış dudaklarım onun yumuşacık dudaklarına yapıştı bir anda, öpüşmeye başladık. Su yükseliyordu. Gözlerimi kapayıp denizi ayak bileklerimde hissederken aklıma bilgisayarımın ekran koruyucusu geldi, o dijital gökteki takımyıldızları, gaz ve tozdan oluşan toz pembe helezonlar... Telefon hâlâ çalmasına rağmen biz öpüşmeye devam ediyorduk. Bir eli omzumdaydı, medusaların bıraktığı mor şeritli yaralarımı sıkıyordu. Acıtıyordu ama aldırmıyordum; sonra, telefonunu açmak için bir anda dudaklarımı bıraktı.

"Plajdayım, Matty. Denizin sesini duyabiliyor musun?" Bir yandan telefonu dalgalara doğru tutuyor, bir yandan da yeşil gözleriyle bana ufak bakışlar atıyordu. Aynı anda dudaklarını oynatıp konuşur gibi yaparak *geç kaldım, çoook geç*, dedi; geç kalmasından beni sorumlu tutuyordu gibiydi.

Kafam karışmıştı. Ayağa kalkıp yanından uzaklaşmaya başladım.

Arkamdan seslendiğinde de ne durdum ne de dönüp baktım. Kız kardeşlerinin kuma gömdüğü denizkızının şimdi kusursuz bir kuyruğu vardı; deniz kabukları ve ufak çakıl taşlarıyla süslenmişti.

"Zoffie Zoffie Zoffie."

Sersemlemiş halde yürümeye devam ettim. Yine bir şeyler benim yüzümden olmuştu. Titriyordum ve çok uzun zamandır bedenimde, tenimin içinde bir şeyler tuttuğumu hissediyordum; kelime anlamı Yunanca "insan" olan *anthropos* ve yine kelime anlamı Yunanca "inceleme" olan *logia* sözcükleri kafamda dönüp duruyordu: Ant-ro-po-lo-ji. Antrolopoloji, milyonlarca yıl öncesinden günümüze insanlığı inceliyor, ben-se daha kendimi bile inceleyemiyorum. Şimdiye kadar Aborjinler hakkında araştırma yaptım, Mayaların hiyerogliflerini, Japon araba üreticilerinin kurumsal kültürlerini inceledim ve daha birçok toplumun içsel mantığı üzerine makaleler yazdım. Ama gelin görün ki kendi içsel mantığıma dair en ufak bir fikrim bile yok. Birdenbire, bunun başıma gelen en güzel şey olduğunu fark ettim. En çok hissettiğim şey de onun omzumdaki medusa yaralarını sıkma şekliydi.

Meydanda şeftali çayı içiyor. Sıcaktan bayılmış halde. Mavili beyazlı ekose gömleği yüzünden. Andalucia yazı için kışlık kalıyor o gömlek. Ama besbelli kendini onun içinde kovboy falan sanıyor. Hep yalnız. Geceleri dağın ufkunu birlikte seyrettiği, yıldızlara bakıp beraber iç çektiği kimsesi yok.

Tık Tık

Gece gece evimizin penceresini biri tıklatıyor. İki kez kontrol ettim, kimse yok. Martılar ya da rüzgârın plajdan savurduğu kumlardır belki. Aynaya bakıyorum, kendimi tanıyamıyorum.

Bronzlaştım, saçlarım uzadı ve dağıldı, dişlerim koyulaşan tenimin altında daha beyaz görünmeye başladı, gözlerim daha büyük, daha parlak – annem bir şeyler yüzünden bana bağırdığında, mesela, *Ayakkabılarımı düzgün bağlayamadın*, gibi şeyler dediğinde, ben onun bağcıklarını tekrar bağlamak için diz çöktüğümde ve yine çözüldüğünde, bu sefer yere oturup ayaklarını kucağıma alıp tüm bağcıkları söküp tekrar bağladığım halde bana yine bağırdığında daha iyi ağlayabileyim diye daha büyük ve daha parlak gözlerim.

Çözmek, sökmek ve sıfırdan başlamak fazlasıyla uzun bir süreçti. Ona neden ayakkabı giymesi gerektiğini sordum. Özellikle de bağcıklı ayakkabıları. Gecenin bir vaktiydi ve bildiğim kadarıyla dışarı çıkmayı planlamıyordu.

"Bağcıklı ayakkabılarla daha iyi düşünebiliyorum," dedi.

Sandalyeye yaslandı. Ben ayaklarıyla ilgilenirken o, kireç badanalı duvara uzun uzun baktı. Sandalyeyi çevirmeme müsaade etseydi gökyüzündeki yıldızlara bakıyor olabilirdi. Bakış açısını değiştirmek için azıcık hareket etmesi gerekiyordu ama o umursamıyordu. Yıldızlar belli ki onu küçümsüyordu. Her biri incitiyordu onu. Bana, zihninde zaten bir manzara olduğunu söylüyor. Yorkshire Wolds. Patikada yürüyor, çimenler ıslak ve bahar kokuyor, yağmur usulca saçlarına düşüyormuş. Dünyanın en hafif yağmuru. Sırt çantasında da bir cheese roll[17] varmış. Bu yürüyüşü onunla Yorkshire Wolds'da yapmayı isterdim, roll'ları tereyağına bulamaktan ve elimizdeki haritaya göz atmaktan mutlu olurdum. Bunu ona söylediğimde belli belirsiz bir gülümseme yerleşiyor yüzüne ama ayaklarını çoktan bir başkasına emanet etmiş sanki. Bu gece çok gerginim. Hâlâ birinin cama vurduğunu duyuyorum. Duvarın içine gizlenmiş farelerdir belki de.

"Hep uzaklara dalıyorsun Sofia."

Babamdır belki. Anneme bakmaya gelmiştir. Böylelikle ben de bir mola veririm. Kuzey Afrika'dan kıyıya yüzmüş bir mülteci de olabilir. Geceyi geçirmesi için ona evimi açarım o durumda. Yaparım bunu. Evet, yapardım sanırım.

---

17 İngiltere'ye özgü, peynirin dürüm haline getirilip kızartılarak yendiği bir tür abur cubur. (ç.n.)

"Buzdolabında su var mı Sofia?"

Halka açık tuvaletlerin kapılarının üzerindeki, bize kim olduğumuzu söyleyen levhaları düşünüyorum.

Gentlemen Ladies
Hommes Femmes
Herren Damen
Signori Signore
Caballeros Señoras [18]

Hepimiz, birbirimizin levhasının içinde saklanıyor olabilir miyiz?

"Su getir Sofia."

Ingrid'in telefonunu dalgalara doğru uzatıp *Plajdayım, Matty. Denizin sesini duyuyor musun?* dediğini düşünüyorum.

Sevgilisiyle konuşurken ayağını sağ uyluğumun üstüne, dizimin birazcık yukarısına koymuştu.

Erkek ayakkabılarını deniz yosunlarının üzerine atmıştı, su yükseldiğinde sallanan küçük tekneler gibiydi onlar da. Karanlıkta özgürce salınan yosunların tuzlu mineral kokusu baştan çıkarıcı ve yoğundu.

Plajdayım, Matty. Denizin sesini duyuyor musun?

Medusaların içinde yüzdüğü deniz.

Mavi kadife şortunu sırılsıklam eden deniz.

Annemin ayakkabı bağcıklarını çözüp yeniden bağlamaya devam ediyorum. Kesinlikle pencereyi tıklatan biri var. Yalnız

---

18 Farklı dillerde beyler ve hanımlar. Sırasıyla İngilizce, Fransızca, Almanca, İtalyanca, İspanyolca. (ç.n.)

bu seferki bir tıkırtıdan ziyade sağlam bir vuruş. Annemin ayaklarını kucağımdan indirip kapıya bakıyorum.

"Birini mi bekliyorsun Sofia?"

Hayır. Evet. Belki. Belki de birini bekliyorumdur.

Ingrid Bauer, gümüş rengi gladyatör sandaletlerini aynı renk bağcıklarla diz kapaklarına kadar bağlamış, karşımda duruyor. Öfkeden kudurmuş halde. "Zoffie, ağaç oldum burada!"

"Görmedim seni."

"Ama buradaydım."

Matthew'le benim durumum hakkında konuştuklarını söylüyor.

"Ne durumu?"

"Ulaşım sorununuz. Burası çöl, Zoffie! Yarın Gómez Kliniğinden arabayı alıp getirebilirmiş istersen."

"Araba iyi olur aslında. Peki."

"Yaranı göster bana."

Bluzumun kolunu sıvayıp mor izleri gösterdim. Kabarmaya başlamışlardı.

Parmağıyla yara izini takip etti. "Okyanus gibi kokuyorsun," diye fısıldadı. "Denizyıldızı gibi tıpkı." Parmağı şimdi de koltuk altı kıvrımımdaydı. "O küçük canavarlar sahiden de senin peşinden gelmişlerdir." Cep numaramı istedi ve avucunun içine yazdım.

"Bir dahaki sefere Zoffie, ben çalınca kapıyı aç."

Kapıyı hiç kilitlemediğimi söyledim.

Sahildeki evimiz karanlık. Duvarlarımız, yaz sıcağını engelleyecek kadar kalın. Gündüzleri de geceleri olduğu gibi ışıkları açıyoruz. Ingrid gittikten sonra, çok geçmeden elektrikler kesildi. Banyoya yakın duvarın üzerindeki sigorta kutusuna uzanıp açma anahtarını çevirmek için sandalyeye çıkmak zorunda kaldım. Elektrikler geri geldi, ben de Rose'a çay demlemek için aşağı indim. Yorkshire'dan beş kutu poşet çay getirmişti İspanya'ya. Hackney'de, yolumuzun üzerinde bu poşet çayları depolayan bir dükkân vardı, Rose da toptan almak için oraya kadar yürümüştü. Sonra eve kadar bir daha yürümüştü. Annemin topal bacaklarının sırrı da bu işte. Arada bir böyle, hayalet gibi dünyayı adımlıyorlar.

"Bir kaşık getir Sofia."

Getiriyorum.

Böyle yaşayamam. Bu seyahati her anlamda tersine çevirmem gerekiyor.

Zaman parçalandı; tıpkı dudaklarım gibi çatlıyor. Saha çalışmalarım için fikirlerimi not alırken, geçmişte mi, bugünde mi yoksa aynı anda iki zamanda birden mi yazdığımı bilmiyorum.

Üstelik Pablo'nun köpeğini hâlâ azat edemedim.

Yunan kız, sivrisinekleri uzak tutmak için geceleri limon otu tütsüsü yaktığında karnının ve göğüslerinin kıvrımlarını görebiliyorum. Meme uçları dudaklarından daha koyu. Odasının parfümlü karanlığında sivrisinekler tarafından ısırılmak istemiyorsa çıplak uyuma alışkanlığından vazgeçmeli.

Denizi Rose'a Getirmek

Gómez, annemi öğle yemeğine çıkardığında masada sessizce oturacağıma söz vermiştim. Konuşmamı yasaklamış ve bu kararı konusunda ona güvenmemi istemişti. Ayrıca hastane ekibinden birilerinin her gün Rose'u dairesinden alıp getireceğini, benim de ne istersem onu yapabileceğimi söyledi. Yalnızca salı günleri, annemin en yakın akrabası olduğumdan beni kliniğe çağıracaktı. Bunun dışındaki günler tamamen bana kalmıştı. Rose'u yakından tanımak istiyordu çünkü bu vaka onu hayrete düşürüyordu. Yürüyemiyor olması değildi ilgisini çeken. Daha çok, nasıl arada bir yürüyebildiğini merak ediyordu. Bu, dışarıdan fiziksel bir hastalığa pekâlâ benziyor olabilirdi ancak insan tıp teorilerinin de kölesi olmamalıydı. Ona anlıyordum, değil mi?

Gómez'i araştırma asistanım gibi görüyordum. Ben tüm hayatım boyunca bu vakanın içindeydim, o ise yeni başlıyordu. Söz konusu annemin semptomları olunca zafer yahut mağlubiyet arasında keskin sınırlar çizmek pek mümkün olmuyor. Ne zaman bir teşhis koysa, o başka bir bulguyla Gómez'in kafasını karıştırmaya devam ediyor. Yine de işini biliyor gibi duruyor Gómez. Dün Rose'a hastalığıyla ilgili şikâyetlerini ölmekte olan bir böceğe ya da sineğe anlatmasını söyledi; bunu yaparsa daha kolay can verirlermiş. Hatta iyice içini dökmeli ve sineğin ölmeden önce çıkardığı o uzun vızıltıyı da dinlemeliymiş. O cırlaklık, o monoton, tiz tını annemin kulağını öyle çok tırmalayacakmış ki sonunda Rus halk müziği korosunu dinlediğini sanacakmış.

Hayatımda ilk kez Rose'un dişlerini göstererek, kahkahalarla güldüğünü gördüm. Gómez, aynı anda bazı tetkikler için anneme randevu ayarlıyor ve personelinin onun medikal çoraplı sağ ayağıyla da ilgileneceğini söylüyordu.

Annemin, evden oraya kolayca yürüyebileceğini düşünerek köy meydanındaki restoranda üç kişilik masa ayırtmıştı. Kolay bir yürüyüş olmadı. Gece meydandan süpürülmemiş fıstık kabuklarına takılıp sendeledi Rose. Ayakkabısının bağcıklarını bağlamaya tam bir saat uğraştığım halde o ne yapıp edip sonunda iri bir fındık tanesine basıp düştü.

Gittiğimizde Gómez masada bizi bekliyordu. Rose'un tam karşısına o oturdu, ben de bana söylendiği gibi Gómez'in yanına oturdum. İnce çizgili resmî takım elbisesi gitmiş, yerine krem rengi keten bir takım gelmişti. Ne baştan aşağı gündelik giyinmişti ne de kendini ünlü bir doktor olarak tanıttığı o günkü gibi havalıydı. Ceket cebindeki ipek sarı mendil, eski usul kabartılıp katlanmıştı. İki dirhem bir çekirdekti, nazik ve beyefendiydi. İkisi de menüyü incelemeye koyuldu, bense rastgele bir salatayı gösterdim parmağımla. Dilsizdim ve de dış kapının mandalıydım nasılsa. Rose uzun uzun düşünüp beyaz fasulye çorbasında karar kıldı, Gómez ise buraya özgü ızgara ahtapotu sipariş etti.

Hiç vakit kaybetmeden balığa alerjisi olduğunu ve anında dudaklarının şiştiğini söyledi Rose. Gómez anlamamış gibi ifadesiz bakınca da eğilip omzumu dürttü. "Balık alerjimi anlatsana."

Gómez'e verdiğim sözü tutup ağzımı açmadım.

Annem hâlâ onun dikkatini çekmeye çalışıyordu. "Herhangi bir balık türünün yakınında duramam. Ahtapotunuzun buharı bana doğru uçuşur da onu solursam kurdeşen dökerim."

Gómez belli belirsiz kafa sallayıp annemin eline uzandı. Rose, ilkin şaşırdı ama sanırım Gómez, nabzını ölçüyordu, parmağını bileğinin içine bastırıyordu. "Bayan Papastergiadis, balık yağı takviyesi ve glukozamin[19] alıyorsunuz siz. Ben bunları kendi laboratuvarımızda test ettim. Sizin kullandığınız glukozamin markası, içeriğini kabuklu deniz canlılarının kabuklarından elde ediyor. Diğer takviyeleriniz ise köpek balığı kıkırdağından."

"Evet ama ben diğer balık türlerine alerjiğim."

---

19 Kabuklu deniz hayvanlarının, hayvan kemiklerinin, kemik iliğinin, kıkırdak dokunun ve mantarların kabuklarında bulunan malzemeden elde edilen bir çeşit takviye, vitamin. (ç.n.)

"Köpek balığı kabuklu değildir." Altın kaplama ön dişleri güneşte parıldıyordu. Gölgede bir masa ayırtmamıştı, saçının beyaz şeritli kısmı sıcaktan ter içinde kalmıştı ve zencefil gibi kokuyordu.

Rose, şarap menüsüne elini uzatınca Gómez onu ustaca elinden kaptı ve masanın en uzak köşesine bıraktı. "Hayır, hayır, Bayan Papastergiadis. Alkollü bir hastayla görüşemem. Şimdi benim muayene odamda olsaydınız, size şarap ikram etmeyecektim. Aslına bakarsanız sadece mekânı değiştirdim, bu da bir muayene ama bir tek farkla: Gökyüzünün altındayız."

Garsona el sallayıp Rose'a daha önce anlattığı özel maden suyundan rica etti. Dediğine göre Milan'da şişelenmiş, önce Singapur'a sonra da İspanya'ya ithal edilmiş.

"Ah Singapur, ah!" Daha fazla dikkat çekmek için sanıyorum, ellerini çırptı. "Geçen ay Singapur'da bir konferansta çok heyecanlanmıştım. Onlar da bana kahvaltıda otelin çeşmesindeki sazan balıklarını beslememi, öğlen de Güney Çin Denizi'ne bakarak sakinleşmemi önermişti. Sizce de harika sözcükler değil mi ama: 'Güney Çin Denizi?'"

Rose, acı çekiyormuş gibi yüzünü buruşturdu. Sanki güzel olan her şey onu bizzat yaralıyordu.

Gómez sandalyesinde geriye yaslandı. "Otelin damındaki havuzda, İngiliz turistler bira içerdi. Bellerine kadar suyun içine batıp tüm gün ellerinde bira ile suda kalırlardı. Kafalarını bir kere kaldırıp da Güney Çin Denizi'ne bakmazlardı."

"Havuzun içinde bira içmek çok hoş geldi kulağa." Keskin bir ses tonuyla araya girdi Rose. Öğle yemeğinde maden suyu içmeye bayılmadığını vurgulamak istiyor gibiydi.

Gómez'in altın dişleri alev alev yanıyordu. "Güneş banyosundasınız Bayan Papastergiadis. D vitamini kemiklerinize iyi geliyor. Su içmeniz lazım. Şimdi bırakın bunları da size ciddi bir soru sorayım. Neden siz İngilizler "vay-fay" derken biz İspanya'da "vii-fii" diye telaffuz ediyoruz sizce?"[20]

Rose, sanki kendi idrarını içmesini söylemişler gibi suyundan zorla bir yudum aldı. "Besbelli ünlü harf vurgularının iki dilde farklılık göstermesi yüzünden Bay Gómez."

Köy meydanının ortasında, plastik bir bot yaklaşık on iki yaşında sıska bir çocuk tarafından şişiriliyordu. Çocuk, yeşile boyanmış Mohikan saçlarıyla ortada arzı endam ederken bir yandan elindeki dondurmayı mideye indiriyor, bir yandan da tek ayağını plastik bir pompaya bastırıyordu. Arada bir beş yaşındaki kız kardeşi, plastik botun henüz şişmemiş, buruşuk yerlerine bakmaya koyuluyor, denize layık olup olmadığını kontrol ediyordu.

Garson, dirseğine kadar uzayan tabakların içinde salata ve fasulye çorbası getirdi. Sonra da Gómez'in omzunun üzerinden tiyatral bir tavırla mor dokunaçlı kocaman bir *pulpo alla griglia*[21] servis etti.

Amerikan İspanyol karışımı aksanıyla garsona teşekkürlerini sundu Gómez, "Ah canım, gracias."[22] Kâğıt servis altlığının üzerindeki dev tabağında duran iri, mor dokunaçlı *pulpoya*[23] bakıp, "Bu yaratıklara doyamıyorum!" dedi. "Üzerindeki şu

---

20 Wi-Fi: İngilizce kablosuz bağlantı anlamına gelen "wireless fidelity" tamlamasının kısaltması. (ç.n.)

21 *İsp.* Izgara ahtapot (ç.n.)

22 *İsp.* Teşekkürler (ç.n.)

23 *İsp.* Ahtapot (ç.n.)

parlak marine sosuna bitiyorum... acı baharatlar, limon suyu, paprika! Derin suların eski sakini! Gracias, dostum! Gracias, sevgili ahtapot, zekân, gizemin ve muhteşem savunma mekanizman için."[24]

Rose'un sol yanağında iki kırmızı şerit oluşmuştu.

"Biliyor muydunuz Bayan Papastergiadis, ahtapotlar kendilerini kamufle etmek için renk değiştirebilirler? Bir Amerikalı olarak, ahtapotun bu halini çok gizemli bulurum, adeta ufak bir *monstruo*[25] ama İspanyol yanım onu son derece tanıdık bir yaratık olarak görüyor."

Bıçağı alıp ahtapotun kabarcıklı kurşuni dokunacından bir parça kesti. Ama yemeyip yere fırlattı. Öğle yemeğinde ona eşlik etsinler diye köy kedilerine açık bir davetiye gönderiyordu. Onlar da masanın altına üşüşüp deniz canavarının bir parçasını kapmak için didişmeye başladılar hemen. Gómez, ahtapotun elastik etini nazikçe kesip zevkle ağzına götürüyordu. Bir süre sonra patilerine neden üç parça daha dokunaç fırlatmayayım diye düşündü.

Annem iyiden iyiye sessizleşmiş, şoka uğramış gibi durgunlaşmıştı. Öyle ağaç gibi, yaprak ya da köpek gibi bir durgunluk da değil. Ölü gibi bir durgunluktu.

---

24 Ahtapotların bazı türleri savunma mekanizmaları gereği kendilerini tehlikede hissettiklerinde ya da avlarına yaklaşırken fark edilmemek için renk değiştirir ve bulundukları okyanus zemininin dokusuna uygun bir renge bürünerek kamufle olurlar. (ç.n.)

25 *İsp.* Canavar (ç.n.)

"Wi-Fi hakkında konuşuyorduk," diye devam etti Gómez. "Size bilmecenin cevabını vereyim. Ben Assisili Françesko[26] ile kafiyeli olsun diye 'vii-fii' şeklinde söylüyorum."

Üç cılız kedi ayakkabılarının üzerinde oturuyordu.

Rose, başını ona çevirdiğine göre hâlâ nefes alıyor olmalıydı. Gözlerinin akı iyice kızarmış, göz kapakları da şişmişti. "Tıp Fakültesini nerede okudunuz?"

"Johns Hopkins, Bayan Papastergiadis. Baltimore'de."

Yüksek sesle fısıldayarak, "Dalga geçiyor herhalde," dedi Rose.

Çatalımı bir domatese sapladım ve onu duymazdan geldim. Gelgelelim sol gözünün kapanma şekli beni biraz endişelendiriyordu.

Gómez, fasulye çorbasını beğenip beğenmediğini sordu ona.

"Beğenmek biraz abartılı bir fiil olur bu çorba için. Fazlasıyla sulu olduğu kadar bir hayli de tatsız tuzsuz bir şey."

"Beğenmek, sizce neden abartılı bir fiil?"

"Çorbaya karşı tavrımı doğru ifade edebilecek bir fiil olmadığı için."

"Umarım iştahınız çabucak yerine gelir."

Annem, kızarmış gözlerini benimkilerde sabitleyince hainlik edip bakışlarımı hızlıca çektim onlardan.

"Bayan Papastergiadis, benimle konuşmak istediğiniz birtakım düşmanlarınız var mı?"

---

26 Francis of Assisi, ya da Türkçe karşılığı olan Assisili Françesko. Fransisken Tarikatı'nın kurucusu olan keşiş ve Hıristiyan aziz. Francis of Assisi'nin telaffuzu, vii-fii ile kafiyeli. (ç.n.)

Annem, geriye yaslanıp iç çekti.

Bu iç çekiş ne anlama geliyordu? Saha çalışmam için sağlam konu olurdu bundan da. Sadece uzun, derin, sesli bir soluma mıydı? Yok, Rose'unki daha ziyade derin ama sönük bir iç çekişti. Yılgındı ama üzgün değildi. İç çekiş solunum sistemini sıfırlar; annem nefesini tutuyor olmalıydı, bu da göründüğünden daha gergin olduğu anlamına geliyordu. İç çekişi, onun zor bir durum karşısındaki duygusal yanıtıydı.

Düşmanlarını düşündüğünü biliyordum, bir liste tutmuştu onlardan. Belki ben de o listedeydim?

Annemin sesi aklımdan geçenin aksine sakin hatta neredeyse dostane çıkıyordu.

"Annemle babam elbette benim ilk düşmanlarımdı. Yabancılardan hoşlanmazlardı; ben de gidip Yunan bir adamla evlendim."

Gómez'in ahtapot mürekkebinin bulaştığı dudakları simsiyah gülümsüyordu. Devam etmesi için anneme eliyle işaret yaptı.

"Annem de babam da son nefeslerini kendilerine çok iyi bakan koyu tenli hemşirelerin ellerinde verdiler. Şimdi onlara yüklenmek biraz kaba olur. Yine de yapacağım. Öteki taraftaki sevgili anneciğim, babacığım, başucunda can verdiğiniz hemşirelerin isimlerini hatırlatır mısınız acaba bana?"

Gómez, çatalını ve bıçağını tabağının köşesine bıraktı. "Devlet Hastanesinden bahsediyorsunuz sanırım. Ama siz özel kliniği tercih ettiniz."

"Evet, doğru. Biraz utanıyorum açıkçası bundan. Ama Sofia, kliniğinizi iyice araştırıp beni buraya bir şans vermem konusunda epey cesaretlendirdi. Artık yolun sonuna gelmiştik. Öyle değil mi, Fia?"

Gözlerimi dikmiş meydanda şişirilen bota bakıyordum. Kenarlarından sarı çizgiler geçen mavi bir bottu.

"Yunan bir adamla evlendiniz, öyle mi?"

"Evet, on bir yıl çocuğumuz olmadı. Sonunda hamile kaldım, kızımız beş yaşına girince de Christos'a, Atina'ya gidip genç bir hanım bulması için Tanrı'dan bir vahiy geldi."

"Anlıyorum. Ben de Katoliğim."

Gómez, dünya dışı ahtapotunu ağzına doldurmaya devam ediyordu. "Bu arada Bayan Papastergiadis, ismim 'Gómeth' şeklinde telaffuz ediliyor."

"İnançlarınıza saygı duyuyorum, Bay Gómeth. Umarım cennete gittiğinizde incilerle bezeli kapılar, sizin için kurutulmuş ahtapotlarla dolu bir akşam yemeği masasına açılır."

Annemin kendisine attığı her taşa katlanıyor gibi görünüyordu. İlk kez buluştuklarında takındığı buyurgan tavrını da yitirmişti. Rose'un gözlerindeki kızarıklık geçti, yanağındaki de sönmeye başladı. "Biricik kızıma kavuşmak çok uzun sürdü," dedi.

Gómez, cebindeki ipek mendili çıkarıp uzattı. "Tanrı ve yürümek. Belki onlar da sizin düşmanınızdır?"

Rose, gözlerini kuruladı. "Yürümek değil. Dışarıda yürümek."

Karamsar bakışlarım yerdeki izmaritlere takıldı. Dilsiz olmak çok rahatlatmıştı beni.

Gómez, nazik ama ısrarcı biriydi. "Bu isim işi biraz hileli," dedi. Hileli sözcüğünü vii-fii ile kafiyeli söylüyordu. Aslında benim iki soyadım var. Gómez, babamın ismi. Soy ismim ise annemin adı olan Lucas'tan geliyor. Kendimce kısaltıp Gómez diyorum ama aslında adım Gómez Lucas. Kızınız da size Rose diyor ama sizin asıl adınız Anne. Rahatsız edici bir durum bence, sizce de öyle değil mi? Bu 'Rose', 'Bayan Papastergiadis' ve 'Anne' arasında gidip gelmeler."

"Söyledikleriniz çok duygusal şeyler, Bay Gómez, gerçekten." Rose, mendili sımsıkı tutuyordu.

Telefonum titredi.

Arabanız var artık
Gel, anahtarı al
Çöp tenekelerinin yanına park edildi
Inge

Gómez'e kiralık arabanın geldiğini, bu yüzden de kalkmam gerektiğini fısıldadım. Tüm dikkatini Rose'a verdiği için beni duymazdan geldi. Bana hiç sunulmamış bu dikkati elde edemediğime bozuldum biraz.

Otopark, köylülerin çöplerini attığı, plajın arka tarafında bir yerde, kuru çalıların arasındaydı. Kokuşmuş çöp tenekeleri, çürük sardalyalar, tavuk kemikleri ve sebze kabuklarıyla dolup taşıyordu. Sineklerden oluşan kara bulut kümelerinin arasından geçerken durup vızıltıları dinlemeye koyuldum.

"Zoffie! Acele et, koş. Sıcaktan bayıldım burada."

Sineklerin kanatları yağa bulanmış, birbirine yapışmıştı.

"Zoffie!"

Ingrid Bauer'e doğru koşmaya başladım.

Sonra birden yavaşladım.

Sineğin biri elime konmuştu. Elimi kaldırıp bir tane yapıştırdım – ama ona içimi dökmemiştim.

Sonra bir dilek tuttum.

Ne tuhaftır ki ağzımdan fısıltıyla çıkan kelimeler Yunancaydı.

Ingrid kırmızı bir arabaya yaslanmış bekliyordu. Kapılar açıktı, Matthew olduğunu tahmin ettiğim otuzlarının başında bir adam, sürücü koltuğunda oturuyordu. İlk bakışta dikkatli bir şekilde aynadan kendine baktığını sandım ama yakınlaşınca anladım ki makineyle sakallarını tıraş ediyordu.

Ingrid'in ayaklarında bir şeyler parıldıyordu. Gümüş rengi bağcıklarını diz kapaklarına kadar çapraz bağladığı gladyatör sandaletlerini giymişti. Mücevherlerle bezenmiş gibi görünüyordu. Antik Roma'da bot ya da sandalet bileğin ne kadar üstündeyse, savaşçının statüsü de o kadar yüksektir.

Onca tozun, çalının arasındaki otoparkta onu Kolezyum'da dövüşen bir gladyatör gibi görüyordum. Meydan da savaşçıların kanını çeksin diye kumla kaplanmıştı sanki.

"Erkek arkadaşım, Matthew," diye içerideki adamı gösterip terli elimi, buz gibi eliyle tutarak beni neredeyse arabanın içine fırlattı ve Matthew'ün üzerine düştüm, o da elindeki tıraş makinesini yere düşürdü. Ön camda "Europcar"[27] yazan bir etiket vardı.

"Inge, bir sakin olsana."

Matthew'un saçları, Ingrid'inki gibi sarıydı ve tıraş köpüğüne bulanmış çenesinin altına geliyordu. Kucağına düşmüştüm ve Europcar aracının zemininde tıraş makinesi vızıldamayı

27 Ünlü bir araç kiralama şirketi. (ç.n.)

sürdürürken birbirimizden ayrıldık. Kendimi kokuşmuş çöp kutularına açılan kapıdan dışarı attığımda, medusanın acısı yeniden nüksetti çünkü düşünce kolumu direksiyona çarpmıştım.

Ingrid'e bakarak, "Tannnrı aşkınaa!" dedi Matthew. "Bugün neyin var senin?" Yerdeki tıraş makinesini alıp arabadan dışarı çıktı. Makineyi kapatıp Ingrid'e verdi, bir yandan da beyaz tişörtünü bej pantolonunun üzerindeki kemerden içeri sokuyordu. Elimi sıktı. "Merhabalar Sofie."

Arabayı getirdiği için teşekkür ettim.

"Ha, sorun değil! Birlikte golf oynadığım bir iş arkadaşım beni arabayla kliniğe götürdü, böylelikle benim canım sevgilim de geç saate kadar yatabildi."

Kolunu, Ingrid'in omzuna doladı. Topuksuz sandaletlerle bile ondan en az iki karış uzundu Ingrid.

Çenesinin yarısı hâlâ köpükle kaplıydı. Bir çeşit kabile makyajına benziyordu.

"Sofie ne diyorsun, şu hava seni de bayıltmıyor mu?"

Ingrid omzundaki kolu indirip Europcar'ı işaret etti. "Beğendin mi Zoffie? Citroën Berlingo."

"Evet, ama renginden pek emin olamadım."

Ingrid araba kullanamadığımı biliyordu. Ne diye onu benim adıma almak için bu kadar uğraşmıştı anlamadım.

"Bize gelip limonatamın tadına bakmak ister misin?"

"İsterim ama yapamam. Meydanda annem ve doktoruyla öğle yemeği yiyoruz."

"Tamam, belki plajda görüşürüz o halde?"

Matthew birdenbire fazla enerjik ve sokulgan oluverdi yine. "Berlingo'yu, tıraşımı bitirdikten sonra kilitleyip anahtarı ve evrakları sana getiririm. Bu arada, neden annene otomatik vites ayarlamamışlar ki bir tane? Yani yürüyemiyor ne de olsa, değil mi?"

Ingrid sinirlenmişe benziyordu ama nedenini anlayamıyordum. Gümüş rengi sandaletinin tabanıyla Matthew'un dizine şakayla karışık vurunca, o da eğilip Ingrid'in bacağını tuttu ve çapraz bağcıkların arasında kalan esmer bileklerini öptü.

Meydana geri döndüğümde annemle Gómez gayet iyi idare ediyor gibi görünüyordu. Koyu bir sohbete dalmış, geldiğimi bile anlamamışlardı. Rose'u biraz heyecanlı buldum. Yanakları al aldı. Biraz da cilveliydi hatta. Ayakkabılarını bile çıkarmış, güneşin altında yalınayak oturuyordu. Çözmek için bir saat uğraştığım bağcıklar anlaşılan kolayca terk edilmişti. Annemin yıllardır yalnız yattığı aklıma geldi. Ben beş, altı ve yedi yaşındayken, babam onu terk ettiğinde yatağa sürünerek tırmanır, yanına yatardım. Ama hatırlıyorum da, kendimi rahatsız hissederdim hep. Sanki kalkışa geçen uçağın tekerlerini büküp yutması gibi o da büyümekte olan çocuğunu yeniden karnına sokmak için büküyordu beni, içine sokmaya çalışıyordu. Şimdilerde ise ondan bırakması istenen üç ilaç yüzünden sızlanıyor ve sakat bacaklarını tedavi ettirmek için İspanya'ya gelmenin balığın kavağa çıkması gibi olduğunu söylüyordu. Ulaşabileceğimizin ötesinde bir şifa aradığımızı ima ediyordu yani.

Anneme bir kerecik de olsa sert bakabilseydim, onu medusalar gibi taşa çevirirdim. Aslında tam olarak onu da değil. Tüm o alerjileri, baygınlıkları, kalp çarpıntılarını, yan etkileri bekleme evresini taşa çevirirdim. Bu hastalık meselesini taş kesilmiş bir cesede döndürürdüm elimde olsa.

Mohikan saçlı cılız çocuk hâlâ botu şişirmeye uğraşıyordu. Kız kardeşi, mavi botu çıplak ayağıyla iterken erkek kardeşi bir yandan elindeki kürekleri havaya kaldırıyor diğer yandan onlarla hararetli bir tartışmanın içine giriyordu. Denizin ortasında, yeni bir botla, yeni bir macera yaşayacaklarına heyecanlıydı üçü de. Heyecanlanmak için geçerli bir nedendi bu. Bir hastalığın belirtilerinin geri çekilmesini beklemeye benzemiyordu.

Gómez'in dudakları, iştahla yediği ahtapottan sonra simsiyah olmuştu artık. "Görüyorsunuz ya Rose, ahtapotumu da alıp denizi ayağınıza getirdim ve siz boğulmamayı başardınız."

Rose, gülümseyince oldukça güzel ve hayat dolu göründü gözüme. "Soyuldum ben Bay Gometh. Yüz binden daha ucuza Devon'a gidebilir, deniz kenarında bir paket bisküviyle oturabilir, İngiliz köpeklerimden birinin başını okşuyor olabilirdim şimdi. Siz Devon'dan daha pahalısınız. Açıkçası, hayal kırıklığına uğradım."

Gómez, "Hayal kırıklığı kötü bir şeydir," diyerek kabul etti kendisine söyleneni. "Sizi anlıyorum."

Rose, garsona el sallayıp büyük bir kadeh Rioja[28] istedi.

Gómez, gözünün ucuyla bana baktığında şarap konusuna yine içerlediğini anladım. Masa, sabit değildi, hatta tüm yemek boyunca sallanıyordu bile denebilir. Gómez, cebinden reçete defterini çıkarıp beş yaprak kopardı ve kare haline getirdi. "Sofia, lütfen şu masayı hafifçe benimle birlikte kaldırır mısın, şu kağıdı bacaklardan birinin altına sıkıştırayım."

28 İspanya'nın kuzeyindeki La Rioja özerk bölgesinde üretilen şaraplara verilen ad. (ç.n.)

Ayağa kalkıp bana en yakın köşeden tuttum. Plastikten yapılmış bir masaya göre ilginç bir şekilde ağırdı. Gómez, altına kâğıt sıkıştırırken yerden iki santim yukarı kaldırmak bile bana çok güç geliyordu.

Rose birden yerinden zıpladı. "Kedi tırmaladı!"

Az önce sabitlenmiş masanın altına baktım. Bir kedi Rose'un sol ayağında oturuyordu.

Gómez, sol kulak memesiyle oynamaya başladı. İçimden bir ses, benim tüm hayatım boyunca yaptığım gibi, onun da Rose'un sağlığı hakkında aklından notlar tuttuğunu söylüyordu. Şayet bacaklarında hiç his yoksa, beyni ayaklarını tırmalayan patiler yaratıyordu.

Sanki o Sherlock'tu, ben de Watson – ya da tecrübelerimi göz önünde bulundurunca tam tersiydi belki de. Köyün kedilerini öğle yemeğine çağırmasının ardında, annemin ayaklarındaki hissizliği test etme planının yattığı ortadaydı. Masanın altına tekrar baktığımda, bileğinde ufak bir kan izi gördüm. Pençenin tenine geçişini sahiden de hissetmişti.

Neden araba sürmesine izin verdiğini şimdi anlıyordum.

Birisi masamızın etrafında dolaşıyordu. Matthew, yeni tıraşlı yüzüyle, annemin arkasında dikilip, "Affedersiniz," diyerek eğildi ve bana anahtarla, mor bir plastik dosya uzattı. "Gerekli evrakların hepsi bunun içinde."

"Sen de kimsin?" Rose şaşkına dönmüştü.

"Ingrid'in sevgilisiyim, kendisi kızınızın da arkadaşı. Bana tekerlekli sandalyeye bağımlı olduğunuzu söyledi, ben de gidip kiralık arabanızı sizin için getirdim. Sürüşü oldukça yumuşak, merak etmeyin." Gözü, yerde ahtapot dokunacını çiğneyen kediye takılınca yüzünü ekşitti. "Bu sokak kedileri hastalık taşır, biliyorsunuz."

Rose, yanaklarına doldurduğu havayı gürültüyle dışarı savurdu ve acı acı gülümseyerek kafasını salladı. "Bu adamı nereden tanıyorsun, Sofia?"

Konuşma yasağım olduğu için sesimi çıkarmadım.

Matthew'u nereden tanıyordum sahi?

Plajdayım, Matty. Denizin sesini duyuyor musun?

Plajdayım, Matty. Denizin sesini duyuyor musun?

Endişelenmeme gerek kalmadı çünkü Gómez yine kontrolü eline aldı.

Sırasıyla önce Matthew'a arabayı getirdiği için resmî bir şekilde teşekkürlerini sundu, sonra da Hemşire Günışığı'nın sigorta konusunu halletmiş olduğunu diledi. Matthew da her şeyin sorunsuz hallolduğunu, kliniğin "deli gibi" güzel bahçelerinin içinde onu oraya kadar götüren nazik iş arkadaşıyla birlikte yürümenin bir zevk olduğunu söyledi. Söyleyecek daha çok şeyi vardı ama koluna vuran annem yüzünden sözleri yarım kaldı.

"Matthew, yardıma ihtiyacım var. Lütfen bana eşlik et. Eve gidip dinlenmem lazım."

"Ah, tabii, eve gidip yatağınıza uzanmanız, iyice dinlenmeniz gerekiyor," diye araya girdi Gómez. "Neden peki? Elinize bir kazma alıp tozu dumana katarak kaldırım taşlarını yerinden mi söktünüz?"

Rose, yeniden Matthew'un koluna vurdu. "Neredeyse hiç yürüyemiyorum, görüyorsun. Az evvel de bir kedinin saldırısına uğradım üstelik. Bir omuz versen çok makbule geçer doğrusu."

"Tabii ki," diyerek sırıttı Matthew. "Ama önce şu uyuz kedileri bir uğurlayalım bakalım."

Kahverengi-beyaz ayakkabılarını yere vurdu. Mantar kesim saçlarıyla, bağırıp tepinen kısa boylu bir Avrupalı prense benziyordu. Bir tane erkek kedi hariç hepsi kaçmıştı. Onu da meydanın ortasında zikzaklar çizerek kovaladı. Kediyi gönderirken çoktan ayakkabılarını giymiş olan anneme de eliyle işaret etti.

Matthew masamızın dört metre kadar uzağında duruyordu ve Rose'un onun kollarına yetişme süresinin ne kadar uzun olacağını henüz kestiremiyordu. Rose, kendisine doğru topallarken saatine iki kez bakmıştı bile. Bir adama ulaşmak için bu kadar uğraşmasına tanık olmak acı vericiydi, özellikle de ona gelmesini teklifi etmemiş bir adama. Sonunda kolunu onunkine dolamayı başarabildi.

"İyi istirahatler Bayan Papastergiadis." Gómez kolunu kaldırıp iki parmağıyla ona el salladı.

Rose da ona son bir kez bakmak için arkasını döndüğünde Gómez'in fasulye çorbasını bitirmekte olduğunu görüp dehşete düştü.

Bir süre sonra Gómez bana sessizliğim için teşekkür etti. "Annenizin adına hiç konuşmadınız. Büyük başarı bu."

Sustum.

"Görüyorsunuz öfke, belki de sıkıntı yüzünden nasıl da yürüyor."

"Evet, yürür o bazen."

"Ekibim, özellikle omurgası, kalçaları ve ön kolları dahil kemik sağlığını tahlil etmek için birtakım tetkikler yapacak. Ama gözlemlediğim kadarıyla restorana giderken tökezlediğinde ne kasılma ne burkulma ne de çatlama oldu. Kemik erimesini bu gözlemin dışında tutabiliriz demek bu. Beni endişelendiren, yürümemek konusundaki direnci. Bu şekilde ona yardım edemem."

Neredeyse, ondan vazgeçmemesi için yalvaracaktım ama sesim içime kaçtı.

"Size bir şey sormama izin verin Sofia Irina, babanız nerede?"

"Atina'da." Sesim boğuluyordu.

"Hah. Fotoğrafı var mı?"

"Hayır."

"Neden peki?"

Sesim, restorandaki kediler gibi kaçıp gitmişti.

Gómez, Milan'da şişelenen, sonrasında Singapur'la bir alakası olan sudan bir bardağa doldurup bana uzattı. Bir yudum alıp boğazımı temizledim.

"Babam, kısa bir süre önce kız arkadaşıyla evlendi. Bir kız bebekleri var."

"Yani Atina'da daha önce hiç görmediğiniz bir kardeşiniz var, öyle mi?"

Ona, on bir yıldır babamı görmediğimi söyledim.

Beni babamı görmem gerektiğine ikna etmek için çok istekli görünüyordu. Bir yığın personelin annemin bakımıyla ilgileneceğini söyledi.

"Alınmayın ama Sofia Irina, sağlıklı, genç bir kadına göre fazla zayıf birisiniz. Arada bir annenizin duygusal şemsiyesinin altına girip onunla beraber topalladığınız oluyor. Sizin fiziksel gücünüzde biri daha fazlasını yapabilir. Kaldırması o kadar güç bir masa olmamasına rağmen, bu masayı tutarken oldukça fazla zorlandınız. Daha fazla egzersiz yapmanız gerektiğini söylemeye çalışmıyorum. Demek istediğim, bu bir amacınızın olmasıyla ilgili. Üşengeçliği azaltmakla ilgili. Bakın aklıma ne geldi. Neden daha cesur olmak için gidip pazardan bir balık çalmıyorsunuz? En büyük balık olmasına da gerek yok, en küçüğü bile olabilir hatta."

"Neden daha cesur olmam gerekiyor?"

"Bu, sizin cevaplamanız gereken bir soru." Sesinin tonu muhtemel bir deliye göre fazla ikna edici, sakin ve ciddiydi. "Şimdi sizinle konuşmak istediğim başka bir şey var," dedi. Gómez bir hayli sıkıntılı görünüyordu.

Kliniğinin duvarlarından birine mavi boyayla grafiti yaptıklarını söyledi. Bu sabah olmuş. Duvara yazdıkları şeyse "SAHTEKÂR" imiş. Şarlatan, dolandırıcı, itibarı olmayan doktor demek istemişler yani. Yapan kişinin bizim adımıza arabayı almaya gelen adam olduğunu düşünüyormuş. Matthew'dan bahsediyordu. Hemşire Günışığı'nın ona gerekli belgeleri ve anahtarları vermesinden sonra ayrılmış; çok geçmeden mermer kubbenin sağ yanında bu kelimenin yazılı olduğunu görmüşler.

"Niye böyle bir şey yapsın ki?"

Gómez, mendili almak için elini cebine attığında, cebinin boş olduğunu fark etti. Dudaklarını elinin tersiyle, elini de peçeteyle sildi. "Onun, birkaç senedir beni rahatsız eden bir eczacılık şirketinin yöneticisiyle golf oynadığını biliyorum. Kliniğime bilimsel araştırmalar için fon sağlamayı teklif etmişlerdi. Karşılığında da şirketlerinin ilaçlarını alıp, hastalarıma reçete ile yazmam gerekecekti."

Gómez, saklayamayacağı kadar sıkıntılı görünüyordu. Tedirgin, parlak gözlerini kapattı, ellerini dizlerinin üzerine koydu. "Personellerim mermerin yüzündeki boyayı temizleyecekler, sorun bu değil. Sorun, birilerinin benim itibarımı sarsmaya çalışıyor olması."

Mohikan çocukla kız kardeşi, şişirdikleri mavi lastik botu meydanın karşısına geçirip plaja doğru sürüklüyordu. Erkek kardeşleri de elinde küreklerle peşlerinden gidiyordu.

Ne yani Gómez dolandırıcı mıydı şimdi? Rose, çoktan bu ihtimali sesli düşünmüştü.

Elde edene kadar göbeğimizin çatladığı yirmi beş bin euroyu ona vermemizi dert etmiyorum artık. İsterse evimizi de alabilir. Geyiğin birini katledip iç organlarından bir yürüme kürü devşirecek olsa memnun olurum. Anneme göre vücudu kötücül güçlerin saldırmayı beklediği bir av; ama ben Gómez'e annemin gerçeklik algısına suç ortağı olsun diye para ödemiyorum.

O akşam köyde dolaşırken, tepe yolunun ortasında bir evin önündeki çalılıklardan iki ince yasemin dalı aldım. Kenarında "Angelita" yazan mavi bir tekne, palamarla bağlanmış duruyordu bahçede. Narin, beyaz yapraklarını parmaklarımla dağıttım. Kokusu her şeyi unutturacak kadar keskindi, hipnoza girerdiniz. Çöl yasemini çelenkleri ise komaya sokardı insanı. Gözlerimi kapattım. Açtığımda da Matthew ve Ingrid'in tepeyi tırmanarak eski giysi mağazasına doğru çıktığını gördüm. Ingrid koşarak gelip yanağımdan öptü.

"Mağazadan örgülerimi almaya geldik."

Burnu açık ayakkabılarıyla uyumlu, boyun kısmına kuş tüyleri dikilmiş turuncu bir elbise giymişti.

Matthew, araya girdi. "Üzerindeki elbiseyi kendisi dikti. Emeğinin karşılığını aldığını düşünmüyorum orada. Zam alması için görüşmeye gideceğim." Ingrid koluna vurunca saçlarını kulaklarının arkasına atıp güldü. "Inge'nin gazabına uğramak istemezsin. Sinirlenince gözü dönüyor. Berlin'de haftada üç gün kick boks kursuna gidiyor. Yani sana tavsiyem, ona bulaşma."

Mağaza sahibi kadının yanına gitti, kadının sigarasını yaktı ve bize sırtını döndü.

Ingrid uzanıp saçıma dokundu. "Düğümlenmiş burası. Fransız ilmeği denen bir nakışla iki elbise işliyorum. İpi iki kez iğneye dolamak zorunda kalıyorum bunu yaparken. Bitirince senin için de bir şeyler dikeceğim."

Boynundaki kuş tüyleri, yasemini burnuna dayadığımda titreşti.

Koltuğunda iki ergen oğlanın oturduğu bir motosiklet hırlayarak yanımızdan geçti.

"Sanırım o çiçekler benim için Zoffie."

Petrol ve yasemin kokusundan bayılacak gibi oldum.

"Evet, senin için topladım."

Arkasına geçip çiçeğin yapraklarını örgülerinin dalgalandırdığı saçlarına bıraktım. Boynu yumuşacık ve ılıktı.

Yüzünü bana dönünce, gözbebekleri büyümüş, ötelerde parlayan deniz gibi simsiyah ve kocaman olmuştu.

Hastalık Geçmişi

Rose, duşun altında çırılçıplak. Memeleri sarkık, göbeği kat kat, cildi yumuşacık ama solgun, küllü sarı saçları ıslak, gözleri ışıl ışıl. Ilık suyun vücudundan akmasına bayılıyor. Kendi vücudundan. Ne istiyor onun vücudu peki, kimi hoşnut etmesi bekleniyor? Çirkin mi vücudu, neye benziyor? Tedavisinden çıkarılan üç haptan beri belirtilerin gerilemesini bekliyor. Gerileme olmadı hâlâ. Ama Rose bunu kaybolan sevgilisini bekler gibi bekliyor, gergin, heyecanlı bir halde. Geri dönmezse hayalleri yıkılır mı?

Bugün Julieta Gómez, Rose'un hastalık geçmişini çıkaracak ve benim de orada olmamı istediler. Hastalık geçmişi nerede başlar tam olarak?

"Hastalık geçmişi ailede başlar," diyor Julieta Gómez. "Geçmiş demek, aile demektir." Açık gri topuklularını spor ayakkabılarıyla değiştirmiş. İnce şifon bluzunu, kalçalarını saran özel dikim kumaş pantolonunun içine sıkıştırmış. Rose'u fizyoterapi odasındaki bir sandalyeye oturtup kendisi de karşısına oturuyor. "Başlamaya hazır mısınız?"

Julieta, ortalarındaki masanın üstünde duran küçük, siyah, şık bir kutuyla oynarken Rose kafasını sallıyordu. Rose'u elinin altındaki bu cihazın klinikteki tüm hasta kayıtları için kullanıldığı ve gizli olduğu konusunda ikna etti. Ses kurulumu yapıldı. Belli ki bir süre sonra seslerinin kaydedildiğini ikisi de unutacaktı.

İlk olarak Julieta başladı konuşmaya. Tarihi, saati, annemin adını, yaşını, kilosunu ve boyunu kaydetti.

Fizyoterapi odasının bir köşesinde, huzursuz bir şekilde oturuyorum. Kucağımda bilgisayarımla, garip bir şekilde zamanın dışındayım. O sırada orada bulunmam doğru değil, hatta etik de değil ama Gómez salı günleri hariç tedavinin kalan evresinde özgür olmamı istediğinde hemen kabul ettim. Bu yüzden, özgürlüğümün bedelini annemin anlattıklarını dinleyerek ödemek zorundayım.

Anlatıyor.

Babasının öfke sorunu varmış. Fazla enerjik olmakla karıştırılabilirmiş. Manik olmakla karıştırılabilirmiş. İki saat uykuyla dururmuş. Eşine çok çektirmiş. Onun hali de depresyonla karıştırılabilirmiş. Günün en az yirmi üç saatini uyuyarak geçirirmiş annesi. Bu hikâyeyi biliyorum ama yine de bağ kurmak istemiyorum. Kulaklığımı takıp Youtube'dan bir şeyler açıyor, tüm hayatımı saklayan bilgisayarımın kırık dökük ekranından izliyorum. O hayatın bir kısmı Şanghay'ın kenar mahallelerindeki bir fabrikadan çıkan sanal takımyıldızlarının altında gizleniyor, adı da terk edilmiş doktora tezim.

Arada bir kulaklığı çıkarıyorum.

Annem hastalığının tarihçesi hakkında bilgi veriyor. Nereden başlıyor peki o tarih? Zamanın içinde dolaşıyor, geçmişle, çocukluk hastalıklarıyla ve geri kalan her şeyle karışıyor. Ama kronolojik bir sırayla ilerlemiyor. Julieta, daha sonra Rose'un söylediklerinin suretini çıkarıp hastalık geçmişini yazacak. Fizyoterapist olmadığım, etnolog olduğum halde ben de aynısını yapmakla yükümlüyüm aslında. Julieta, kliniğine gelen hastaların şikayetlerini bir aşamadan sonra tanımlamak zorunda. Belirtileri, açığa çıkan sorunları, gerilemeleri. Ama Rose'un şikâyeti bir tane değil ki. Altı tane bile değil. Ben şimdiye kadar yirmiden fazla duydum, daha çok belki de. Geçmiş, bugün, gelecek hepsi bir olup şu anki şikayetlerini oluşturuyor.

Rose'un dudakları kıpırdıyor ve Julieta dinliyor; ama ben dinlemiyorum. Orada olmam istendi ama değilim. Youtube'dan 1972 tarihli bir Bowie konseri izliyorum ve sürekli takılıyor. Bowie'nin saçları kan portakalı gibi kızıl, uzay yolculuğuna atıfta bulunan parıltılı gömleği karanlıkta ışıldıyor, platform topuklu ayakkabılarıysa onu dünyadan kaldırıp uçuracak kadar yüksek. Göz kapakları uzay gemileri gibi metalik griye boyanmış. Kızlar çığlık çığlığa, sahnede kasılarak yürüyen Space Oddity'ye[29] dokunabilmek için deli gibi bağırı-

---

29 Space Oddity, David Bowie'nin en büyük şarkılarından biri olarak kabul edilir. Klasik rock ve Bowie sevenler tarafından Bowie'nin aynı isimle anıl-

yorlar. Ucubeye benziyor oysa, medusalardan farkı yok. Kızlar yerlerinde duramıyor, uçuyorlar.

Bizse dünyaya saplandık.

Orada olsaydım, en yüksek çığlığı atan ben olurdum.

Hâlâ en yüksek çığlığı atan benim.

Parçalarımı bir arada tutan genetik geçmişimden kurtulmak istiyorum. Bana anlatılan hikâyenin sayfalarını dağıtmak, bildiklerimin kuyruğundan tutup baş aşağı çevirmek istiyorum.

Rose, öksürüyor. Ne zaman tuhaf ve üstü kapalı bir şeyi açığa çıkaracak olsa böyle öksürür. Öksürüğü, hafızasının kilidini açan bir pim sanki. Hastalık geçmişini anlatıyor. Arada sırada birkaç cümle duyuyorum. Julieta Gómez'in mülakat şekli ilgimi çekiyor. Antropologlar buna "derinlemesine mülakat" derdi. Annem için de "bilgi veren" derlerdi muhtemelen. Gördüğüm kadarıyla sorular entipüften olmaya başlamıştı ama annemin duyguları giderek yükseliyordu. Keşke başka bir yerde olsaydım şimdi. Julieta rahat ama tetikte, istediği cevapları zorla elde etmeye çalışmıyor ya da annemi baskılamıyor, karşılıklı sessizliklerin yarattığı boşlukları doldurmakta acele etmiyor. Etnologların, bilgi verenlerin hikayelerini derinlemesine dinleyip sonunda onları susturdukları kaset kayıtlarının olduğunu duymuştum. Ama annemin dudaklarının kıpırdaması hiç durmuyor. "Fizyoterapi" bu sohbeti tam olarak karşılayan bir tanım olamaz. Belki de Rose'un hatıraları kemiklerinin içinde gizleniyordur. Kemiklerin, insanlık tari-

---

masını sağlayan meşhur şarkıdır. (ç.n.)

hinin başından beri kehanette bulunmak için kullanılmasının nedeni budur belki de?

Annemin kendi bedenine karşı öyle derin bir nefreti var ki. "Ayak parmaklarımı kesip atsalar keşke," diyor.

Julieta onun ilk hastalık geçmişi kaydını tamamlayıp ayağa kalkmasına yardım ediyor. "Sol ayağınızı kaldırın."

"Yapamam. Sol ayağımı hareket ettiremiyorum."

"Güçlenmek ve dayanıklılık kazanmak için biraz ağırlık çalışmalısınız."

"Benim tüm hayatım bir şeylere dayanmakla geçiyor Hemşire Günışığı. Unutmayın ki en büyük derdim, en azılı düşmanım dayanmak."

"İngilizce nasıl telaffuz ediyorsunuz bunu?"

Rose söylüyor.

Julieta'nın elleri, başını doğrultmasına yardım etmek için Rose'un çenesinin altında. Rose'un gözleri odadan kayboluveren tekerlekli sandalyeyi arıyor.

"Her şey acı veriyor. Şu hiçbir işe yaramayan ayakları atıp kurtulsam keşke. Rahatlarım hiç olmazsa."

Julieta, maskarayla tek tek ayrılmış kirpiklerinin altından bana bakıyordu. "Bence Rose ayakta dik duramıyor çünkü çok uzun."

"Hayır, bu ayaklardan nefret ediyorum ben!" diye Rose ona bağırdı.

Julieta şimdi belirivermiş olan tekerlekli sandalyeye yaslanmasına yardım etti. Arkasında bir hademe vardı, sandalyenin kollarından sıkıca tutmuş, kolçağa yerleştirdiği gazeteyi okumaya çalışıyordu. Ön sayfada Yunanistan başbakanı Çipras'ın fotoğrafı duruyordu. Hademenin dudağındaki uçuğu fark ettim.

"Ayaklarımı kesin, tek isteğim bu," diyordu annem, Julieta'ya.

Julieta karşılık olarak sol ayağıyla sandalyenin tekerleğine becerikli bir tekme savurdu. "Nereye varmaya çalışıyorsun Rose?"

Annem, güreş maçına çıkmadan önce yapılan ısınma hareketlerini taklit eder gibi omuzlarını öne arkaya sallamaya başladı. "Bir yere varmaya çalıştığım yok."

Julieta solgun ve bitkin görünüyordu. Yanıma gelip kartvizite benzer bir şey verdi. "İstersen gelip beni dairemde ziyaret et. Carboneras'ta yaşıyorum."

Gómez odaya, peşinde Jodo ile birlikte girdiğinde hâlâ şaşkınlığımı atlatmaya çalışıyordum. Saçındaki ak şerit, Jodo'nun beyaz tüyleriyle uyum içindeydi. Kedi tombul ve uysaldı, sahibinin ayaklarının ucunda huzurla mırlayıp duruyordu.

"Fizyoterapiniz nasıl gitti Bayan Papastergiadis?"

"Bana Rose deyin."

"Ah, evet haklısınız, şu formalitelerden kurtulacaktık artık."

"Bir şeyleri unutma huyunuz varsa, elinize yazın Bay Gómez."

"Öyle yaparım."

Julieta babasına Rose'un ilk kaydının tutulduğunu, şimdilik biraz yorgun düştüğünü, yirmi dakikalık kahve kurabiye molası vereceğini söyledi. Gómez, elini kaldırıp kafasındaki parlak beyaz şeridi parmaklarının ucuyla yatıştırdı. "Günün bu erken saatinde yorgunluk diye bir şey olmaz Hemşire Günışığı. Gençler dinlenmez. Gençler fener bekçileri gibi tüm gün ayakta durmalıdır. Gençlerin gün batana kadar konuşup durmaları lazım."

Julieta'dan Hipokrat yemininin ilgili kısımlarını tekrar etmesini istedi. O ise gidip kayıt cihazını kapattı. Kasvetli bir tonda "Yeteneklerime ve muhakeme gücüme dayanarak, gidip hastalarıma perhiz yazacağım ve kimseye de zarar vermeyeceğim," dedi.

"Çok iyi. Ama yine de gençler böyle kolay yorgun düşüyorsa, yaşam tarzlarını değiştirmeleri gerekiyor demektir."

Kızı sözleriyle dövüyor gibiydi. Acaba bir ihtimal kızının tekerlekli sandalyeyi tekmelediğini mi görmüştü?

Gómez'in dikkati tamamen annemin üzerindeydi. Aslında nabzını ölçüyordu ama uzaktan elini tutuyor gibi görünüyordu. Sesinin tonu fazla nazik, hatta biraz da çapkındı. "Arabayı hâlâ kullanmadığınızı duydum Rose."

"Evet. Sofia'yı bu dağlık yollara çıkarmadan önce biraz pratik yapmam lazım."

Parmakları nazikçe bileğini kavrıyordu. Usulca hareket ediyorlardı. Bir yaprak gibi. Ya da akıntıya kapılıp giden bir taş gibi.

"Görüyorsunuz Sofia Irina, Bayan Papastergiadis sizin güvenliğinizi düşünüyor."

"Kızım hayatını boşa geçiriyor," diye araya girdi Rose. "Sofia kilolu ve tembel ayrıca bu yaşa gelmesine rağmen vaktinin çoğunu annesiyle geçiriyor."

Hayatım boyunca kilo alıp verdiğim, bir bedenden diğerine geçtiğim doğru. Annemin sözleri ayna gibi beni yansıtıyor.

Bilgisayarım da utançlarımı gizleyen örtü bir nevi. Daima onun içine saklanıyorum.

Gizli örtümü koltuğumun altına sıkıştırıp fizyoterapi odasını terk ettim. Jodo da bir yere kadar peşimden geldi. Patileri yumuşacıktı, ses çıkarmıyordu; hayalet gibi yürüyüp gözden uzaklaştı sonunda. Muhtemelen yanlış yola girmiştim, süt rengi mermer koridorların labirentinde kayboldum. Damarlı duvarların arasında boğulacak gibi oldum; sanki düşmüştüm ve birileri onları üstüme örtüyordu. Mermer zeminde tıkırdayan topuklularım, ilk gün Julieta'nın babasının yanından uzaklaşırken koridorda yankılanan topuk seslerini anımsattı. Şimdi de ben annemin yanından uzaklaşıyordum. Cam çıkışa ulaşmak rahatlatmıştı; sonunda dağ havası almak, sukulentlerin ve mimoza ağaçlarının arasında durmak iyi geldi.

Dağın eteklerinin altında dalgalanan okyanusu ve plajın incecik kumlarına diktikleri sarı flamayı gördüm. Zor unutulan bir şeydi o medusalı bayrak. Medusa'nın geçmişi nerede başlayıp nerede bitiyordu acaba? Şaşkına uğramış mıydı, yıkılmış mıydı ya da artık güzelliğine kapılmadıkları için iyiden iyiye paniklemiş miydi? Kadınlığından sıyrıldığını mı hissetmişti? Üzerinde "Hanımlar" yazan tuvaletten mi giriyordu içeri, "Beyler" yazan tuvaletten mi? "Hommes" mu yoksa "Femmes" mi, "Caballeros" mu yoksa "Señoras" mı? Bir canavar olarak hayatı üzerinde bizden daha fazla söz sahibi miydi? Peki ben tüm vaktimi herkesi memnun etmeye çalışarak geçirirken hayatımda nereye varabilmiştim? Tam olarak buraya galiba. Ellerimi ovuşturup durduğum yere.

Şiddetle esen rüzgârın uçurduğu incecik kumlar yanaklarıma çarptı. Sanki gökyüzü yarılmış, kum yağdırıyordu.

Jodo'nun beyaz, tüylü bir gölge halinde, şemsiye şeklindeki sukulentin gri yaprakları altına hızlıca koştuğunu gördüm. Tulumlu ve iş gözlüklü bir erkek temizlikçi, kliniğin çıkışına yakın olan duvara hortumla su tutuyordu. Bir süre sonra hortumdan çıkan şeyin su olmadığını fark ettim. Duvara kum püskürtüyordu. Yakınına gidince mavi sprey boyayla yazılmış dört kelime gördüm. Yok olmak üzerelerdi ama. Belli ki temizlikçi çıkarmak için birkaç kere uğraşmıştı. Bu, Gómez'in birkaç gün önce bahsettiği grafiti miydi? Değildi. "SAHTEKÂR" yazmıyordu. Boyayı silmek için harcanan çabaya rağmen harflerin şekillerini net bir şekilde seçebiliyordum. Gómez, belli ki annemin onun sahtekâr olduğunu düşündüğünden haberdardı ve bunu bildiğini göstermek istemişti. Ama sonra, eyleme geçmemiş bu düşünce kendiliğinden bir suç işlemiş ve kliniğin duvarlarını mahvetmişti. Mavi boyayla yazılmış grafiti tek sözcükten oluşmuyordu.

Üç sözcükten oluşan bir cümleydi.

GÜNIŞIĞI ÇOK SEKSİ

Bazı günler hasır şapka takıp etrafta geziniyor. Onu kayığına alıp ufak koylara götürecek kimsesi yok. *Bak, burada su çok güzel, dalıp şu deniz yıldızını alayım*, dediğinde onu duyacak kimse yok yanında. Ay sonunu getirmesine yarayan iki kredi kartı var sadece. Belki de ona biraz borç para vermeyi teklif etmeliyim?

Avcılık ve Toplayıcılık

"Neden zavallı bir kertenkeleyi öldürmek istiyorsun ki?"

Ingrid, Romen bir taksi şoförüne ait sokak arasındaki pizzacının önünde çömelmiş oturuyordu. İlk bakışta ne yaptığını anlamam mümkün olmadı, sonra elinde minyatür bir ok ve yay tuttuğunu gördüm. O kadar ufaktı ki avucunun içine sığıyordu. Oku duvarın çatlağından hızlıca çıkıp kaçan kertenkeleye doğrultmuştu. Ok, duvara çarptı, sonra da yere düştü.

"Zoffie! Gölgen yüzünden kaçırdım. Genellikle doğru nişan alırım ben." Kurşun kalem ebatlarında, keskinleştirilmiş okunu ve naylon ipli yayını gösterdi.

"Bunu bambudan kendim yaptım."

"İyi de neden bir kertenkeleyi öldürmek istiyorsun?"

Duvar kenarında bıraktığım beyaz karton kutuyla oynuyordu.

"Seni her seferinde sinir edecek bir şey buluyorum sanırım Zoffie. Ne var bu kutuda?"

"Pizza."

"Neli pizza?"

"Ekstra peynirli Margarita."

"Daha fazla salata yemelisin."

Ingrid, uzun saçlarını tepeden toplamış. Bu saçlarla ve çapraz askılı beyaz elbisesiyle yanık tenli, güçlü bir heykele benziyor. Bez ayakkabıları da beyaz. Kertenkele, duvarın çatlağından yeniden sızdığında yolundan çekilmemi isteyen bir göz işareti yapıyor. Hayvanın yeşil bir kuyruğu ve sırtında da mavi halkaları var.

"Çekil! Kay şuraya Zoffie, uğraşıyorum, görüyorsun. Hem sen Pablo'nun köpeğini hâlâ salmadın mı?"

"Hayır. Pablo bu sabah Meksikalı boyacılardan birini işten attı. Pablo'dan parasını daha alamadı üstelik."

"Ondan beş kuruş alamaz Zoffie. Aslında biraz yüzsüz olsa alırdı, tıpkı şu kertenkele kardeşimiz gibi."

Ok ve yayıyla bir fotoğrafını çekebilir miyim diye sordum.

"Keyfine bak."

Telefonumu çıkarıp kamerayı yüzüne odakladım.

Kim bu Ingrid Bauer?

Nelere inanıyor, kutsal bayramları var mı? Ekonomik özgürlüğü elinde mi? Âdet dönemlerindeki alışkanlıkları ne? Kış mevsimini sever mi? Dilencilere nasıl yaklaşır? Bir ruhu olduğuna inanıyor mu? İnanıyorsa, bu ruhun başka şeylerin içinde de vücut bulduğu oluyor mu? Mesela bir kuşun, ya da bir kaplanın? Akıllı telefonunda Uber uygulaması var mı? Dudakları yumuşacık.

Önce hızlı, sonra yavaş çekimi denedim, en sonunda da yalnızca fotoğraf çekme simgesine dokundum. Objektifin ardından kutuyu açıp pizzayı içinden çıkarışını görebiliyordum. Donmuş peynire bakıp suratını astı, sonra da pizzayı yere attı.

"Kertenkeleyi yesem daha iyi. Bitirdin mi fotoğraf çekme işini?"

"Evet."

"Ne yapacaksın onunla?"

"Almería'da seninle geçen ağustosu hatırlayacağım."

"Hafıza tehlikelidir."

"Öyle mi?"

"Evet, öyle."

"O kertenkeleyi yakalayıp ne yapacaksın?"

"Uzuvlarının geometrik yapısını inceleyeceğim. Nakış işlerken fikir veriyor bana. Birazdan duvardan yine çıkar. Çekil! Çekil!"

Ben çekilmeyince saldıracakmış gibi üstüme yürüdü. Kollarıyla belime sarılıp beni yukarı kaldırdı, sonra da geri bıraktı ve elleri bir süre elbisemin eteğinde kaldı. Duvarın arkasındaki jakaranda ağacından kopan bir çiçek gibi titrediğini hissediyordum.

"Sen bir canavarsın Zoffie!" Benden uzaklaşıp pizza kutusuna hızlıca bir tekme savurdu. "Git de biraz Taş Devri falan çalış. Yok mu yapacak başka işin?"

Yapacak işim var tabii. Ingrid Bauer'in ufak okunu ve yayını düşünüyorum. Kafamın içinde büyüyorlar, hatta o kadar büyüyorlar ki sonunda avını yaralayan bir silaha dönüşüyorlar.

Yay, dudak şeklinde. Okun ucuysa keskin. Ingrid'in nazarında neden bir canavarım ki ben? Beni bir yaratık gibi görüyor. Onun canavarıyım. Okun ucu da benim kalbime doğrultuldu.

Kendimi hafiflemiş hissediyordum. Tıpkı hedefine varmak üzere havalanmış bir ok gibi.

Akşam olmak üzereydi, plaj boşalmıştı. Lastik botsuz, deniz yataksız haline ilk kez denk geldiğim ılık, yağlı sulara bıraktım kendimi. Ufukta belli belirsiz bir çizgi olarak görebildiğim Kuzey Afrika'ya kadar yüzecektim. Başka bir ülkeyi, gidilmesi imkânsız denecek kadar uzak bir yolu hedefleyip kulaçlamak, benim uzun süreli gerinme şeklimdi. Deniz, kıyıdan uzaklaştıkça daha da berraklaştı. Yaklaşık yarım saat sonra suyun üzerinde sırtüstü yatıp güneşin altında süzüldüm; dudaklarım sıcaktan ve tuzlu sudan yarılmıştı yine.

Kıyıdan iyice uzaklaştım ama yeterince kaybolmuş sayılmam. Eve dönmem gerektiğini biliyorum ama kendime ait ne bir evim var ne işim ne param ne de beni geri isteyecek bir sevgilim. Suya yüzümü döndüğümde yine onları gördüm. Medusaları. Uzay gemileri gibi yavaş ve sakin, hassas ve tehlikeli olan medusaları. Sol kolumun altında zonklayan, yanan bir ağrı oluştu aniden ve kıyıya doğru yüzmeye başladım. Üst üste sokulunca, insan canlı canlı derisi soyuluyormuş sanıyor. Kumları geçip revir kulübesine vardığımda sakallı öğrencinin de beni beklediğini anladım. Elinde bir tüp merhemle ayakta dikiliyordu. Dönüp omzumu gösterdiğimde söylenmeye çoktan başlamıştı bile. "Bu fena, çoook fena." Parmakları yanığın üzerinde gezdi. Şiddetli bir acı duyuyordum, oysa çok hafifti dokunuşu. Merhemi daireler halinde sürüyordu. Konuşurken sesi yumuşacıktı, bir anne gibi. Belki de bana öyle geliyordu, bilmiyorum.

"Seni yüzerken gördüm. Tehlike flamasını görmedin mi?" Sesi giderek yükseliyordu. "Sana sesleniyordum, Sofia."

İsmimi hatırlıyordu.

"Sofia Papastergiadis. Nefes alıyor musun?"

"Hayır."

"Bayrak gönderdeyken o kadar açılman delilik."

Bir abi gibi veya belki de öfkeli bir sevgili gibi bağırıp çağırıyordu. O an tuhaf bir şey oldu. Onu tek elimle yere serip, onunla sevişmek istedim. Arzuyla çarpılıp kalmıştım. Bir arzu taşkınlığı. Hiç fark etmediğim birine dönüşüyordum. Kendimden korkuyordum.

Elimden tutup masaya uzanmama yardım etti. Sağ kalçamın üstüne yattım –sırtüstü yatmama imkân yoktu–, başım için de ince bir kırlent verdi. Sandalye çekip yanıma oturunca sakalını sıvazladı. O an yine çok istedim onu. Denizanasının soktuğu yer beni heyecanlandırıyordu. Bir şırıltı duydum. Bir kova suyla ayaklarımın altındaki kumu temizliyordu. Masaya tırmanıp üstüme uzanmasını istedim, bacaklarımı beline dolayıp onu şu ufacık revirin içinde zevkten bağırtmak istedim. Ama o bunun yerine doldurmam için yine o formu uzattı.

Ad:

Soyad:

Doğum yeri:

Meslek:

Bu sefer her yeri boş bıraktım. Bir tek meslek bölümünün karşısına "Canavar" yazdım. Önce forma, sonra bana baktı. "Ama sen güzel bir kadınsın," dedi.

Hava nemliydi, yaprak kımıldamıyordu. Uyuyamadım bir türlü. Omzumdaki, sırtımdaki ve uyluklarımdaki yaraları sürtmeden yatabileceğim herhangi bir pozisyon yoktu. Pikeyi yere atmıştım. Zayıf düşmüştüm, susamıştım da. Galiba halüsinasyon görüyordum çünkü annem başucumda bekliyordu. Çok uzun görünüyordu. Pike yerden yavaşça kaldırıldı ve nazikçe üzerime örtüldü. Bir erkek sesi kulağıma İspanyolca Almadraba de Moltelva kasabasındaki tuz mağarasını, Las Presillas Bajas'daki palmiyeleri ve El Cerro Negro'daki kara dağları ziyaret etmemi söylüyordu. Revir kulübesindeki öğrenci olmalıydı bu. İki saat sonra, sayıklamalarımın arasında Matthew'un kolonyası geldi burnuma. Kliniğin duvarındaki grafitiyi gördüğümden beri aklımdan çıkmıyordu. Başka biri daha vardı odamda; nefes alıyor, bir köşede saklanıyordu. Uyuyakaldım. Uyandığımda modası geçmiş film yıldızları gibi kabarık kıvırcık sarı saçlı bir kadın gördüm. Sırtı açık kırmızı gece elbisesi giymiş, eldivenli parmaklarının arasında bir kavanoz tutuyordu.

"Zoffie, hadi bana yeni izlerini göster."

Gömleğimi yukarı sıyırdım.

"Ah zavallı kız. Şu deniz canavarları tam bir şeytan. Gerçekten de savaş halindesiniz siz."

Rose, diğer odadan bağırıyordu. "Sofia, evde biri var."

Pikeyi kafama kadar çektim.

Ingrid pikeyi tutup geri indirdi. "Annene kapıyı hiç kilitlemediğinden bahsettin mi?"

"Hayır."

Ingrid sağ elindeki beyaz eldiveni çıkardı. "Çatlamış dudakların için manuka balı getirdim." Parmağını kavanozun içine daldırıp dudaklarıma bir tutam sürdü. "Çok fazla bronzlaşıyorsun Zoffie."

"Esmer olmayı seviyorum."

"Baban nerede?"

"Atina'da. Yeni bir kız kardeşim oldu. Üç aylık."

"Demek kız kardeşin var. Adı ne?"

"Bilmem."

"Benim de var bir kız kardeşim. Düsseldorf'ta yaşıyor." Derin bir nefes alıp yaralarımın üstüne üfledi. "İyi geliyor mu?"

"Evet."

Eski giysi mağazasındaki 1930'lar partisine gittiğini söyledi. Almeríalı bir orkestra eski müzikler çalacaktı. Hasta yatağımdan müziği duyup onu düşüneceğimi umuyordu ve birkaç çöl yasemini toplayıp beni düşüneceğini de söylüyordu. Beyaz eldivenli eliyle omzuma hafifçe vurdu. "Balın tadını sevdin mi?"

"Evet."

Otuzların dansının tüm adımlarını ezbere bildiği halde at üstünde gitmeyi tercih edeceğini söyledi. Öyle yavaş bir dans için fazla enerjikmiş. "Biraz seninle yatayım mı Zoffie?"

"Evet."

"Canavarsın sen," diye kulağıma fısıldadı.

Üzerime eğilip dudaklarımdaki balı emdi. Ayağa kalktığında eteğinin pliseleri fayansı süpürüyordu. Uzunca bir süre öyle kaldı.

Sonra bir anda onunla *Señoras*'ta ilk kez karşılaştığımdaki gibi panikledim. Gitmesini istiyordum ama bunu ona nasıl söyleyeceğimi bilmiyordum. Ona anneme su getirmek zorunda olduğumu söyleyince karanlıkta bir kahkaha patlattı. "Gitmemi istiyorsan, neden sadece söylemiyorsun?"

İki tane sinek dudağımın etrafında dönüyordu. Daha cesur olmam lazım. Karanlıkta saklanmasından hoşlanmıyorum. Ama söylemek istediklerimi yüksek sesle dile getirmek çok zor.

"Berlin'de ziyaret edecek misin beni?"

"Evet."

Fısıltıyla söyledikleri kulağımda büyüyen bir ağıt gibi çınlıyordu. Noel'i onunla geçirmemi istiyordu, uçağımın parasını da ödeyecekmiş. Berlin kışın soğuk olurdu. Ben kalın bir palto getirecektim yanımda, o da beni faytonla gezdirecekti. Turistler için olduğunu biliyordu, ama yine de seviyordu faytonla gezmeyi, hele de kar yağarken. Yolculuk Brandenburg Kapısı'ndan başlayıp Charlie Kontrol Noktası'na devam edecekti. Kafamın üzerinde bir ökse otu tutacaktı, ben de ritüele itaat edecektim. Ökse otunun etkisiyle dudaklarına yapışacağımı ima ediyordu, özgür irademle değil.

"O aptal faytona benimle beraber binecek misin?"

"Evet."

"Bu saatte buraya gelmeme bozuldun mu?"

"Hayır."

"Tanıştığımıza memnun musun Zoffie?"

"Evet."

Odamdan çıktı ve hiç kilitlemediğim dış kapının ardından geceye doğru yavaşça süzüldü.

Cesaret

Yerel balık pazarı, apartmanın bodrumundaki Romen pizzacıya yakındı. Turistlerin çoğu bilmezdi orayı; ama ne zaman içeri girsem köylü kadınları günün balığını kapmaya çalışırken bulurdum.

Gómez, daha fazla cesaret ve amaca kavuşmam için gidip balık çalmamı önermişti. Bana verdiği bu görevi antropolojik bir deney olarak görüyordum; oysa durum deney sınırlarını aşıp bir çeşit büyüye veya belki de büyülü bir düşünceye yaklaşmıştı. Google'a balık nasıl temizlenir yazdığımda dokuz milyonun üzerinde sonuç çıktı.

Hırsız gözüyle dikkatimi çeken ilk balık, iki sıra keskin küçük dişlerini ortaya çıkarmak ister gibi ağzını açık tutan, canavar yüzlü bir fener balığıydı. Parmağımı hafifçe ağzına soktum ve Columbus'un Bahamalar'ı keşfettiği gibi ben de bana tamamen yabancı bir dünyayı keşfettim. Sarı önlüklü sert bir kasiyer, balıklara dokunmamam için İspanyolca bağırdı. Gecenin karanlığında görünmez olmak yerine güpegündüz bir balığın ağzının içine elimi daldırdığım için kendimi görünür kılmıştım. Omzuma deri kayışlı bir alışveriş çantası asmıştım. Denizanasının soktuğu yerlere değiyordu; giderek moraran kızarıklıklara, örümcek ağı gibi genişleyip büyüyen zehirle kaplı dövmelere dönüşüyordu yaralarım. Eski moda pirinç terazilerle üç uskumru tartan kasiyerin gözleri herkesin üzerindeydi, hırsız dahil. Geçim kaynağıydı ne de olsa, balıkçılara zar zor tuttukları balıklar için para ödeyecekti. Ama o an bunu düşünemiyordum.

Gümüş sardalyalara doğru yürüdüm. Aralarından kolayca bir tane alabilirdim ama göstermelik olurdu bu, o riske değmezdi. Kadınlar kaşlarını çatıp duruyor, başlarını terazilere çevirip sallıyorlardı. Sanki terazinin yazdığına inanamıyor, sinirleniyorlardı. Arada bir beni de aralarındaki bu sözsüz sohbete dahil etmek istiyorlardı; ama sonunda hepsi terazinin masumiyetine kanıyor, umutsuzluk içinde pes ediyorlardı.

Soluk gri renkli, pörtlek, siyah boncuk gözlü, bıyıklı Norveç ıstakozunu geçirdim aklımdan. Okyanusun profesörüydü ama yine de bana kendimi daha cesur hissettirmiyordu. Kocaman bir orkinos, buzlu bir tezgâhın içinde yatıyordu. Tutup sepetime atsa mıydım? Sığmazdı ki. Onu iki elimle tutup göğsüme bastırmak, gözlerimi kapatıp köye doğru koşmak zorunda kalırdım ve sonrasında olacaklara bakardım. Pazarın en kıymetli mücevheriydi, okyanusların zümrüdüydü. Ellerimi uzattım ama devamını getiremedim. Orkinos çok iddialıydı; cesur değil pervasız olmak gerekirdi.

Ingmar'ın sahildeki pahalı restoranlardan birinin sahibi olan İsveçli kız arkadaşı içeri girip kalabalığı yüksek sesle selamladı. Birisi burun kısmı altın tokalı turkuaz süet ayakkabılarına iltifat etti. Genç ve varlıklı olduğundan herkes restoranı adına iyi bir pazarlık yapacağını düşünüyordu. Pembe tığ işlemeli bir elbise giymiş, dudaklarının etrafını pembe kalemle çizmişti. İnsan dudaklarını neden pembe kalemle çizer bilmiyorum. Kasiyere üç ıstakoz, bir fener balığı çıkarmasını, bir de orkinosu tartmasını söyledi. Sesi fazla gürdü. Belki o kendini duymuyordu ama biz onu duyuyorduk. Ayaklarını her atışında ayakkabılarındaki tokalar çıngırdıyordu. Herkes pür dikkat dinlerken o orkinos için teklifini yaptı. Güç bela kâr ettiğini göz önüne alınca, fiyatlar uygun olmasa muhtemelen bütün balıklarını Almería'dan satın alırdı.

Belli ki sesinizi yükseltince insanların dikkatini zorla çekiyor, içlerindeki korkuyu kızıştırıyorsunuz; peki cesur da oluyor musunuz? Onun gibi cesur olmak ister miydim? Ne kadar cesarete ihtiyacım vardı?

Dirseklerinin kapattığı yerden uzaklaşıp bir yığın sümüklü, vıcık vıcık ahtapota bakmaya gittim, Gómez'in iştahla yediklerine. Şekilsiz ve yumuşak oldukları için çalması rahat olurdu. Çantamı mermer tezgâhın altına tutup bir tanesini elimle içine kaydırmaya karar verdim. Sonra vazgeçtim. İçimde yeni tanıştığım cesaretin önüne geçen bir rahatsızlık belirmişti. Şimdi o ahtapot canlı olsa kendini kamufle eder, avcısını taklit ederdi. Hatta heyecan, aşağılanma ya da korku anında renk değiştiren insan derimin dokusunu ve rengini taklit edebilirdi.

Derisi ruh halini bile dışa vurabilirdi; ismim her sorulduğunda kızardığım gibi o da kızarırdı. Zeki, ölü, sıra dışı, iri gözlerine bakınca utanıp kafamı çevirdim. Ve o an aradığım balığı buldum. Doğrudan bana çevirmişti bakışlarını, gözlerinden öfke taşıyordu. Somurtkan ve etine dolgun bir lambuka balığıydı. Kaderinde benim olmak vardı, biliyordum.

Ingmar'ın kız arkadaşı bana nazik davranıyordu, ne de olsa herkesin gözü onun üzerindeydi. Normal koşullarda çevresindeki insanlara sevecenlik gösteren biri değildi. Girişkendi ama yeterince cesur değildi.

Lambukayı çalabilmek için, içimdeki yakalanma ve ayıplanma korkusunu yenmem gerekiyordu. Bir yaprak kadar, hatta Cockney kafiyeli argosunda[30] "hırsız"[31] sözcüğüne karşılık gelen "çay yaprağı" kadar hafifleyene dek bütün kaslarımı serbest bıraktım. Yavaşça lambukaya yaklaştım, sağ elimle suratsız balığı çantama atarken, kasiyerin dikkatini dağıtmak için sol elimle de Norveç ıstakozunun fiyat etiketini kontrol ediyordum.

Bildiğim kadarıyla çoğu politikacının demokrasilerini veya diktatörlüklerini idare etme şekliydi bu. Sağ elin varlığını diğerine sezdirmeden denge sağlıyorlardı. Birisi gelip sırtıma, tam da yaraların olduğu yere küt diye çarptı ama aldırmayıp kapıdan çıktım. Kendime yeni bir amaç bulunca ayaklarım birbirine dolanmamıştı. Bu amaç duygusu gürlüyordu içimde. Bütün duyularımı tıkamıştı; burun deliklerimi, gözlerimi,

---

30 Doğu Londra aksanı.

31 Çay yaprağının (İng. *tea leaf*) Cockney aksanında "*thief*" gibi telaffuz edilmesinden bahsediliyor. Thief, İngilizce'de hırsız anlamına geliyor. (ç.n.)

ağzımı, kulaklarımı. Tek bir amacı olan, onun dışındaki her şeye kapalı birine dönüşmüştüm. Bir amacın olduğunda bazı şeyleri kazanıp bazılarını da kaybetmeyi göze alıyorsun fakat buna değiyor mu, bilmiyorum.

Sahildeki evimizin mutfağında lambukayı kuyruğundan tutup şöyle bir baktım. Hâlâ suratsızdı. Ruh hali değişmemişti. Ağırdı. Tombul, parlak ve ışıl ışıldı. İri bir balıktı. Ayakkabılarımı çıkardım, parmaklarımı serbest bıraktım. Ben, kendimden sıyrılıp ayaklarımı çekiştirip duran yer çekimine teslim olabilmiştim ama dalgıçlık kursundaki köpek hâlâ zincirlerinin esaretinde çaresizce uluyordu. Balığı kafasından tutup kör bir bıçakla pullarını ayırdım. Pablo'nun köpeği öfkeden öylesine deliye dönmüştü ki havlamalarının arasına bir damla sessizlik sığmıyordu. Bıçağı balığın yanına koydum, sonra da kuyruğundan başlayıp başına kadar kaydırdım. Yunan tarafım, hani Selanikli olan, balık nasıl temizlenir diye Google'a bakmaya ihtiyaç duymamıştı. Karnını açtım, beyaz ve yapışkan bağırsaklarını kesip çıkardım. Antik Yunan atalarım Ege'nin sığ sularında pisi balığı tutarmış eskiden. Yorkshireli atalarım ise kutup denizlerinde, sert rüzgârların çarptığı güvertelerde on saat boyunca hayatta kalmayı başaran balıkçılardan alırmış balıkları.

Bu balıkta çok kan vardı. Parmaklarımın ucundan damla damla dökülüyordu kan. Biri kapıya dayanıp da çaldığım malı geri istemiş olsa, ellerim kana bulanmış halde karşılayacaktım onu.

Zavallı alman kurdu, yeni bir uluma enerjisine kavuşmuştu. Bir türlü yerinde durmuyordu, artık çıldıracak gibi olmuştum.

Bıçağı fırlatıp kumların üzerinde yalınayak koştum, dalgıçlık kursunun kapısına dayandım, kabarcıklarla dolu omzumla itip kapıyı açtım.

PABLO PABLO PABLO. Nerede o?

Pablo, elinde bir bardak vermutla bilgisayarına gömülmüştü. Kaba saba, orta yaşlı biriydi, yağlı siyah saçları yana yatıktı. İri, kahverengi, mahmur gözlerini üzerimde hızlıca gezdirip geri çekti.

"Köpeğinin zincirini çöz Pablo."

Arkasındaki duvarda bir ayna asılıydı. Yanaklarıma balık kanı sıçramıştı, her gün yüzmekten düğüm düğüm olmuş kıvırcıklarıma da balığın iç organlarının parçaları takılmıştı. Çerçevesi kabuklarla ve denizyıldızlarıyla süslenmiş aynanın içinden fırlayan bir tür deniz canavarına benziyordum. Yine başa döndüm, baştan aşağı korkunun esiri olmuştum ve Pablo'yu da korkutuyordum.

Koşmaya hazırlanır gibi sandalyesini hızlıca çekti, sonra da fikrini değiştirmiş olacak ki yeniden yerine kurulup elini gözlerine götürdü. Etli parmaklarından en küçüğünün içinde altın bir yüzük gömülüydü.

"Hemen şimdi mülkümü terk etmezsen, polis çağıracağım."

Söyleyeceklerinin devamını dinlemeye niyetim yoktu; zavallı köpek özgürlüğüne kavuşmak için yalvarıyordu. Fakat konuşma kaçınılmaz bir şekilde "Bu köyün polisi kardeşim, karşıki köyün polisi kuzenim, Carboneras'ın polisi en yakın arkadaşım," gibi bir yere sürükleniyordu.

Altın yüzüklü elini kaptım, alnımı alnına bastırdım, o da diğer elini masanın altından bir şey almaya uzattı. Belki de polis akrabalarını çağırmak için imdat düğmesine basıyordu. Çatıya çıkan merdivenlere gitmesi için yolundan çekilmemi istedi.

Bir adım geri attım. Herif iri kıyımın tekiydi. Titrememi durdurmaya çalışıyordum. Yeni boyanmış beyaz duvara elimle yaslandım. Duvarda kanlı bir el izi kaldı, bu yüzden bir tane daha yaptım. Sonra bir tane daha. Dalgıçlık kursunun duvarı bir anda mağara resimlerine benzedi.

Pablo bağırıp çağırarak ve İspanyolca bela okuyarak, merdivenlerden çıktı. Elinde sarı, kokuşmuş bir kemik tutuyordu. Masanın altına o yüzden uzanıyormuş demek.

Çatıdaki terasta kemiği ve köpeğiyleydi şimdi. Ayağıyla bir sandalyeye vuruyordu. Köpek de havlamayı kesmiş, hırlamaya başlamıştı; Pablo ağzıyla birtakım sesler çıkarıyordu ve bu, köpeğin üzerinde sakinleştirici bir etki yaratıyor gibiydi.

Bir saksının düşüp paramparça olduğunu duydum.

Dalgıçlık kursunun resepsiyonu soğuktu. Yanan limon otu tütsüsünün ve vermut dolu bardağın yanındaki telefon çalıyordu. Telesekreter cevap verdi: "Almanca, Hollandaca, İngilizce ve İspanyolca konuşuyor, başlangıç seviyesindeki dalgıçları usta seviyeye kadar yükseltebiliyoruz."

Bardağı çatlamış dudaklarıma götürüp sakince, yavaşça, ufak bir yudum aldım. Bu yeni sessizlikte, kulaklarım denizin dibine uzanmış gibi suyun sesini duyuyordum. Her şeyi duyabiliyordum. Bir geminin gürleyerek sallanmasını da deniz örümceklerinin otların arasından yürümesini de.

Kanaat ve Bereket

"Zoffie! Kan çıkacak, kan!"

Ingrid'i arayıp Pablo'nun köpeğinin serbest kalışını kutlamaya ve balığı beraber yemeye davet ettim. Tamam dedi, akşam dokuzda gelecekti.

Duş aldım, saçlarıma yağ sürdüm, sonra da ilk karşılaştığımızda erkek sandığım kamyoncu kadından karpuz almak için meydana gittim. Kucağına yatırdığı torunuyla birlikte sürücü koltuğunda oturmuş incir yiyorlardı. Şafak rengi, mor, kuru incirler. Çocuğa benim için bir karpuz seçmesini söyledi, o da seçti. Kadın, parayı alıp siyah elbisesinin üzerinden belini çepeçevre saran pamuklu cüzdanına attı. Sandaletlerini çıkarmış, camın altındaki göze yerleştirmişti. Sağ ayağının kenarında küçük bir ada gibi yalnız, yuvarlak bir kemik fark ediliyordu.

Kolları esmer ve güçlü, yanakları güneş yanığıydı. Torunu, yeniden kucağına tırmanmaya çalışırken ona yer açtığında gördüm ki kalçaları da hayli yayvandı. Vücudu. Vücudunun kimi hoşnut etmesi bekleniyordu? Niçin vardı vücudu, çirkin miydi ya da başka bir şey miydi? Sessizce, çocuğun avucunun içine bir incir daha sıkıştırıp çenesini onun küçük kafasına dayadı. Çiftçiydi ve aynı zamanda da kendine yeten, karnında bir cüzdanla kendi ekonomisini yöneten bir büyükanneydi.

Ingrid Bauer, balığı kızartmaya başladığım sırada kilitlemediğim kapıyı çalmadan içeri daldı. Kurşuni şortunu giymiş ve dizine kadar iplerle saran gümüş rengi sandaletlerini geçirmişti ayağına. Ayak tırnaklarını da gümüş rengine boyamıştı. Ona verandaya hazırladığım ziyafet masasını gösterdim. Birbiriyle uyumlu tabaklar, çatal bıçaklar, hatta şarap bardakları bile koymuştum. Dilimlenmiş karpuz ve nane, buzdolabında soğuyordu. Peynirli kek de yapmıştım. Evet, amaretti bisküvileri, tatlı amaretto likörü ve acı portakal kabuklarıyla bu sefer gerçekten de kendime özgü mayhoş amaretto peynirli kekimi yapmıştım.

Daha cesur bir hayatın başlangıcıydı bu.

Ingrid'e şarap uzattım ama o su istedi. Rose için hazır bulundurduğum bir sürü su vardı evde, sorun değildi. Ingrid için uygun bir suydu. Yakınıma oturdu.

Sonra biraz daha yakınıma.

"Ee, köpeği azat ettin demek?"

"Evet."

"Gözlerinin içine baktın mı?"

"Hayır."

"Ona et verdin mi?"

"Hayır."

"Öylece çözdün mü yani zincirlerini?"

"Pablo çözdü."

"Köpek de uslu uslu durup onun bacağını mı yaladı?"

"Hayır."

İkimiz de Pablo'nun o öğleden sonra köyde köpeğini gezdirirken görüldüğünü duymuştuk. Ama felaketle sonuçlanmıştı. Köpek, barda para üstü bekleyen Belçikalı bir kadının elini ısırmaya çalışmıştı. Tabii, ağızlık takılması lazımdı hayvana. Pablo da tıpkı onun gibi bağırıp çağırıyor, tekmeleyip duruyordu her yeri. Asıl ona ağızlık takılması gerekiyordu ama bir ordu polis tarafından korunuyordu işte.

"Tebrikler, Zoffie!"

Bana sarı, boyundan bağlamalı, ipek bir bluz almıştı. İpek kumaşın medusa yaralarıma iyi geleceğini söyledi, sonra da sol köşeye mavi iple işlediği ismimin baş harflerini gösterdi. *SP.* SP'nin altına iki sözcük daha işlemişti.

Baş Tacı.

Birinin *Baş Tacı* olma fikrine alışkın değildim. Tek düşündüğüm ipek bluzun onun şampuanı gibi koktuğuydu; manuka balı ve biber karışımı bir baharat. İkimiz de bu *Baş Tacı* meselesi hakkında konuşmuyorduk ama bir yandan da yazdığı şeyin orada durduğunu, iğnesinin o sözcüğü işlemiş olduğunu aklımızda tutuyorduk. Doğru iğneyi bulursa istediği her şeyin üzerine nakış işleyebileceğini söyledi –ayakkabının, kemerin, hatta ince bir metalin veya her türden plastiğin üzerine– ama üzerine işlemeyi en çok sevdiği şey ipekti.

"Kuş gibi narin," dedi. "İğnemle yakalamam ve kendini bana bırakmaya ikna etmem gerekiyor."

Nakış, onun bir şeyleri bir arada tutma yöntemiydi. Onarılamayacak kadar hasarlı bir kumaşı güzelleştirmek ona haz veriyordu. Kumaşın içinde gizlenen söküğe bir çare bulmak için daima büyüteç kullanırdı. İğne, düşünmesine yardım eden bir enstrümandı. Aklına gelen her şeyi nakşedebiliyordu onunla. Ona kendini açan hiçbir imge, hiçbir sözcük sansürlenemezdi; bu onun kuralıydı. En son bir yılan, bir yıldız ve bir de puro işlemişti iki gömleğe ve bir eteğin kenarına.

Az önce söylediği şeyi tekrar etmesini istedim.

"Bir yılan. Bir yıldız. Bir de puro."

Dediğine göre benim kolsuz bluzuma işlediği sözcükler de aklına Düsseldorf'taki kız kardeşini düşünürken gelmişti.

"Adı ne kız kardeşinin?"

"Hannah."

"Senden büyük mü, küçük mü?"

"Küçük. Ablayım ben. Kötü abla."

"Niye kötüsün?"

"Matty'ye sor."

"Sana soruyorum."

"Tamam, sana söyleyeyim."

Suyu bir dikişte içip bardağı sertçe masaya bıraktı. Gözyaşları, yeşil gözlerinde birikti bir anda. "Hayır, söylemeyeceğim bir şey. Sadece nakıştan bahsedecektim."

Bildiğim kadarıyla eski giysi mağazasında onun sihirli iğnesinin değmesi gereken bir yığın kıyafet vardı. Berlin'de de durum aynıydı. Şimdilerde Çin'deki bir tanıdığı, yeniden tasarlaması için ona eski giysiler gönderiyordu. En çok ilgilendiği şey, aynı zamanda Bavaria'da okuduğu bölüm olan geometriydi ve iğneye dair en sevdiği şey ise hassaslığıydı. Simetri ve yapı konusundaki zevki, düşüncelerinin serbestçe akıp gitmesine yardım ediyordu. Simetri onu zincire vurmuyor, aksine özgür bırakıyordu. Pablo'nun köpeğinden bile daha özgür.

Kolunu omzuma doladı. Parmakları iğne gibi soğuktu. Üzerine mavi ipekten iple *Baş Tacı*'nı ve ismimin ilk harflerini işlemiş olduğu bluzun yüreğimde bu kadar ağırlaşmasını beklemiyordum. Oysa aklına gelen ilk şeyi özgürce yazmıştı sadece. Ne de olsa kafasına eseni yazmak gibi bir huyu vardı.

Ingrid, gözyaşlarını elinin tersiyle silip daha fazla kalamayacağını söyledi.

"Gitme Ingrid." Islak yanağından öpüp değerli hediyesi için teşekkürlerimi fısıldadım kulağına. Kulakları parlak inci küpelerle süslenmişti.

"Sürekli çalışıyorsun Zoffie. Seni rahatsız etmek istemem."

"Sürekli çalışıyorsun da ne demek?"

"Senin için herkes potansiyel saha çalışması. Rahatsız edici bu tavrın. Sanki devamlı beni izliyorsun. Antropoloji okumakla onu hayata geçirmek arasındaki farkı bildiğinden emin değilim."

"İyi de onu hayata geçirmiş olsam, bundan para kazanırdım."

"Demek istediğim bu değil. Her neyse, paraya ihtiyacın varsa sana biraz borç verebilirim zaten. Artık gitmem gerekiyor."

Ingrid ve Matthew o gece arkadaşlarıyla bir İspanyol meyhanesinde buluşacaktı. Sonrasında da DJ arkadaşlarının şehir dışında bir tarlada verdiği partiye geçeceklerdi. Matthew, orayı ışıklandırmakla meşguldü. Ingrid'in buz torbalarını ve kovaları arabaya yükleyip oraya sürmüş olması gerekiyordu; ama o bunun yerine benim ipek bluzuma nakış işlemekle uğraşmıştı. Parti başladığında biralar daha soğumamış olacaktı ve bunun da tek suçlusu bendim.

“Su için teşekkürler Zoffie. Buna ihtiyacım vardı, gecenin ilerleyen saatlerinde zil zurna sarhoş olacağım çünkü.”

Açık kapıdan çıkıp, terastaki iki kişilik masanın etrafında birkaç saniyeliğine gezinmesini izledim. Sonra arkasını dönüp gerçek hayatına doğru ilerledi.

Ingrid Bauer’in *Baş Tacı* olmak böyle bir şey miydi?

Mutfak masasında, sahte Antik Yunan vazosunun yanında iki keskin bıçak vardı. Onları çekmeceye atıp safran rengi vazoya daha yakından baktım. Kupa şeklindeydi; siyah reçineyle çizilmiş frizde yedi köle kadın, testileri kafalarının üstünde, çeşmeden su almak için sırada beklerken tasvir edilmişti. Vazonun taklit olduğu ortadaydı ama tarihî açıdan gerçek bir olayı yansıtıyordu. Antik Yunan’da şehirlere su kanalları açmak zordu, bu yüzden sular halka açık çeşmelerden alınırdı. Varlıklı adamlar şaraplarını köle kadınların onlar için taşıyarak evlerine kadar getirdiği suyla karıştırıp içerdi; kadınlarınsa kendilerine ait evleri yoktu. Bu gece İspanya’daki geçici evime ilk kez birini davet etmiştim. Ama Ingrid’e kız kardeşini hatırlatınca her şey ters gitmişti.

Balığın altındaki ocağı kapattım, sonra da kendimi revire giden yolda buldum.

Daha cesur oluyordum.

Öğrenciye akşam yemeğinde bana katılmasını teklif ettim.

Önce şaşırdı ama sonra sevindi. “Belki bilmek istersin, benim adım Juan,” dedi.

“Evet,” dedim. “Ayrıca doğum tarihini, doğum yerini ve mesleğini de bilmek istiyorum.”

Günün formlarını zımbalamakla meşguldü (on dört sokma vakası olmuştu) ama davetim için minnettardı ve yirmi dakikaya işi bitmiş olacaktı. Pablo'nun köpeğinin plajdaki bir dizi şemsiyeyi eşeleyip çıkardığını biliyor muydum? Pablo'nun erkek kardeşleri kovaladığı için zavallı köpek panik halinde denize kaçmak zorunda kalmıştı. Önce uzaklara kadar biraz yüzmüş sonra da gözden kaybolmuştu. Kimse Pablo'nun köpeğinin nereye gittiğini bilmiyordu, boğulup boğulmadığını da. O Alman kurdu hâlâ hayatta olsa, revir denizanası sokmasından daha fena yaralanmalarla uğraşmak zorunda kalırdı. Bir yandan gülüyor bir yandan da parmaklarıyla saçlarını yatıştırıyordu. Boynu uzun ve zarifti.

"Pablo, onu tehdit ettiğini söylüyor."

"Evet, birazdan benimle birlikte yiyeceğin balığın kanıyla."

Gözlerimiz kesişti. Ona birinin *Baş Tacı* olmanın verdiği güçle bakıyordum. Ingrid tarafından terk edilmiş olmak aklımdan çıkmıyordu ama ona bakan gözlerimden bunu okumasına izin vermiyordum.

Geldiğinde elinde dört şişe bira vardı, revirdeki dolapta saklıyormuş. Annemi sordu. Uyuduğunu, "sarsakça aydınlatan yıldızlar"dan saklanmak için bu seferlik perdelerini indirmediğini söyledim. Terastaki masada karşılıklı oturup balığı yedik. Gri derisinin altındaki beyaz et yumuşacıktı. Deriyle et arasında bir yağ tabakası olduğu için bu kadar dolgun olduğunu söyledi. Sonra çıktık, gecenin ılık sularında çırılçıplak yüzdük. Vücudumdaki bütün medusa yaralarını, kızarıklıkları, kabarcıkları öptü; öpeceği yaram kalmadı diye üzülmüştüm. Arzuyla çarpılıp kalmıştım. Bir sevgilim vardı, üstelik onu ben kazanmıştım. Çok cesur olduğum söylenebilirdi.

Canavar pençeleriyle kalbimi paramparça etti.

Mücevher

Ben, tozlu camları bir bez parçasıyla parlatmaya uğraşırken, Rose, ağır aksak bir yürüyüşün sonunda kiralık arabamızın sürücü koltuğuna oturabildi. Saat daha on birdi ama güneş çoktan boynumu yakmaya başlamıştı bile. Annem birazdan bizi havalimanının yakınlarındaki pazara bir haftalık sebze, meyve almaya götürecekti. Juan, Kuzey Afrika'ya özgü tatlı yeşil üzümler satan bir tezgâha uğramamı söylemişti; ayrıca Ingrid'e de bir kutu hindistancevizi sütü almam gerekiyordu çünkü beni dondurma yapmaya davet etmişti. Rose, ne hikmetse sessizdi ve yüzünde en ufak bir hoşnutsuzluk izi okunmuyordu. Oysa annem çok severdi o ifadeyi: Hafif küskünlük, biraz kızgınlık esintisi, özellikle bana yönelik olmasa da (tabii ki beni de kapsıyordu) dünyaya karşı da silik bir yakınma barındırıyordu o ifade.

"Hep çok uzaklardasın Sofia."

Uzaklarda değilim. Tersine, fazlasıyla yakınım. Onun dertlerine, yakınmalarına dokunacak kadar yakınım.

Medusanın soktuğu yerler zonkluyordu ama şikâyet etmiyordum. Onları orada hissetmeyi seviyordum, tıpkı yeni ipek bluzumun içine nakşedilen *Baş Tacı*'nı hissetmeyi sevdiğim gibi. O sözcükler, medusa zehrinin panzehiriydi. Rose paldır küldür arabayı çalıştırınca, ben de elimdeki bezi yol kenarındaki bir levhanın altında duran kovanın içine atıverdim. Levha, AİLE OTELİ'ne gitmek isteyenleri toprak yola yönlendiriyor, MÜSAİT ODALAR yazıyordu. Kaynayan, duman çıkaran, fokurdayan aileler; tek eşli, çok eşli, anaerkil, ataerkil, çekirdek aileler.

Biz de anne ve kızız; peki ya aile miyiz?

Arabanın kapısını çarptım.

Nasıl oluyordu da annem, bacaklarında hiç his yokken araba kullanabiliyordu? Kullanıyordu işte. Ayağını debriyajdan çekip frene, oradan da çekip gaza kaydırıyordu, ben de kontrolünü kaybetmeyeceğine, ona kusurlu bir bardak su verebilmek için eve kazasız belasız döneceğime inanmak zorunda kalıyordum. Yeni ziftlenmiş karayolunda dümdüz ilerleyince pazara çıkıyordunuz. Rose hızlı sürüyordu. Seyirden keyif aldığı belliydi; sol dirseğini camdan dışarı çıkarmıştı. Niye hiç araba kullanmayı öğrenmediğimi sorunca, ona yazılı sınav dahil ehliyet sınavından dört kere kaldığımı ve sonra da pes edip bisiklet almaya karar verdiğimi hatırlattım.

"Evet," dedi. "Seni araba kullanırken hayal edemiyorum."

Hayalini kuramayacağımız şeyleri nasıl belirliyoruz? Ya ben de insan cinselliğini hayal edemediğimi söylesem? Ya da insan cinselliğinin bana daha evvel anlatılmayan yanlarını hayal edemediğimi? Başka bir kültürü hayal edemiyorsam ne olacak? Benim için hayal edilemeyecek uzaklıkta olan Yunanistan'da, babamın doğduğu yerde sıradan bir gün nasıl başlar ve nasıl biter acaba? Onun terk ettiği kızını özlediğini düşlemem, günün birinde bir araya geleceğimizi hayal etmem mümkün değilse ne değişecek?

Annemin frende duran ayağına baktım. Ayak parmakları sakin ve özgüvenli bir yavaşlıkla kalkıp iniyordu. "Bense senin plajı boydan boya yürüdüğünü hayal edebiliyorum," dedim.

Cevap olarak bir marşın sözlerini mırıldanmaya başladı. "Eski zamanlardaki o eski ayaklar / İngiltere'nin yemyeşil dağlarını arşınlar."

Keşke arşınlasa. Annemin ayakları çoğunlukla grevde ama ne için müzakere ediyorlar, uzlaşmayı kim bozuyor bilmiyorum hiç. Ayakları kırk üç numara. Çenesi geniş. Atalarımız sürekli kavga ettikleri için çeneleri ileri doğru çıkık kalmış. Sızlanıp durmak, kuvvet gerektirir. Annem de onu yakınmalarından uzaklaştırmak isteyen herkesi kuvvetli çenesiyle savuşturuyor. Artık kendime başka meşgaleler bulmam lazım çünkü onun hastalık bulgularına olan ilgim bana beş kuruş kazandırmıyor. İlgimi bir kişiye değil herkese vermemi sağlayabilecek, tüm zamanımı alan konuyu başkalarına öğretmek için gereken diplomayı bana kazandıracak doktoramı yarıda bıraktım. Diploma almak da ehliyet almak gibi, problemlerimden yalnızca biri.

Rose sinyal verip sağa, sahil yoluna döndü. "Anlaşılan Almería'da yeni arkadaşlar edinmişsin?"

Duymazdan geldim.

"Babanla ilgili sana söylemem gereken bir şey var. Kendi babamla kıyaslayınca, senin baban oldukça kibar bir adam."

Bu sersemliği için hangi ilaç gerekiyorsa verirdim ama doktor tedavi menüsünden çıkarmıştı onları ne yazık ki. Babam elbette o kadar kibar bir adam ki on bir yıl boyunca benimle iletişime geçecek gücü bir türlü bulamadı içinde.

Belki de Julieta Gómez'le yaptığı hastalık geçmişi kayıtları ona eski kocasına dair yeni bir bakış açısı kazandırıyordu. Hemşire Günışığı hakkında da kendine özgü görüşleri vardı. Karayolundan yokuş aşağı hızlanınca, Julieta'nın düpedüz ayyaş olduğunu söyledi. Kızın nefesi, fizyoterapi seansları sırasında sıklıkla alkol kokuyormuş. Dürüst olması gerekirse bu, iş etiğini zedeleyen bir sorunmuş.

Çok hızlı sürüyordu. Aynı anda hem nefesimi tutuyor hem de çatlamış dudaklarımı ısırıyordum. "Julieta tilki gibi kurnaz. Çok zeki. Benim hakkımda da hiçbir zaman yargılayıcı bir tavır içinde olmadı, Sofia, ben de onu yargılamaya can atmıyorum. Ama bu durum kafamı bulandırmaya devam ettiği sürece ben de başka seçenekleri düşünmek zorunda kalacağım."

Rose şimdiye dek Julieta Gómez'le üç tane hastalık geçmişi kaydı yaptırmıştı. Her ne kadar kliniğin üyelerinden biri olduğu fikrine gönülsüz de olsa alıştığı beyaz kedi Jodo'dan halen nefret etse de artık daha düşünceli, daha sessiz, belki biraz daha kibar biri olmuştu. Vitamin iğnelerini Jodo yapmaya başlasa şaşırmazdı. Gómez, anneme kedinin resmini ayaklarının tabanına çizmesini önermişti. Böylece bütün gün Jodo'nun üzerine basabilecekti.

Bana kalırsa onu yürütmek için uydurduğu akılcı bir şakaydı bu da.

Arabayı, otoban kenarındaki boş bir evin garajına giden yola park ettik. Bir yığın yırtık pırtık kıyafet sundurmanın üzerine saçılmıştı. Tekerlekli sandalyeyi bagajdan çıkardığımda, yolun karşısındaki pazarın bir uçtan diğer uca uzandığını görebiliyordum. Bir uçak alçalarak süzülüyor, yakınlardaki havaalanına inmeye hazırlanıyordu. Annemi taşımak öyle külfetli bir iş ki. İşte gidiyor. Sıcak asfaltın üzerinde ilerleyip, gölgedeki bir tezgâha doğru itiyorum onu. Etrafında bir masa ve birkaç sandalye de var. Rose'un arzusu üzerine, küçük bir bardak anason liköründe birlikte yiyeceği bir porsiyon churro[32] için sıraya giriyorum. Ricasını "Teşekkür ederim Fia," diyerek bitiriyor.

Ayın yüzeyi gibi burası. Almería hakkında tüm tur rehberleri böyle söylüyor. Rüzgârla dövülmüş ve güneşte pişmiş. Nehir yatakları kuru ve çatlamış. Petrol mavisi bir duman, çanta, mor üzüm ve soğan satan eski püskü tezgahların üzerinde süzülüyor. Tekerlekli sandalyeyi paslı direklerin tuttuğu plastik tente altındaki gölgeliğe sürüyorum. O, sağ dizinin etrafına bandaj sarılı yaşlı bir adamla konuşmaya başladı bile. Bastonlarla ilgili sohbet ediyorlar gibi görünüyor.

32 Bir tür kızarmış hamur tatlısı. (ç.n)

Churrolar iki türlü servis ediliyor; çikolataya batırılmış uzunlar ve daha kısa olan sadeler. Uzun olanlardan alıyorum ve Rose'a kâğıt bardakta anason likörü götürüyorum.

Yaşlı adam bastonunu havada sallayıp anneme ucundaki lastiği gösteriyor. Yanlarına oturup lastik uçtan etkilenmiş gibi davranıyorum.

Gerçek yıldızların altında korkusuzca seviştiğim bir gecenin ardından boş vermiş bir ruh hali içindeyim. Şimdi burada, bir sevgiliyle birlikte, yakın, çok daha yakın, dokunacak kadar yakın oturmak istiyorum. Ama bunun yerine sakatlık konusunda hatırı sayılır bir kariyeri olan annemle oturuyorum. Daha gencim ve vaktiyle bana "Hayaller suya düştü," diyen Juan'ın muhtemelen şimdilerde kurduğu erotik düşlerin başrolündeyim. Bana eziyet edip duran Ingrid'in *Baş Tacı* da olabilirim.

Rose, elime vuruyor. "Fia, bir kol saati almak istiyorum."

Ağzıma koca bir churro tıkıştırıyordum. Çıtır çıtır ve yağlı, üzerine şeker serpilmiş. İspanya'da yaşadığım süre boyunca bedenimin doğuya ve batıya doğru genişliyor olması şaşırtıcı değil.

Rose'un nefesi ananas liköründen sıcacık olmuştu. Ateşli meyan köklü likörü, suyu içtiğinden daha kolay yutuyordu. "Bu arada, o karmaşık kahve makinelerini kullanmayı biliyorsan, inan bana araba da kullanabilirsin. Araba sürmek gerçekten çok kolay." Kafasını geriye atıp anasonu bir seferde höpürdetince gargara yapacak sandım.

O sırada gerçek annemle hayalî annem –harikulade, başarılı, sağlıklı ve diri olan– iç içe geçmişti. Özgün bir saha çalışması konusu olurdu bundan –hayalin ve gerçeğin tepetaklak olması– ama benim dikkatim tezgahına serdiği süslü Meksika şapkalarından birini takan bir kadın yüzünden fena dağılmıştı. Fiyat etiketi hâlâ şapkanın şeridine iğnelenmiş duruyor, ikide bir kafasını salladıkça gözünün önüne düşüyordu. Sanki bütün gözlerin onun üzerinde olması sorununa kendince bir çözüm bulmuştu. Arada bir etiket gelişigüzel bir şekilde yüzünde sallansın diye kafasını önce geriye, sonra öne atıyordu.

Ayağa kalkıp tekerlekli sandalyenin arkasında yerimi aldım, bez ayakkabıların içindeki ayağımla zor da olsa freni kaldırdım, tozlu yoldan aşağı doğru annemi itmeye başladım; çukurlardan ve köpek pisliklerinden kaçarken, çanta ve cüzdan tezgahlarını, terleyen peynirleri, yamru yumru salamları, Salamanca'dan gelen İber jambonlarını, iplerle asılı domuz sucuklarını, naylon masa örtülerini, cep telefonu kılıflarını, paslanmaz çelik şişte döndürülen tavukları, kirazları, çürük çarık elmaları, portakalları, biberleri, sepetler dolusu kuskus ve zerdeçalı, biber salçası kavanozlarını, limon turşularını, fenerleri, somun anahtarlarını, çekiçleri geçerken Rose da rulo yaptığı bir *London Review of Books* nüshasıyla ayağına konan sinekleri öldürmeye çalışıyordu.

Toprak yolda durakladım.

Annem, ayağına konan bir sineği bile hissedebiliyor.

Sinek. Sineği hissedebiliyor.

Hissiz değil. Aksine, şiddetli bir duyarlılığı var.

Onu itmeye devam ederken, bir yandan ekonomik durgunluk nedeniyle terk edilmiş, ev havası vermeyen gri apartmanlara bakıyordum. Aynı anda annemin dergiden bozma sinekliğiyle ayağını kırbaçlamasını dinliyordum.

"Dur, dur, dur."

Rose, ucuz kol saatlerinin olduğu bir tezgâhı işaret ediyordu. Zarif, beyaz bir elbisenin içindeki uzun boylu, Afrikalı bir adam onu sol eliyle selamladı. C şeklinde kıvırdığı sağ kolunu boydan boya saran bir dizi kulaklık vardı: mavi, kırmızı ve beyaz kulaklıklar. Rose, önce sandalyesini yaklaştırmam için bağırdı, sonra da üstü sahte elmas kakmalı, kalın kayışlı, parlak altın renkli, metal bir saati hızlıca kaptı.

"Her zaman bir gangster saati istemişimdir. Bu beni kurtaracak o pahalı mücevher."

"Nereden kurtaracak?"

"Gómez Kliniği'nde yavaş yavaş öldürülüyorum Sofia. İlaçlarım gitgide azalıyor ve klinikteki personelin de teşhis koymayı becerebildiği söylenemez. Bana her şeyin yolunda olduğunu söyleyip duruyorlar. Her şeyi yolunda olan biri gibi mi görünüyorum?" Ayaklarını tekerlekli sandalyeye vurdu. "Şimdiye kadar, ayak ülserini bir kenara bırakırsak, gördükleri tek şey diyabet. O sahtekâr adam ve kedisinin odaklandığı tek şey bu."

Afrikalı adam saati annemin parmaklarının ucundan hafifçe aldı ve zembereğiyle oynamaya başladı. Elmas kakmalı yüzünü kulağına tutup salladı. Belli ki duyduklarından hoşlanmadı. Elini beyaz elbisesinin cebine daldırıp küçük bir tornavida çıkardı. Parçalara ayırdığı anda Rose'un onu satın almak zorunda kalacağını biliyordum.

Annemin önüne geçtim. "O saat ne kadar?" Ellerimi sanki öfkeliymişim gibi kalçalarıma yerleştirmiştim, oysa değildim. Tuhaftı bu. Öfkeyi taklit ediyordum, içimden öyle gelmiyordu. Hissetmediğim öfkeyi ifade etmeyi nereden öğrenmiştim, sesim tüm desibelleri yukarı çekerek suçlayıcı bir notada mı karar kılmıştı? İnanmadığım bir tavrı benimsemeyi nereden biliyordum? Peki, o *Baş Tacı*'na ne demeli? Belki Ingrid de o kelimeyi mavi iplikle işlediğinde hissetmediği bir şeyi taklit ediyordu ve bana sanki hiçbir önemi yokmuş gibi vermişti.

Adam, saatin yalnızca elli euro olduğunu söyledi.

Kahkaha atmaya başladım ancak bu alaycı bir kahkahaydı ve adam da bunu biliyordu.

Uzun parmaklarının arasında incecik, yuvarlak bir çelik disk tutuyordu. Rose, tamamen yeni bir buluşmuş gibi onun pil olduğunu açıkladı bana.

İkisi de pile dikkat kesilmişti. Adam, başını sallıyor, annemle aynı fikirdeymiş gibi gülümsüyordu, bir yandan da sanki paha biçilmez değerdelermiş gibi saatin üzerindeki elmasları işaret ediyordu. Anason likörü Rose'un yanaklarını kızartmıştı. Saatin çerçevesindeki elmasları saymaya başladığında, adam onun bileğinin daha fazla çıplak kalamayacağını anladı. O an, annemin bir cazibesi ve canlılığının olduğunu fark ettim. Adının (ROSE) üzerine üflersem, harfler etrafa saçılır ve kanatlı ama topal bir aşk tanrısı (EROS) ortaya çıkardı.

Elini uzattı, adam da saati bileğinin etrafından geçirdi. Narin kemiklerine çok büyük geldiğini ve her zaman da öyle olacağını görebiliyordum. Adam, tekerlekli sandalyenin yanına bir tabure sürükledi ve altın kayışın halkalarıyla uğraşırken Rose'dan bileğini dizine bırakmasını istedi. Kolundaki tüyler halkaların arasına sıkışmıştı. Sanki bu küçük acıyı onun yerine hissediyormuşum gibi yüzümü buruştururken buldum kendimi. Empati, medusa yaralarından daha acı vericiydi.

Annem "onu kurtaracak" olan bir zamanı izleme cihazı satın alma ritüeline devam ederken, ben diğer bir sürü şeyle birlikte süpürge ve fare kapanları satan bir tezgâha doğru yürüdüm. Bir yığın pembeli mavili yaş günü mumu alüminyum tepsilere serilmişti. Bir euroya üç mum. Daha pahalı olanları gümüştü ve pasta delmeye yarayan sivri, gümüş tutaçları vardı. Çeşit çeşit paspaslara, kovalara, tencere ve tavalara, tahta kaşık ve eleklere bakıyordum. Şimdiye kadar, yetişkin hayatımda, kendime ait bir evim olmamıştı. Bir evim olsaydı, bu ev eşyalarından hangilerini alırdım acaba? Görünüşe göre öldürecek bir sürü güve ve fare, sıçan ve sineğim olacaktı. Düzgün vücutlu bir kadın şeklinde tasarlanmış bir oda temizleyici sprey aldım. Kocaman göbeğini ve devasa göğüslerini gizlemeyen puantiyeli bir önlük giyiyordu. Kirpikleri uzun ve kıvrıktı, dudakları ise ufak ve büzüşmüş. Nasıl kullanacağınıza dair talimatlar İtalyanca, Yunanca, Almanca, Danca ve bilmediğim bir dilde yazılmıştı ama sonuçta her dilde "Son Derece Yanıcı"ydı.

İngilizce açıklamalar da mevcuttu. İyice sallayın. Odanın ortasına tutup püskürtün. Göbeğinin ve memelerinin ölçüsü milattan önce 6000 civarında Yunanistan'da bulunan eski doğurgan tanrıçalara benzemiyor değildi; onlar puantiyeli önlük giymiyordu tabii. Kuruntudan mustaripler miydi? Histeriden peki? Cesurlar mıydı? Topallar mıydı? İyiliğe doymuşlar mıydı?

Dört euroya oda spreyi aldım çünkü birçok dile çevrilmiş bir sanat eseri ve aynı zamanda da kadın bedeninin açık bir yorumuydu (göğüsler, göbek, kirpikler, önlük). Halka açık yerlerdeki *hizmet* levhaları da kafamı karıştırıyordu. Neden bir levhanın cinsiyetinin erkek, başka birininse kadın olduğunu anlayamıyordum. En bilindik çöpadam figürlü levhalar cinsiyetsizdi. Peki, bu oda spreyinin benim için bazı şeyleri daha temiz yapmasına ihtiyacım var mıydı? Ne tür bir berraklığın peşindeydim?

Heybetli oluşuyla bilinen Zeus'u, yani Juan'ı fethetmiştim ama onun levhaları da birbirine karışmıştı çünkü tüm işi bir tüp merhemle yaralıların üzerine eğilmekti. Bazen anaçtı, abi gibiydi, kız kardeş gibiydi, belki bazen baba gibiydi; şimdiyse sevgilim olmuştu. Hepimiz birbirimizin levhasında saklanıyor olabilir miyiz acaba? Ben ve oda parfümündeki kadın aynı levhaya mı aitiz? Bir başka uçak daha pazarın hemen üstünden uçuyordu, metal gövdesi gökyüzüne ağır geliyordu. Kahve Evi'nde tanıştığım bir erkek pilot, uçakların cinsiyetinin "kadın" olduğunu söylemişti. Görevi de o kadını dengede tutmak, ellerinin ona uzanmasını sağlamak, onu en hafif dokunuşlara duyarlı hale getirmekti. Kadın hassastı ve hassas bir şekilde idare edilmesi gerekiyordu. Bir hafta sonra o pilotla yattığımda, onun da en hafif dokunuşlara duyarlı olduğunu keşfetmiştim.

Peşinde olduğum şey berraklık değildi. İşlerin daha az net olmasını istiyordum ben.

Afrikalı adamla annem iyi anlaşıyor gibi görünüyordu. Adam, halkaların arasına kaptırdığı ince tüylerini yatıştırabilsin diye annemin bileğinden saati çıkarırken, bir yandan da ona Almería tarihini anlatıyordu. Saati satmak için acele etmeden, sakin sakin uğraşıyordu.

"Almería, Arapçada 'denizin aynası' anlamına gelir."

Rose ise dinliyormuş gibi davranıyordu ama tüm dikkati elmas kakmalı saatindeydi. "Saat işliyor! Kollarım da ayaklarım gibi hissiz olmadığından çalıştığını hissedebiliyorum."

Onu kurtaracak bir zamanı izleme cihazıydı o saat ve işliyordu.

Rose, Afrikalı satıcıya "Yürümekte zorlanıyorum," dedi. Elli euroluk banknotu göstere göstere kaldırıp cana yakın bir edayla adama uzattı. O da tipik esnaf sevecenliğiyle kafasını yana yatırdı. "Vakit ayırdığınız için teşekkür ederim."

Güneş bir kova salamura zeytini ve yanındaki dev kaparileri ısıtırken arkamızdan el sallıyordu. Her şeyin üzerine biraz keskin, koyu bir sirke kokusu sinmişti.

"Saatin kaç olduğunu bilmek ister misin Sofia?"

"Ah, tabii. Lütfen."

"On iki kırk beş. Azaltılan ilaçlarımdan kalanları alma vakti geldi." Arabaya döndüğümüzde tekerlekli sandalyeyi katlayıp bagaja koymam gerektiği için anneme sandalyeden inip ayakta beklemesini söyledim. "Mümkün değil Sofia. Bugün ayakta duramıyorum." Annemi arabaya taşırken onun inlemelerini, sızlanmalarını, tıslamalarını, doğrudan beni hedef alan aşağılamalarını, ardından benim kusurlarımı, noksanlıklarımı, sinir bozucu huylarımı da taşıdım. Hayatımı gasp eden bir gangster olduğunu hissediyordum.

Ön koltuğa oturdum, kapıyı çektim ve arabayı sürüp bizi buradan götürmesini bekledim. Ama o şoka girmiş gibi hareketsiz duruyordu. Terk edilmiş olduğunu düşündüğümüz evin önündeki harabeliğe park etmiştik. Ama tekrar bakınca çatıdaki deliklere ve kırık pencerelere rağmen içeride insanların yaşadığını gördük. Bir anne ve kızı verandada çorba içiyordu.

Her şey kırıktı; el arabası, çocuk arabası, sandalyeler, masa ve arabanın yanında yatan tek kollu bebek.

Her anlamda yıkılmış bir yuvaydı.

Annemse kendi küçük, parçalanmış ailesinin lideriydi.

Vahşi hayvanların kapıdan girip çocuğunu korkutmasına engel olmak onun göreviydi. Sanki bu hüzünlü ev onun içinde taşıdığı bir hayalet, Londra, Hackney'deki kapımızdan kurtları uzak tutamama korkusuydu. Okulda yemek bursu almaya hak kazanmıştım; Rose bundan utandığımı biliyordu. Çoğunlukla işe gitmeden önce bana çorba hazırlar, termosa koyardı. Ben onu ağır okul çantamın içinde taşırken, çorba ödevlerimin her yerine akardı. O termos işkenceydi benim için; ama annem için kurtların kapımıza ulaşamadığının müjdecisiydi. Bu yüzden sesimi çıkarmazdım. Rehber kitabımda bir zamanlar Almería'yı süsleyen İber kurtlarına (*Canis lupus signatus)* tam bir sayfa ayrılmış. Görünüşe göre, Franco'nun diktatörlüğü sırasında kurtların kökünü kurutmak için özel bir çalışma varmış. Ama belli ki bazıları hayatta kalmış ve bu evin kapısını çalma gereği duymamışlar. Pencereleri kırıp girmişler içeri.

Bir uçak üstümüzden gökyüzünü bembeyaz yırtarak geçiyordu.

Çocuk, kaşığını annesine doğru sallıyordu.

"Sofia, bizi eve sen götür." Rose, anahtarları kucağıma atmıştı bile.

"Araba süremem ki ben."

"Bal gibi sürersin. O anason likörünün içinde ne vardı bilmiyorum ama çok sertti, şu an asıl ben araba süremem."

Arabadan çıkmak zorunda kalayım diye benim koltuğuma doğru yan yan kaymaya başladı. Arabanın arkasından dolaşıp kapıyı açtım, sürücü koltuğuna oturdum, kontağı çevirdim. Motor çalıştı. El frenini kurcaladım, sonra da geri geri gittim.

"Harika," dedi Rose. "Harika bir geri vitesti."

Tekerleklerin altında bir şeyler çıtırdadı. "O zavallı çocuğun oyuncağı." Annem pencereden sarkıp bakıyordu. "Boş ver, vites değiştir, sinyal ver, kemerini tak, çok iyi, hadi gidiyoruz."

Rose aynayı düzeltmek için eğildiğinde saatte on mil gidiyordum. "Daha hızlı."

Yanlış frendeydim ama sonra vites kolunu değiştirebildim, hatta bomboş otobanda hızımı bile arttırabildim.

"Sofia, senin ellerinde kendimi tamamen güvende hissediyorum. Yalnız bir şey var."

"Ne?"

"İspanya'da sağdan gidilir."

Güldüm. Rose da güldü, sonra yine koluna bakıp saati söyledi.

"Yokuş yukarı çıkıyoruz, vites değiştirmen lazım. Bizi sollamaya çalışan bir araç var, görüyor musun onu?"

"Evet, görüyorum."

"Kadın sürücü. Kadın sürücüler olağanüstü görüş kabiliyetleri sayesinde karşıdan kendilerine doğru bir araç gelip gelmediğini iyi seçer ve seni ilk fırsatta sollamaya çalışırlar. Saat bir bu arada."

Rose'un söylediği doğruydu. Kahve makinelerini kullanabildikten sonra araba sürmek kolay işti.

Bagajın içinde bir şey yuvarlanıyordu. Ne zaman bir kavşağı dönsem kenarlara bir şeyler çarpıyordu. Yavaşladım; araba aniden sarsıldı, sonra da durdu.

"Frenle gaz arasındaki dengeyi daha iyi kurman lazım. Vitesi boşa al ve tekrar çalıştır."

Berlingo hareket eder gibi olunca bagajdaki şey yine bir yere çarptı.

"Böyle boşa alınmaz." Rose benim için vitesi ayarladı da gidebildik. "Beni endişelendiren ehliyetinin olmaması değil, asıl korkum gözlüklerinin olmaması. Ama merak etme, senin gözlerin ben olacağım."

O, benim gözlerim. Ben de onun bacaklarıyım.

Köyün sonundaki otoparka varınca el frenini çektim, Rose da kendine yeni bir şoför bulduğunu ilan etti.

Anneme olan sevgim balta gibi. Çok derin kesiyor.

Ensemdeki yağlı buklelere dokunmak için parmağını uzattı. "Saçına ne yaptığını bilmiyorum, Fia. Babanı ve beni balayımız için Kefalonya'daki otelimize götürürken yolda kaybolan taksi şoförünü hatırlatıyorsun bana."

Anahtarları ona vermem için işaret etti. "Baban da saçına çok düşkündü, dokunmama bile izin vermezdi. O zamanlar uzundu saçı, yumuşacıktı; siyah bukleleri omuzlarına düşerdi. Sonunda ben de sevmiştim o saçı, ikonik bir model gibi görmeye başlamıştım."

Hiçbirini bilmek istemiyordum. Ama daha evvel Gómez'e söylediği gibi, bunları anlatacağı *benden başka kimse yoktu.*

Yeni görevim olan şoförlüğüm gereği onun için kapıyı açtığımda, gözlerimin içine baka baka eve yürüyeceğini söyledi. Yürümek, belli ki hiç sorun değildi onun için. Arkamı dönüp bagajda sağa solan çarpan şeyi aradım. Sonunda bulduğumda, Matthew'un kiralık arabayı aldıktan ve hemşire Günışığı ile evrakları imzaladıktan sonra onu bagajda sakladığını tahmin ettim.

Mavi bir sprey boyaydı.

Rose, otoparkın sonundaki palmiye ağacının gövdesine yaslanmıştı. Sanki taşıyamayacağı kadar ağır bir şeyi yüklenmiş gibi eğilmişti.

Eşek Şakası

Öpücük. Hakkında konuşmuyoruz ama orada, birlikte yaptığımız hindistancevizli dondurmanın içinde. Orada, Ingrid çakısıyla vanilya çubuğunun çekirdeklerini sıyırırken aramızdaki boşlukta. Uzun göz kapaklarında, yumurta kabuklarında, kremada, Ingrid'in mavi ipekten bir ipliği zihnindeki iğneye geçirip yazdığı sözcüklerde gizleniyor. Ingrid'den ne istediğimi bilmiyorum, onun neden beni aşağılamaktan zevk aldığını ve benim niye buna katlandığımı bilmiyorum.

Görünen o ki insanların kuyumu kazmasına çoktandır razıyım.

İspanyol tarzında dekore edilmiş evlerinde, bütün zemini kaplayan sepetlerin içinden incecik, eprimiş kemeriyle saten, beyaz bir elbise çıkarıyor. Eteğinde bir leke var ama bana yakışacağını söylüyor. Zaman bulunca onu benim için tamir edecekmiş çünkü kolumdaki medusa izlerinin her an sızladığını biliyormuş.

Aslında her an sızlamıyorlar ama Ingrid'i düzeltmek istemiyorum. Dondurmanın buzdolabında soğumasını beklerken saçımdan bir tutam alıp parmağına doluyor. "Şu düğümü keseyim," diyor.

Kıyafet sepetlerinden birinin üzerinde duran gösterişli, keskin bir makasa uzanıyor. Makasın ağzı saçlarımın arasında. Kafamı çeviriyorum, kıvırcıklarımdan kesilmiş kalın tutamı bir ganimet gibi elinde tutuyor. Rahatsız oluyorum ama annemin yan etkilerinin ve semptomlarının gerilemesini beklemekten daha heyecanlı hiç olmazsa. Belki rahatsız olmak da bir yan etkidir?

"Zoffie, antropologlar ölçüm yapmak, sınıflandırmak için mezarlıklardan kafatası çalıyor mu?"

"Hayır, eskidendi o. Mezarlıklarda kafatası aramıyorum ben."

"Ne arıyorsun peki?"

"Hiçbir şey."

"Sahi mi Zoffie?"

"Evet."

"Neden hiçbir şey ilgini çekmiyor?"

"Çünkü her şeyi anlamsız kılıyor."

Koluma vuruyor. "Kendinle çok fazla baş başa kalıyorsun. Ellerini kullanacağın bir şeyler yapmalısın."

"Ne gibi?"

"Bir köprü mesela."

Ingrid bir köprü olsa, beni bataklık sularından karşıya geçirse, tahtalarına her adım attığımda, birkaç tanesini kendi elleriyle çekerdi ayaklarımın altından. Erotik bir ergenlik ayini gibi. Bataklığa düşmeden köprüyü geçmeyi başarırsam, belki de başıma gelenler telafi edilecektir? Ingrid'in dudakları leziz, yumuşacık ve dolgun. Soğukkanlı bir duruşu var, çok az konuşuyor; ama seçtiği sözcükler, *Baş Tacı*, boyunu aşıyor.

İşten yeni dönen Matthew ile bahçede oturmamı emrediyor.

Gölgede, iki ağaç arasına asılmış bir hamakta yatıyor Matthew. "Bu-gün o-lan-lar tec-rü-bey-di." Ayağıyla ağacı itiyor, hamak da soldan sağa sallanmaya başlıyor. "En zoru da Sophie, insanların kendileri olmalarına yardım etmek."

Sanki kendisi için ideal bir benlik yaratıyormuş gibi, başının üstünde uçuşan yapraklara ellerini sallıyor.

Matthew, meğer bir yaşam koçuymuş. Üst düzey yöneticilere daha iyi iletişim kurmayı, markalarını pazarlamayı, mizah ve canlılıkla insanları kandırmayı öğretiyor.

Bunları yaparken Matthew da kendisi mi oluyor mu peki?

Girişken ama kaypak. Yine de onu ayıplamıyorum çünkü kız arkadaşı benimle uğraşıyor. O da başka şeylerle uğraşıyor. Bense tam olarak neler döndüğünün farkında bile değilim. Sağ eliyle Julieta Gómez'e mavi renkte bir mesaj yazarken, sol eliyle Ingrid Bauer'in uzun, esmer uyluklarını okşuyor.

Ingrid, ev yapımı limonatasını bir tepside, bir çift gümüş maşa, bir taze nane yaprağı ve bir sürahi buzla taşıyor. Matthew'u soğuk bir tavırla yanağından öptükten sonra, plastik bir bardağı buzla doldurup, üzerine limonata döküyor, ardından da bir dilim misket limonu ve birkaç nane yaprağı ekliyor.

Ingrid tam olarak eşi değil. Aynı zamanda atlet ve matematikçi olan bir kokteyl garsonu gibi daha çok. Geometri mezunu, şimdilerdeyse Çinli müşterilerine hizmet eden bir terzi. Ek olarak da "kötü abla" ama bunun hakkında konuşmak istemiyor.

Matthew'un hobisi şarap koleksiyonu yapmak. Özel bir üzüme ya da üzümün yetiştiği bölgeye odaklanan uzmanlar, alıcılar ve şarap garsonları tarafından verilen birkaç kursa katılmış. Burada, İspanya'da, bir şarap uzmanı, at biniciliği eğitmeni ve aynı zamanda bir cortigosu (içinde kendi ahırları olan köy evi) olan Leonardo adında biriyle tanışmış. Ingrid de terzilik yapmak için adamın evindeki odalardan birini kiralamış. Salı ve çarşamba günleri çalışıyor orada –sadece iki gün çünkü hayat kısa– ve boyu hayat gibi kısa olan Matthew da, ayrı kaldıklarında Ingrid'i özlüyor.

"Zoffie, cortigoyu görmek istersin belki? Dikiş makinelerim eski, Hint malı; eBay'den almıştım ama hiç bozulmadılar. Oldukça da ağırlar ama gerçekten çok güzeller."

Matthew sıkılmışa benziyor, bu yüzden Ingrid, ilgisini çekmek için hemen onun hakkında konuşmaya başlıyor. Kendini sevilmeye değer biri gibi gördüğü öyle açık ki; Ingrid de onu seviyor besbelli. Matthew, kendine olan inancıyla ışıldıyor.

Kendimle ilgili bildiğim her şey çatlıyor ve çekici de Ingrid tutuyor.

Matthew gölgede oturması konusunda ona ısrar ediyor. Ingrid ise onu duymazdan gelip güneşin altında benim yanımda oturuyor.

Matthew başını kaldırıp bana gülümsüyor, sanki ikimiz de Ingrid'in mutluluğuyla ilgileniyor gibiyiz. "Inge'ye söyle günışığından sakınsın. Beyaz tenli olduğu için sağlıklı değil."

Kıvırcıklarımı ona doğru savuruyorum. "Günışığı çok seksi."

Matthew, bardağından bir nane yaprağı çıkarıp çiğnemeye başlıyor. "Günışığı meselesi tartışılır Sophie. Bilimsel camiada bu konuda görüş ayrılıkları var. Evet, gezegenimizi her gün ısıtıyor ama aynı zamanda bizi kör de edebiliyor."

"Neye karşı kör?"

"Sorumluluklarımıza karşı. Baştan çıkarıcı bir yanı var anlayacağın."

Konu, sorumluluklara gelince annemi merak ediyor. "Gómez Kliniği'ne çok para ödedin mi?"

"Evet."

Sarı saçlarını kulaklarının arkasına alıp, bu cevabı zaten tahmin ettiği için kafasını sallıyor. "Bak Sophie, sana o 'sözde' doktorun piyasadan silinip gitmesi gereken biri olduğunu söylemem gerekiyor."

"Haklı olabilirsin."

"Haklıyım. Gómez tehlikeli ve aşağılık bir herif."

"Nereden biliyorsun?"

"Şu an İspanya'da Los Angelesli bir yöneticiye eğitmenlik yapıyorum. Gómez'in itibarsız bir şarlatan olduğunu söylüyor."

Biz konuşurken Ingrid, kucağındaki minik kaktüsün saksısına çakıl taşları döşüyor. "Zoffie sadece annesine yardım etmeye çalışıyor; ayrıca senin müşterine de güven olmaz."

Gıcırdayarak sallanan hamağında Matthew ya-vaş-ça kafasını da sallıyor. "Hayır, güvenilmez biri değil. Tony James, harika bir adam. Bugün, onunla golf topunu havaya atıp yakaladığı, aynı zamanda da konuştuğumuz bir antrenman yaptık. Yaşayan bir ölü olmaktan çıktı adam. Trafik ışıklarının kırmızıdan yeşile döndüğünü görmüş gibi rahatladı." Başının üstündeki yapraklara uzanıp parmak uçlarıyla dokunuyor.

Daha cesur olmalıyım. İçimde daha fazla cesaret ve amaç bulup kendi düşüncelerimi kovalamalıyım. "Tony James bir ilaç şirketinde mi çalışıyor?"

Matthew boş limonata bardağını yere koyuyor. "Hı hı."

Ağustos böceklerinin öğle sonu cırlamaları başlıyor.

Bu hı hı, özgün bir saha çalışmasına uygun bir konu.

Bu hı hı, çöl seralarında yetişen domates ve biberin üstünü kapatan beyaz naylon gibi, ilaç firması konusunun üstünü örttü. Matthew, Gómez kliniğinin mermer duvarını "Günışığı çok seksi" kelimeleriyle süslüyor. Ama Julieta Gómez'e kızgınmış gibi davranıyor.

Ingrid'i gerçekten sevdiğine inandığımdan pek emin değilim.

Onu biraz süzdükten sonra kırmızı deri kemerini beğendiğimi söylüyorum.

"Teşekkür ederim," diyor. "Ben de seviyorum, Ingrid aldı çünkü." Sesi, her şeyin yoluna girmesine sevinmiş gibi çıkıyor.

Antropologlar arada bir yoldan çıkmak zorundadır, aksi halde pas tutmuş inançlarımızı yeniden inşa edemeyiz. Puslu gözlerimizi açacak kimse olmaz. Kendi gerçekliğimizin başka gerçeklerle bağdaşmadığını söyleyen birini bulamayız; bir köyün ve o köydeki hanelerin nasıl planlandığının ne kadar önemli olduğunu, yaşam ve ölümle olan ilişkisini ve kadınların neden köyün dışında yaşadığını anlayamayız.

Matthew kendi yolunda devam ediyor. Hamağa iyice yerleşiyor ve çoğunlukla petrol şirketlerinden oluşan müşterilerine, PowerPoint sunumlarında yardımcı olmak için geliştirdiği yöntemi açıklarken yeni bir kuvvetle daha hızlı sallanmaya başlıyor. İşi bu insanlara kim olduklarını ve neye değer verdiklerini yansıtmalarında, nasıl otorite ve güvenden yana olunacağını öğrenmelerinde ve izleyiciyi yanlarına çekmek için birkaç espri patlatmaktan çekinmemeleri konusunda yardımcı olmak. "Ayaklar baş oldu," ya da "Aslansın be," gibi ifadeleri yasaklıyor. CEOlar prompter kullanarak konuştukları için sıklıkla dilleri sürçer. Matthew onlara bu dil sürçmeleriyle başa çıkmaları konusunda taktikler veriyor, olası bir gafın üstünü kapatmak yerine onu unutturacak bir şey söylemeyi öğretiyor. Müşterilerine, içlerindeki liderlik potansiyelini serbest bırakmaları konusunda yardımcı olmayı son derece tatmin edici buluyor. Müşterileri, halkın önünde konuşurken heyecanlandıklarında veya personelleri tarafından sevilmediklerinde zayıflıklarını ortaya çıkarabiliyor; o da o zaman onlarla arasında aşk gibi bir bağ geliştiriyor. Onları acayipliklerini geliştirmeye teşvik ediyor. Dün, Los Angeleslı Bay James'e golf topunu tüm toplantılara götürmesini söylemiş. Konuşurken topu sağa sola atması, ona özgü bir tavır olacakmış.

Matthew uçtuğu hissine kapılmak için hamağın her iki tarafına doğru kollarını açıyor. Tuhaf olan şu ki, Julieta Gómez'in annemin hastalık geçmişini kaydederken birkaç kısa cümleyle anlattıkları Matthew'un ağzından tamamen değişmiş olarak çıkıyordu. Sanki Julieta'nın yaptığı bir şeyi çalmış ve kendine uyarlamıştı. Eğittiği yöneticiler onun kutsal bizonu. Onlara bir persona, markaları adına düzgünce konuşabilecekleri bir maske inşa etmelerinde yardımcı oluyor. Maskenin altındaki yüzün, maskeye sorunsuz bir şekilde oturması gerekiyor. Eğer oturmaz da çatlarsa onu çağırıyorlar ve o da maskeyi onlarla birlikte yeniden ayarlıyor.

Ingrid gölgeliğe doğru yürüyor ve ağacın altında duruyor. Göbek deliğinde ağaç şeklinde yeşil bir piercing olduğunu yeni fark ediyorum. Parmaklarına kaktüsün dikenleri batmış, Matthew'dan onları çıkarmasını istiyor.

"Hey, hamağımdan çekil Inge." Sesi neredeyse tehditkâr bir tonda çıkıyor.

O da dikenli parmaklarını yüzüne doğru sallıyor. "Matty, çeneni kapatman lazım artık." Dudaklarını gösterip fermuar kapama işareti yapıyor. "Zoffie için her şey üzerinde çalışabileceği bir alan konusu. Notlar alıyor. İnan bana senin yaşam koçluğunda kullandığın yöntemleri de kâğıda döker ve herkes tüm sırlarını öğreniverir bir anda."

"Biraz öteye git Inge. Bu benim hamağım ve kimsenin sallamasına ihtiyacım yok." Sesi, onu bir şey yüzünden cezalandırıyor gibi çıkıyor.

Ingrid, yeniden gölgedeki yerine dönüp elini dizime koyuyor. "O zaman dikenleri Zoffie çıkaracak."

"Senin mesleğin ne Sophie?" Matthew onu duymazdan gelip soruyor, yaprakların altında yavaş yavaş sallanırken gözleri sımsıkı kapalı.

"Kahve yapıyorum."

"Güzel bir yetenek. Kahvelerin mükemmel olmasını nasıl sağlıyorsun peki?"

"Çekirdeğin kalitesi, öğütülme oranı, suyun kahveye dökülme şekli etki ediyor."

Önemli bir konuda tartışıyormuşuz gibi başını ağır ağır sallıyor. "Ee, ne istiyorsun peki?"

"Ne demek bu?"

"Biliyorsun, iş gibi, para gibi, oyuna dahil olmak gibi delice şeyler? İsteklerini bir kâğıda yazmak zorunda olsan ve görünmez mürekkep kullanmana izin verilse, ne yazardın oraya?"

Yüzümün ne kadar kızardığını bahçelerindeki çöl bitkilerinin etrafına dikilmiş üçgen şeklindeki ayna parçalarından görebiliyorum.

"Zoffie'nin istek listesinde hiçbir şey yok. Hiç, hiç, hiç." Ingrid, dikenli parmak uçlarını dizime bastırıyor.

Utançtan mahvolmuş durumdayım. Şimdiye kadar hayatımda bir kez olsun ne istediğimi söyledim mi? Neden şimdi Matthew'a söyleyeyim ki?

Parmaklarını çıtlatıp gülüyor. "Sana bir prompter lazım, Sophie! Julieta Gómez de böyle yapıyor, değil mi? Hastalarının hafızasını dürterek harekete geçirmiyor mu?"

Ayağa kalkıp bahçelerini sahilden ayıran alçak taş duvarın üzerinden atlıyorum. İspanya'da başıma gelen en güzel şeylerden biri, bir şeylerin üstünden atlayabilen birine dönüşmüş olmak.

Çok yalnızım.

Kumların üstünde yürüyorum ve su çekilmiş. Bir kadın, plajın kızgın kumlarının üzerinde dörtnala giden atının üzerinde. Uzun boylu bir Endülüs atı. Yelesi alev alev parlıyor, toynakları yeri inletiyor, deniz ışıl ışıl. Mavi kadife şort ve kahverengi binici botları giyiyor, elinde de kocaman bir yay ve ok tutuyor. Kolları kaslı, uzun saçları örgülü, atın gövdesi sımsıkı sardığı uyluklarının arasında. Ok havada uçup kalbime saplanırken onun nefesini duyabiliyorum. Yaralandım. Arzunun okuyla yaralandım ve aşkın çilesine razıyım.

Dört erkek plajda voleybol oynuyor, filenin ötesine gitsin diye topa yumruk atıp duruyorlar. Top bana doğru geldiğinde zıplayıp onlara geri fırlatıyorum. Onlar da tezahürat edip bana el sallıyor.

İçlerinden biri Juan.

Ingrid ve Juan. Juan erkeksi ve Ingrid de kadınsı; yoğun bir parfüm gibi, notaları birbirine karışmış ve iç içe geçmiş.

Yunan kız İngilizce konuşuyor ama saçları babamın tuzlu domuz yağı ve hardalla yediği ekmek gibi kara. Sabahları, köyün arka tarafındaki mezarlık civarında bir bahçede yaşayan tavuklar için karpuz kabuğu saklıyor. Kabukları her sabah bir torbaya koyuyor ve tavukların sahibi Sinyora Bedello'ya götürüyor. Hasır şapkasının geniş kenarları omuzlarını çepeçevre gölgeliyor. Medusa izleri karanlıkta kalıp siliniyor.

Canlı Kalkanlar

Muayene odasında garip bir atmosfer vardı. Gómez rahatsız görünüyordu. Gömleğinin kolları kıvrılmıştı; saçlarındaki ürkütücü beyaz şerit de ter içindeydi.

"En son çekilen röntgeni nasıl okuyacağımdan emin değilim. Hiç şüphe yok ki, Rose, kemiklerinizdeki mineral azalıyor; ancak bu elli yaş ve üstü kadınlarda normaldir." İç çekti ve kollarını çizgili gömleğinin üzerinde kavuşturdu. "Kemik çok ilginçtir. Kolajen ve minerallerden oluşur. Canlı bir dokudur. Kırk beş yaşından sonra tüm kemiklerimizin yoğunluğu ve gücü azalır. Fakat siz önemli bir mineral kaybı yaşamamışsınız. Eve yürüyerek gitmenizi öneririm."

Annemin çenesinde gri bir tüy dimdik duruyordu.

"Bayan Papastergiadis, tedaviye devam etmek istiyorsanız ilaçlarınızın hepsini bırakmanız gerekecek. Hepsini. Bütün ilaçları, her birini. Yüksek kolesterol için olanı, uyku hapını, kalp çarpıntısı için olanı, hazımsızlık ilacını, migren ilacını, sırt ağrılarına ve tansiyona iyi gelenleri, ağrı kesicileri. Her şeyi."

Tuhaftır ki, Rose gözlerinin içine bakıp, onun bu isteğini kabul etti. "Sizinle çalışmaya başlamaya hazırım Bay Gómez."

Belli ki Gómez de ona inanamadı. Ellerini çırpıp bağırdı. "Harika! Ama şimdi daha iyi haberlerim var! Biricik aşkım hamile!"

Başta ne demek istediğini anlamadım ama sonra beyaz kediyi kastettiğini anladım. Yanıma yanaştı, kolunu uzattı. Kolumu onunkine dolamam için bir davetti bu. Kıyafetlerin ve derinin altında tüm yoğunluğumuzla kemik kemiğeydik; bir gelinmişim gibi kolumdan tutup muayene odasından çıkarken eşlik etti bana, mermer zeminli koridordan sütunlu bir verandaya doğru.

Gölgeye bir karton kutu koymuşlardı. Jodo, o kutunun içinde, koyun postunun üstünde yatıyordu. Gómez'i görünce gözlerini kısıp süt beyazı pençelerini yalamaya başladı. O da diz çöktü ve yoğun, derin hırıltısı, kliniğin mermer kubbesindeki diğer bütün sesleri boğana kadar Jodo'nun çenesinin altını okşadı. Tavanların ne kadar alçak olduğunu ilk o an fark ettim. Mimarisi, bazı yönlerden çölün ortasındaki bir çadırı andırıyordu.

"Veteriner altı haftalık hamile olduğunu söyledi, yani doğuma üç hafta daha var." Karnına işaret etti. "Şişkinliği görebiliyor musunuz? Ona bu koyun postunu verirken duygusal davrandım. Gitmesi gerekecek sonunda. Yattığı yerin kokusu olmamalı çünkü anne ve yavruları birbirini kokularıyla tanır."

Beyaz kedisine anneme olduğundan daha fazla ilgi duyuyordu. Belki de saçındaki beyaz şerit yakınlıklarını arttırmıştı? Şişman, beyaz Jodo'ya itaat etmemek için onunla birlikte kedinin önünde diz çökmeyi reddettim.

"Dudaklarınız hareket ediyor, Sofia Irina," dedi. "Sanki diliniz ağzınızın içinde kaynıyor."

Annemin tüm ilaçlarını kesmesinin güvenli olduğuna dair bana güvence vermesini istiyor ama sormaya cesaret edemiyordum.

"Antropoloji alanında çalışıyorsunuz. Aldığınız eğitimden aklınızda kalan üç kelime söyleyin bana."

"Antik, kalıntı, belirmemiş."

"Çok sert kelimeler. Hepsini yeterince özümsemiş, içime almış olsam, muhtemelen onlardan hamile kalırdım."

Rose'un şaşırdığında yaptığı gibi tek kaşımı kaldırdım.

"Başka bir konu daha var. Anladığım kadarıyla annenizin adına kiralanan arabayı kullanıyorsunuz."

"Evet."

"Ehliyetinizin olduğunu varsayıyorum."

Gómez'in pantolonunun sağ cebinde bir şey ötüyordu ama farkındaymış gibi görünmüyordu. "Annenizin ilaçlarını almasına yardım etmeye alışkınsınız. Yani bir anlamda siz de ilaçları kesiyormuşsunuz gibi olacak, öyle değil mi? Kendinize ait bir hayat kurmaktan korunmak için annenizi bir kalkan gibi kullanıyorsunuz. İlaç, ikinizin de hayatından sildiğim bir alışkanlık. Dikkat edin ama! Başka bir tane icat etmek zorunda kalacaksınız."

Soluk mavi gözlerini çevreleyen koyu mavi halkalar, babamın mavi gözlerinin içinde saklanan çekiciliği hatırlattı bana.

"Sofia Irina, acil çağrı cihazımı dinleyin! Doktorluğumun ilk yıllarından beri çok severim bunu. Sadece acil durumlarda çalıyor. Ama günleri sayılı. Hemşire Günışığı artık başka bir cihaza geçmemi istiyor."

Kedinin kabarık beyaz kürkünde parmaklarını gezdirirken, cebindeki cihaz hâlâ sinyal veriyordu. Bir süre sonra, çıkarıp baktı. "Ben de öyle düşünmüştüm. Huércal'ın güneydoğusundaki Vera'da bir kalp krizi vakası. Orada tek bir ağaç bile yetişmez, Taberno'nun aksine. Oranın güzel portakal ağaçları vardır. Ama bu çağrıya cevap veremem şimdi. Çünkü kardiyolog değilim." Çağrı cihazını kapatıp cebinden içeri kaydırdı.

Yatak odasında, çırılçıplak, ayakta. Memeleri dolgun ve diri. Zıplıyor. Kollarını uçak gibi açmış, zıplıyor. Koltuk altlarını tıraş etmiyor. Ne mi yapıyor? Zıplıyor da zıplıyor. Altı, yedi, sekiz. Meme uçları, teninden daha koyu. Duvardaki aynadan görüyor beni. Gözleri sola doğru titreşiyor, eliyle ağzını kapatıyor. Panjurları kapatmasını söyleyecek kimsesi yok.

Sanatçı

Julieta Gómez, stüdyosunun adresini bana önceden vermişti. Carboneras'taki küçük bir parkın yakınındaydı; bu yüzden arabayı yan sokakta bırakmamı ve oradan yürümemi söyledi. Berlingo'yu sürekli kullanıyordum artık. Vitesi boşa almak dışında kolaydı ama hayatımdaki en büyük zorluk bu değildi elbette. Asıl korkum polis tarafından durdurulup gerekli belgelere sahip olmadığımın anlaşılmasıydı. Bu, Pablo'nun paralarını ödemeden işten attığı Meksikalılar ve çöl seralarının sıcağında çalışan göçmenlerle paylaştığım bir diğer benzerlikti.

Ehliyetin var mı?

Hı hı.

Sömürgeci eski antropologların yaptığı gibi, yakalanırsam Guardia Civil[33] trafik polisinin eline on üç cam boncuk ve üç de sedefli nehir kabuğu tutuştururdum. Bu yeterli olmazsa, ona Bolivya'dan bir paket balık kancası verirdim ve eğer daha fazlasını isterse, Sinyora Bedello'nun tavuklarından iki yumurtayı tabancasının yanındaki hâkî renkli cebine koymasını teklif ederdim. Ne yapardım bilmiyorum. Geri geri giderek, bir arabayla üç çöp kutusu arasındaki park yerine kırdım direksiyonu ve tüm kutuları devirdim.

On iki kız öğrenci, boynu bükük limon ağaçlarının çevrelediği ahşap bir sahnede dans dersi alıyordu. Hepsi parlak renkli flamenko elbiseler ve uyumlu dans ayakkabıları giymişti; saçları sımsıkı, gergin birer topuzdu. Onları parmaklarını şaklatıp topuklarını yere vururken izledim. Gülmemeye çalışıyorlardı ama bazıları kendilerine engel olamıyordu. Yaklaşık dokuz yaşındaydılar. Benim hiç sahip olmadığım bir şeyi, ehliyetlerini ve dünyada işlerine yarayabilecek diğer tüm belgeleri alabilecekler mi? Birkaç dil konuşabilecekler mi? Bazılarının erkek, bazılarının da kadın sevgilileri olacak mı? Depremlerden, selden, iklim değişikliğinin neden olduğu kuraklıklardan sonra hayatta kalabilecekler mi? İşçilerin köle gibi çalıştırıldığı, fırın gibi seralarda yetişen domates ve kabaklar için süpermarket arabasına bozuk para atacaklar mı?

Julieta Gómez'in stüdyosu olduğu anlaşılan sanayi tesisinin duvarında bir yığın mor begonvil büyüyordu. Taş döşemeli

33 Guardia Civil, İspanya'da hem sivil hem askeri polislik hizmetlerini yerine getiren bir kolluk teşkilatı. (ç.n.)

bir ahırdan sonra sıralanan üç küçük ardiyenin sonuncusuydu. İsminin yanındaki zile bastım.

Demir kapıyı açtı, yağlı boya ve terebentin kokan boş bir odaya götürdü beni. Her zamankinden farklı olarak bir kot, bir tişört ve spor ayakkabı giymişti; ama göz kapakları mükemmel bir şekilde kalemle çizilmiş, tırnakları da kırmızı ojeyle boyanmıştı. Yerler betondu, duvarlar tuğlayla örülmüştü; altı tablo duvara yaslanmış, birkaç tane boş tuval ise onların önünde duruyordu. Deri bir kanepe dışında, üç ahşap sandalye ve buzdolabı vardı. Başka mobilya yoktu; pazar tezgahında gördüğüm, evi ev yapan şeylerden hiçbiri yoktu. Fare, güve, sıçan veya sinek kapanı bile yoktu. Masada bardaklar, fincanlar ve iki tane ekmek kesme tahtası vardı. Raflar kitaplarla doluydu.

Julieta bana adını nasıl telaffuz etmem gerektiğini söyledi. "Huulyeta."

Tam adının Gómez Peña olduğunu açıkladı. Annesi, Julieta genç bir kızken ölmüş ve hiç gülmezmiş. Bu yüzden babası onu Hemşire Günışığı diye çağırıyormuş. "İşe yarıyor, hem hastaları da neşelendiriyor," dedi. Buzdolabından aldığı birayı uzattı, kendisi için de bir tane aldı.

Ben de sık sık soyadımı değiştirmek istediğimi söyledim. Çünkü kimse nasıl telaffuz edeceğini bilmiyor. "Papa"dan sonraki harflerin nasıl telaffuz edileceğini sormayan bir kişi bile olmadı hayatımda.

"Ama sonuçta değiştirmedin, belki de ilgi çekici buluyorsundur?" Birayı dudaklarına götürüp kocaman bir yudum aldı. "Boş zamanlarımda bunu yapıyorum işte."

Boş zamanlarında içtiğini mi söylemeye çalışıyordu?

Duvara doğru yürüyüp resimlerden birini göstermek için tuvalin ön yüzünü çevirdi. Geleneksel siyah İspanyol elbiseli genç bir kadının portresiydi. Ürkütücü, pörtlek, yuvarlak gözleri vardı. Sineğinki gibi yağlı gözler, yalnızca daha büyüktüler; iki euroluk bozuk para büyüklüğünde. Çenesinin altında bir yelpaze tutuyor ve biraz Julieta'ya benziyordu.

"Bu, bukalemun gözlü benim." Gerçek Julieta, içinde korkumu gizleyen uzun sessizliğime güldü. "Bukalemun doğulmaz, bukalemun olunur."

Sarhoş olup olmadığını merak ediyordum.

"Hayvanları çok mu seversin?"

Aptalca olduğunu biliyordum ama o kâbus gibi gözler hakkında başka ne diyeceğimi bilemedim.

"Evet. Hayvanlarla yaşamayı severim. Babam da öyledir."

Çocukken bir av köpeğinin olduğundan bahsetti ama av köpekleri İspanya'nın bu kısmında kaçırılırlar. Komşuları, sabah erken saatlerde bir Toyota kamyonun yolda durduğunu görmüş ve köpek ortadan kaybolmuş. Annesi mühendismiş. Endülüs'ün daha verimli kısımlarındaki nehirlerden çöle su taşımak için dahili bir boru sistemi tasarlamış. Sierra Nevada'da bir helikopter kazasında ölmüş ve babası da Granada'daki hastanede cesedin kimliğini tespit etmek zorunda kalmış. Julieta'nın hayatındaki ikinci kaybolma vakasıymış bu. Bazen rüyalarında karıştırıyormuş olanları; Toyota kamyonuyla çalınanın annesi olduğunu görüyormuş ara sıra.

Anneme uyguladığı "hastalık geçmişi" denen görüşme tekniğini nereden öğrendiğini sordum.

"Ha, o mu, klinik için arşivleme işinin hepsini ben yapıyorum çünkü iyi derecede İngilizce konuşuyorum." Spor ayakkabısının burnunu beton zemine sigara söndürüyormuş gibi bastırıyordu.

Gözlerimi yere indirdiğimde bir hamam böceğini ezdiğini gördüm.

"İyi de bu hastalık geçmişini arşivlemeye neden fizyoterapi deniyor peki?" Otoportresini gördüğümden beri ona daha dikkatli bakıyordum.

Kocaman, kırık dökük, deri koltuğa kurulup bacak bacak üstüne attı. Elindeki bira şişesiyle işaret etti. "Lütfen otur." Masanın yanındaki üç ahşap sandalyeden birini gösteriyordu.

İçlerinden birini çekip kanepeye yaklaştırdım ve oturdum. Stüdyo aydınlık ve serindi. Onunla vakit geçirmek, bira içmek, konuşmak hoşuma gitmişti. Kendimi uzun zamandır hissetmediğim kadar sakin hissediyordum. Kendini, etrafını saran dalgalara ve akıntılara bırakan, denizin üstünde uslu uslu yüzen bir kuş gibi, sakin. Beni garip bulmuyordu, bu yüzden daha az garip olan birini taklit etmekten ve bukalemunluk yapmaktan kurtulabilirdim.

Belki ben de sarhoştum.

Birasını yudumlarken bu markayı beğenip beğenmediğimi sordu. O, Estrella'yı tercih edermiş ama bu içtiğimiz San Miguel'di.

Çok beğenmiştim.

"Fizyoterapi, klinikte yaptığımız işin en önemli parçası. Babamın kendi stratejileri ve yöntemleri var. Tabii bir yandan da annenin semptomlarını teşhis edecek ipuçlarını arıyor. Kaslarda ve beyindeki elektriksel aktiviteyi ölçtü fakat endişe edecek bir şey çıkmadı. Doğuştan gelen belirsiz bir hastalığı veya vasküler bir rahatsızlığı gözden kaçırdığına inanmıyor."

"Evet," dedim. "Ama ben sana hastalık geçmişi kayıtlarını soruyordum."

"En iyisi, Sofia, onun fiziksel narinliğini felçle karıştırmamak."

"Bu yüzden İspanya'dayız zaten. Fiziksel bir sorunu olup olmadığını öğrenmek için." Cesur oluyordum.

Bana baktı, gülümsüyordu. Ben de gülümsüyordum.

Belki de birbirimizin gülümsemesini taklit ediyor, bukalemunluk yapıyorduk?

Dişleri, kör edici beyazlığı ve çoğunun porselenden yapılmış olması dışında mükemmeldi. Mükemmelin neden tuhaf olduğunu bilmiyorum ama öyle. Bazen porselen kaplamaları merak ediyorum. Olur da bir gün canavarınkilere benzeyen sivri dişlerin üstündeki porselen düşüverip altındaki gerçekliği ortaya çıkarırsa, ne olurdu acaba?

Julieta başını eğip spor ayakkabılarının burnundaki siyah lekeye baktı. "Arşivleme, işimin daha ilginç olan kısmı. Fen bilimleri okumak istemiyordum ama babamın isteğine itaat edip Barselona'da bir kliniğe yerleştim. Her gün sıkıntıdan patlıyordum orada. Onlarsa benim ameliyat sonrası kanamalar konusunda uzmanlaşmamı istiyordu. Düşünsene. Felaket!"

"Neden güzel sanatlara gitmedin peki?"

"Yeteneğim yok ki. Ama rahmetli annemin soluk tenini anımsatsın diye kliniğin mermerden yapılmasını ben önerdim."

İkiz gibiydik. Birimiz annesiz, diğerimiz babasız.

Julieta ile stüdyosunda konuşmak heyecan vericiydi. Aslında başka bir yerde yaşadığını söyledi; ancak ekonomik durgunluk ona eskiden sardalya paketleme deposu olarak kullanılan bu binaların bir dairesini satın alma şansı vermişti. Dişli biri olduğunu anlamaya başladım. Onunla ilk karşılaştığımda o kadar bakımlı ve şıktı ki faydalı biri olduğundan şüphe etmiştim. Kafamdaki hemşire veya fizyoterapist modeline benziyordu belki de? Babasıyla yaşadığı sorunlar, ona olan güven duvarımı sağlamlaştırıyor, beni ona yaklaştırıyordu. Nitekim ben de babamla sorunlar yaşamıştım. Doktora tezimle de ilgileniyordu. Kendimi bir anda tezimin kültürel hafıza ile ilgili olan teması konusunda onunla konuşurken buldum. İşler benim için iyi gittiğinde kendimi nasıl suçlu hissettiğimi anlattım ona, sanki benim için iyi giden şeyler annem için kötü giden şeylerden sorumluymuş gibiydi.

"Rose şimdi burada olsa suçluluğun insanı sakatlayan bir şey olduğunu söylerdi sana." Julieta tavanı gösteriyordu. Bir örümcek kirişlerin arasına dallı budaklı bir ağ örmüş, ipeksi tuzağında bir yaban arısı yakalamıştı.

Biramı yudumladım, ilaçları kesildikten sonra annemle yaşadığım eve dönmenin ne kadar zor olduğunu söyledim ama gidecek başka yerim de yoktu. Ben hep başkasının evinde yaşayandım.

Uzun uzun anlattım.

Ağda ne örümcek ne de eşek arısı kımıldıyordu.

Zaman algım kayboldu artık.

Julieta Gómez şimdi tüm sırların sahibiydi; bazıları benim, çoğu da annemin çocukluğuma dair itirafları. Rose'un kemikleri tıbbın konusuydu ama sakladığı sırlar da başka tür konulardı. Nesilden nesile aktarılan her şey Julieta'nın ses arşivindeydi. Julieta'ya neden bu süreci fizyoterapi olarak adlandırdığını tekrar sordum. Annemin anılarının kemiklerinde ve kaslarında olması yüzünden miydi?

"Sofia, bu konuda uzman olan sensin çünkü tezini kültürel hafıza üzerine yazıyorsun."

Bir saatten fazla konuştuk, stüdyosunda kayıt cihazı olup olmadığını merak etmeye başlamıştım. Ona çok fazla açıldığım için kendimi kötü hissediyordum; o da sohbetimiz sırasında iki bira daha devirince kendisi hakkında bir sürü şey anlatmıştı. Yine de onu rol modeli olarak düşünmeye başlamıştım; tabii ben onun düzgün kesimli elbiselerine, tasarım ayakkabılarına veya bira içme enerjisine, hepsinden öte, ikili görüşme becerilerine, yetişemezdim. Konuşmamızın geri kalanında sessizleşmişti ancak uysal da değildi. Dairenin dışında gürüldeyen bir motorun sesini duyduğumda kendi mülakat yöntemimdeki eksikleri düşünüyordum. Şimdiye kadar yalnızca bir görüşmem olmuştu, onda da adamın lafını sürekli kestiğim için kafası karışmıştı. Ondan daha fazla konuşmuştum, sonunda o da arkasına bakmadan uzaklaşmıştı. Şimdi birisi Julieta'nın ön kapısının mektup aralığından içeri bağırıyor, kapıyı iterek açmaya çalışıyordu. Sonunda demir kapı beton zemini kazıyarak açıldı, ardından sertçe kapatıldı.

Matthew, elinde bir şişe şarapla içeri girdi. Beni sandalyede otururken görünce birisi çatalı alıp yanağına saplamış gibi sıçradı. Yüzündeki ifadeyi silmeye çalışıyordu, tıpkı benim Berlingo'da vitesi boşa almaya çalışırken yaptığım gibi çabalıyordu. Ama o da tıpkı benim gibi beceremiyordu.

"Aa, merhaba Sophie," dedi. Bir saniyeliğine kanepedeki Julieta'ya bakıp kafasını çevirince saçları gözünün önüne düştü. "Annenin hemşiresine kendi mahzenimden bir şişe şarap vermek için uğramıştım."

Julieta göz kamaştıran dişlerini göstererek dudaklarını araladı. "Hayır, Matthew, hayır. Bir daha asla kapıyı çalmadan girme. Dışarıda zil var, yanında da ismim yazıyor." Bakışlarını bana dikti. "Matthew ben burada çalışırken içeri öylece girebileceğini sanıyor," dedi. "Bazı nedenlerden ötürü mektup kutusunun aralığından seslenince içeri dalabileceğini düşünüyor. Ona birkaç görgü kuralı öğretebilmem için şimdi onunla biraz yalnız kalmamız lazım."

Matthew'un dikkati yerdeki ezilmiş hamam böceğine kilitlenmişti.

"İncelikli bir cinayet olmuş."

Julieta ayağa kalkıp kırmızı ojeli tırnaklarıyla ona işaret etti. "Söylesene sen de benim hastam mısın, yoksa yalnızca elinde bir şişe şarapla uğrayan biri misin? Fizyoterapisti baştan çıkarmak istemek çok da garip değil; ama bu arzuyu, kedinin duvara işemesi gibi babasının işyerinin duvarlarına püskürtmek delilik."

Bahsi geçen deliliğin Matthew'un dilinden düşürmediği "delilik"le aynı olup olmadığını merak ettim. Julieta bunu bilerek mi söylemişti? Hamakta kollarını kurumsal bir mesih gibi gerdiğinde Matthew sahiden de biraz deli gibi görünüyordu.

"Evet, doğru." Matthew saçlarını geriye doğru atınca gözleri yeniden ortaya çıktı. Parmağıyla beni işaret ediyordu. "Julieta beni kedi sanıyor. Gómez Kliniği'nde de hayvanlara bayılıyorlar zaten."

Kızların flamenko adımlarını çalıştıkları parkın içindeki arabama geri döndüm. Küçük sınıfların yerini üst sınıflar almıştı. Limon ağaçlarından birine yaslandım ve dans etmelerini izledim. Yaklaşık on altı yaşındaydılar ve alev kırmızısı elbiseleriyle tek sıra halinde duruyorlardı. Müzik başladığında önce bir süre hareketsiz kaldılar, ardından aniden kamburlarını çıkarıp kollarını kaldırdılar. Baştan çıkarmanın ve acının dansıydı bu.

Savaşçı Ingrid

Seviştik. Ingrid çıplak. Sarı saçları kabarık. Yüzünde damla damla ter var. Bileklerinde iki altın bilezik. Vantilatörün bıçakları başımızın üstünde tıngırdayarak dönüyor. Cortigonun arka odasındayız; cortigo, yani Cabo de Gata denilen doğal parkın göbeğindeki San José adlı turistik yere yakın ahırlı ev. Ingrid'in üç antika dikiş makinesi de kumaş rulolarının, Avrupa ve Asya için yeniden tasarladığı giysilerin yanında, uzunca bir masanın üzerinde duruyor. Banyoya doğru uzanan kemerli bir yol var. Buranın çalışma odası olması gerekirdi ama yatak her yeri kaplıyor. Çok geniş, tam savaşçılara göre bir yatak. Çarşaflar yumuşacık, yoğun pamuklu ve söylediğine göre sadece beyaz değil, bembeyaz, içinde sarı olmayan derin bir beyaz. Onları İspanya'ya Berlin'den getirmiş.

Taş şömine süpürülmüş, bir sepet çıra kenarda duruyor. Küçücük bir balta, büyükçe, kuru bir kütüğün üzerinde, dengede. Kış gelince birisi bu baltayı kullanarak kıvrımlanan zamanın çemberini paramparça edip ateşi yakacak ama şimdi dışarısı kırk derece.

Seviyorum:

- nakışlı kemerini çıkarışını

- kendi bedenini sevmesini

- çırılçıplak ayaklarının kırmızı toprağa bulanışını

- göbek deliğindeki göle benzeyen mücevheri, başımı o göbeğe yaslamayı, bugünün geçmişten daha gizemli oluşunu, yatış şeklini değiştirmesini, yaprağın rüzgârda savruluşu gibi dönüp durmasını.

Demir parmaklıklı penceresinden yüksekçe bir kaktüse bakıyorum; dallarını dikenli incirler eğiyor. Bana merdivende durup orada olmayan birine el salladığım bir anıyı hatırlatıyor; ama bu anı silinerek kayboluyor çünkü başka bir yere, belki de Ingrid tarafından yönetilen başka bir ülkeye gidiyorum. Bedeni uçsuz bucaksız bir otoban gibi uzuyor.

Seviyorum:

- gücünü

- bedenimi sevmesini

- erkek arkadaşının sofistike mahzeninden şarap çalışını

- gücünün beni korkutuşunu; gerçi ben hep korkacak bir şey bulurum zaten

- yatağın kenarındaki masanın üzerinde duran incirli ekmeği

- adımı söyleyiş şeklini

Bedeninin kıvrımları kadınsı ama bazen sesi Matthew gibi çıkıyor. Eşyalar hakkında onunki gibi tuhaf benzetmeleri var. Mesela "Bu odanın deli ölçüleri var," ya da "Sedirden kütükler deli gibi kokmuyorlar mı ama?" Bir keresinde şu tuhaf deyimi bile kullandı, "Körün taşı gibi."

Ingrid'e bunun ne anlama geldiğini sorduğumda aldığım cevabı bir garip bulmuştum. Talihsiz durumlar için kullanılıyormuş. Sanki bir savaşın içindeymiş de araya konu dışı bir şey girmiş, asıl konunun ötesinde bir olay meydana gelmiş gibi. Margaret Mead'i, kocalarını ve kalan her şeyi tekrar düşündüm; sonra o kalan her şeyin yine kendi gibi antropolog olan sevgilisi olduğunu hatırladım. O özlü sözü duvara yazdığımda da aklımdaydı muhtemelen bu.

İnsan cinselliğini araştırmak için Margaret Mead gibi Samoa ya da Tahiti'ye gitmeme gerek yok. Bebekliğinden yetişkinliğine kadar tanıdığım tek insan benim ama cinselliğim benim için bir muamma. Ingrid'in vücudu bir ampul gibi çıplak. Elini ağzımın üzerine koyuyor ama kendi ağzı da açık. Onunla tanışmadan önce yüzünü görmüştüm, bir kez Lorca Oteli'nde ve sonra bir de aynada, sakin bir günde. Şimdiyse sırtını kaldırıyor, pozisyon değiştiriyoruz.

Ingrid'le buluşmak, ikimiz de yazmaksızın kararlaştırılmış gibiydi. Gerçekleşmediğinde de aklımızın bir köşesinde duruyordu, bir yerinizin düşmeden önce morarması gibi tıpkı.

Biraz sonra duşa girdik. Dört bir yanı renkli kare taşlarla döşenmişti. Su, tropik rüzgârlar gibiydi, tabii bu rüzgârın buz gibi olmasını ve göğüslerimizin üzerinden aktığında ürpertmesini saymazsak.

Duştan çıkarken ikimiz de bir şeylerin yanlış olduğunu biliyorduk. Tehlikeyi hissediyorduk. Görünmüyordu ama görmediğimiz bir yerde duruyordu tehlike. Sesi çıkmıyordu ama kollarımızdaki tüyleri ürpertiyordu. Çıra kovasının içinden alev gibi tutuşup taştığını gördük. Taş zeminden pencereli odanın uzak bir köşesine doğru ilerleyen bir şimşek gibi masmaviydi tehlike.

"Yılan." Ingrid'in sesi sakin ama normalden biraz daha yüksek çıktı. Beyaz bir havluya sarınmıştı, saçları ıslaktı, uçlarından sular damlıyordu. Bir kere de İspanyolca söyledi: "*Serpiente.*"

Kütüğün üstündeki ufak baltaya doğru ilerledi. Yılan, duvarın dibinde hareketsiz yatıyordu. Yavaş yavaş, baltayı golf sopası gibi tutarak, taş zemin üzerinde ıslak ayak izleri bırakarak ona doğru sokuldu. Baltayı birkaç santim kaldırıp yılanın kafasına sertçe vurdu. Hayvanın kesilen gövdesi kıvrıldı, daha sonra iki parça halinde kıvranmaya devam etti.

Titriyordum ama bağırmamam ya da korktuğumu Ingrid'e göstermemem gerektiğini biliyordum. Baltayla yılanı ters çevirdi. Karnının alt kısmı beyazdı. Gövdesi hâlâ kıvrılıyordu. Ingrid, elinde balta, vücuduna Antik Romalılar gibi sardığı havlusu, boks derslerinden ötürü kaslı kollarıyla bana dönüp bir kere de Almanca söyledi: "*Eine Schlange.*"

Oradan uzaklaşmasını söyledim ama o benden yanına gelmemi istedi. En hassas iğneden bile iplik geçirebilen parmakları koca bir baltayı sımsıkı tutuyordu. Korkuyordum. Aslında onunla tanıştığım günden beri ondan korkuyordum. Her ne kadar ikiye ayrılmış bir halde yerde yatıyor da olsa yılanın öldüğüne ikna olmamıştım. Matthew'un şarap şişesine uzanıp bir yudum aldım, dudaklarım morumsu bir renge büründü, dilim buruldu. Ezilmiş erikler ile defne yapraklarını birlikte yemek gibiydi tadı, yanına gittim, sonra da öptüm onu. Sol kolum beline dolanmışken, sağ kolumla da parmaklarının arasındaki baltadan kurtuldum.

Odada ölü bir yılan yokmuş gibi hazırlandık; elbiselerimizi giydik, yüzüklerimizi, küpelerimizi taktık, saçlarımızı taradık ve odadan çıktık; yüzlerce iple dokunmuş yumuşacık beyaz çarşaflar, dikiş makineleri ve kumaşlar, kalın duvarlar ve ahşap kirişler, üzümlü ekmekler, aromalı şaraplar ve ikiye ayrılmış bir yılan, yerdeki ıslak ayak izlerimiz ve hâlâ biraz damlatan duş başlığı kaldı içeride.

Arabaya doğru giderken bej rengi dar binici pantolonlu, sırtını kapıya yaslamış bir adam gördüm. Kısa boylu ve esmerdi. Ingrid onun, binicilik öğretmeni Leonardo olduğunu söyledi. Ona cortigoyu kiralayan adammış. Adam sigara içiyordu ve ona bakıyordu, sonra bakışları bana kaydı.

Saçlarımı geriye attım. Kötücül bakışlarından bana doğru bir şeyler geçiyordu; tehlikeli uyuşturucuların bulunduğu bir barda, birinin bir tomar kirli banknotu hissettirmeden başkasının cebine atması gibi. Beni tehdit ediyordu.

Baktığı şeye dair öyle yüksek beklentilerinin olmadığını söylüyordu bana, gözleriyle, yani zihninin yansımalarıyla korkutabileceği bir boyuta geleceğimi düşünüyordu.

Gücümü aşağı çekiyordu.

Bakışlarını, yani zihnini yere sermek zorundaydım; kafasını, tıpkı Ingrid'in yılanın kafasını kesmesi gibi bakışlarımla kesmek zorundaydım; bu yüzden de önce dümdüz karşıya baktım sonra da gözlerimi onunkilere kilitledim.

Parmaklarının arasındaki sigarayla birlikte donup kaldı.

Ingrid aniden ona doğru koşup adamı dudaklarından öptü. Bu hareketi onu uyandırmışa benziyordu. Ingrid, atletik vücuduyla onun üzerine eğilirken o da ona bir beşlik çaktı, avucunun içine bir *tokat*. Beşlik boyunca birbirlerini bırakmadıkları için hâlâ el eleydiler.

Örtülü ihanetti bu yaptığı – evet, onunla olabilirim ama ona hiç benzemiyorum, seninleyim ben, diyordu adama.

Atlar, toynaklarını vura vura ahıra girerken onlar da kendi aralarında İspanyolca konuşmaya başlamıştı.

Ingrid'in benden ne istediğini bilmiyorum. Hayatımın özenilecek bir yanı yok. Ben bile istemiyorum bu hayatı. Işıltıdan yoksun hayatım yüzünden (hasta annem, çıkmaz yola giren işim) kendi ayaklarımın üzerinde duramıyorum ama o beni arzuluyor, benden ilgi bekliyor.

Ingrid, Leonardo'ya yılanla nasıl vedalaştığını anlatıyordu. O da onun kaslı koluna sanki şunları demek için dokunuyordu: *Aman, ne kadar güçlüsün, bir yılanı kendi ellerinle öldürebilecek kadar güçlü.*

Kahverengi deri binici çizmeleri dizlerine kadar geliyordu.

Ingrid mest olmuşa benziyordu. Bana dönüp, "Leonardo, botlarını bana vereceğini söylüyor," dedi.

"Evet," dedi o da. "En iyi Endülüs atıma binerken bunlara ihtiyacın olacak. Adı Rey[34] çünkü atların kralı o; güzel bir yelesi var, tıpkı senin gibi."

Ingrid güldü, ona doğru eğilirken saçlarını örüyordu.

---

34 Rey, İspanyolca kral anlamına geliyor. (ç.n.)

Leonardo'ya döndüm, sesim sakin çıkıyordu. "Endülüs atına elinde ok ve yayla binecek."

Ingrid elinin tersiyle saçlarını savurdu. "Ah, sahi mi Zoffie? Kimi vuracağım peki?"

"Beni vuracaksın. Şehvet okunu kalbime saplayacaksın. Aslına bakarsan, çoktan sapladın bile, değil mi?"

Bir anlığına donup kaldı ama sonra elleriyle ağzımı kapattı. "Zoffie de yarı Yunan," dedi Leonardo'ya, bu her şeyi açıklıyormuş gibi.

Leonardo da ona dostane, hafif bir yumrukla dokundu. Bir gün çizmelerini Ingrid'e getirip nasıl cilalanacağını da gösterecekti.

"Gracias, Leonardo." Gözleri büyümüş, yanaklarına renk gelmişti. "Zoffie beni eve bırakacak. Araba sürmeyi yeni öğreniyor da."

Topal

Üç gündür uyumuyorum. Sıcak. Sivrisinekler. Yağlı denizdeki medusalar. Çorak dağlar. Bir ihtimal boğulmuş olan, azat ettiğim Alman kurdu. Sahildeki evin pervasızca çalınan kapısı. Kilitledim şimdi, bakmıyorum artık. Dün hariç. Dün Juan geldi. İzin günüydü, beni mopediyle Cala San Pedro'ya götürmeyi istedi. Tatlı su kaynağı olan tek plaja. Yarı yola kadar o götürecekti, sonrasında da arkadaşı bizi tekneyle alacaktı. Annemin melankolik bir ruh hali içinde olduğunu anlattım ona. Ben onun ayaklarıyım, o da topal. Kendimle ne yapacağımı bilmiyorum. Yine topallamaya başladım. Arabanın anahtarlarını kaybettim, saç fırçasını da bulamıyorum.

Yılan olayı, sonrasında Leonardo'nun ayağımı kaydırması düşüncelerimi karmakarışık ediyor.

Ingrid'in elinden baltayı aldığımda çok korkmuştum. Sonrasında ne olacağını bilmek istemeyecek kadar değil ama.

Leonardo onun yeni kalkanı olmuştu.

Annem bir şeyler anlatıyordu, ben dinlemiyordum, sesini yükseltip kendini duyurabildi sonunda. "Sanırım güneşli gökyüzünün altında bir başka mutlu gün geçirilmiş?"

Hiçbir şey yapmadığımı söyledim ona, hem de hiçbir şey.

"Hiçbir şey yapmamak ne harika. Hiçbir şey, ayrıcalıktır. Ben ilaçlarımın hepsinden yoksun bırakıldım ama bak, şimdi bir şeyin olmasını bekliyorum."

Bileğindeki gangster saatine baktı. Hâlâ çalışıyordu. Tıkır tıkır, mükemmel. Kolundaki saatin tik takları koşarken o, durmuş bir şeyleri bekliyordu. Bütün ilaçlarını bırakmak ona çok zor geliyordu. Yeni bir ağrıyı beklemek hayatının macerasıydı onun. Beklerken yumuşacık beyaz ekmekten küçük parçalar kopardı, avucunun içinde yuvarlayıp onlardan ufak toplar yaptı, sonra da parmaklarının arasındaki topakları saatlerce emdi. Ekmek topakları ilaçlarını andırıyor, onu rahatlatıyordu. Bekliyordu. Her gün, belki de hiç ortaya çıkmayacak bir şeyi bekliyordu. İlkokulda öğrendiğim bir tekerleme geldi aklıma.

Çıktım baktım merdivene,
Olmayan bir adam görmeye,
Bugün baktım, yoktu yine,
Benden uzak dursa keşke.

"Her neyi bekliyorsan o gelmeyebilir," dedim. "Dün orada değildi, bugün de yok." Ekmekten daha besleyici bir şey isteyip istemediğini sordum.

"Hayır. Boş mideyle ilaç almayayım diye yiyorum sadece."

Bunun bir süre çözmeye çalıştım, sonra yüzümü çevirip bilgisayarımın paramparça olmuş ekranına baktım.

"Sanırım seni sıkıyorum Sofia. Aslında ben de sıkıldım. Söylesene beni nasıl eğlendireceksin bu gece?"

"Eğlendirmeyeceğim. Bence sen beni eğlendir." Giderek daha cesur oluyordum.

Dudaklarını olduğundan daha sıkı kenetledi birbirine. "Ağrılar içindeki, çaresiz bir insanın palyaçoya benzer bir hali mi var sence?"

"Öyle bir şey demedim."

Ekran koruyucumdaki takımyıldızlar, puslu, tanımlanamayan şekiller halinde gözlerimin denizinde yüzüyordu. İçlerinden birini buzağıya benzettim. Bu galakside otlayacak çimeni nerede bulacaktı acaba? Artık yıldızları yiyecekti mecburen.

Rose, omzuma hafifçe vurdu. "Doktora kronik bir dejeneratif hastalığım olduğunu söyledim. Kronik ağrı konusunda çok az bilgisi olduğunu itiraf etti o da. Modern hastaların bu duruma şaşırabileceğini biliyormuş; ben de şaşırdım tabii. Ne diye para veriyoruz biz bu adama canım? Dediğine göre ağrılarım henüz sırlarını açık etmemiş ona. Benimse tek bildiğim ağrılarımın her geçen gün biraz daha arttığı."

"Ayakların mı ağrıyor?"

"Hayır, onları hissetmiyorum."

"Her gün artan ağrı ne öyleyse?"

Gözlerini kapattı. Gözlerini açtı. "Bana yardım edebilirsin. Eczaneye gidip bana biraz ağrı kesici alabilirsin Sofia. Burada, İspanya'da reçeteye ihtiyacın da yok."

Reddedince şişmanladığımı söyledi. Sonra bir fincan çay istedi, Yorkshire çayı. Yirmi yıldır görmediği Wolds'u özlüyormuş. Üzerinde "ELVIS YAŞIYOR" yazan bir kupada çayını getirdim. Bardağı elimden alırken, sanki ona istemediği bir şeyi vermişim de içmeye zorluyormuşum gibi mazlum görünüyordu. "ELVIS YAŞIYOR" yazısı mıydı dudaklarını kenetleyen? Elvis'in aslında öldüğünü hatırlamak onu biraz olsun neşelendirir miydi acaba? Sıkıntı. Kahır. Keder. Kederli Tepeler[35] isimli bir binada yaşıyordu. Benim de yaşamak zorunda kalacağım bir yer miydi peki bu? Öyle miydi sahi? Rose benim adımı da mı yazdırdı o Kederli Tepeler apartmanına? Ya başka bir yerde yaşamaya param yetmezse? İsmimi o bekleme listesinden, zamanın başlangıcına dek izi sürülebilen terk edilmiş kızlar kuyruğundan silmem lazım.

Rose sandalyede oturuyordu. Sırtını seyretmek korkunçtu. Kırılgan görünüyordu. İnsanların gerçekten neye benzediği arkalarından bakınca daha çok belli oluyor. Saçları firketeyle tutturulmuştu, boynunu görebiliyordum. Saçları seyreliyordu. Boynunda yalnız birkaç tel kıvırcık saçı kalmıştı. Ama beni asıl düşündüren, bu çöl sıcağında omuzlarının üzerini güzelce örten yün hırkaydı. Annesinden kalan bu alışkanlığı Almería'ya kadar getirmişti. Çok dokunaklıydı bu yün hırka. Anneme olan sevgim balta gibi. Çok derin kesiyor.

"İyi misin?"

Hatırladığım kadarıyla bu soruyu soran hep ben olmuştum. Dışımdan değilse de kafamın içinden mutlaka şöyle diyordum: Annem iyi mi, iyi mi o? Rose'un sesinin tonu kederli,

---

35 Emily Brontë'nin Uğultulu Tepeler isimli romanına atıf yapılıyor. (ç.n.)

hatta belki biraz da şaşkındı. Cevabı duymak istemediği için belki, bana hiç sormuyordu. Sorularımız ve cevaplarımız, akrabalık bağı gibi karmaşık bir formülle birbirine bağlıydı.

B=Baba. A=Anne. AC=Aynı cins. KC=Karşı cins. Hiç K (Kardeş), Ç (Çocuk), E (Eş) ya da vaftiz ebeveyni (aslında bu türü hayalî akrabalar kategorisine alabiliriz çünkü vaftiz ebeveynleri sorumluluklarını diğerlerinin aksine yerine getirirler) yoktu bende.

İyi değilim. Hiç değilim ve epeyce bir süredir de olmadım. Umudumun ne kadar köreldiğini ona söylemedim; daha dirençli olmadığım ve daha büyük bir hayat istediğim halde şimdiye kadar onu elde etmek için teşebbüste bulunmaya cesaret edemediğim için ne kadar utandığımı söylemedim. Ve sonunda onunki gibi kısıtlı bir yaşantım olacağının kaderime yazıldığından korktuğum için cevapları onun topal bacaklarında aradığımı, aynı zamanda omurgasında bir sorun ya da büyük bir hastalığı olmasından korktuğumu da söylemedim. "Büyük" sözcüğü Güney İspanya'daki o gece aklımdaydı. Saat akşamın yedisi, gün batımı, ışıldayan günün sonu ve erkenden çöken akşamın ilk saatleriydi; paramparça olmuş yıldızların çatlamış evrenine ve bembeyaz bulutlara gözlerimi kilitlemiş bakıyordum. Yolumu şaşırmam, kayıp bir uzay gemisi ve kaskımı takmamla ilgili, bir şeylerin nasıl ters gittiği, dünyayla bağımı nasıl kopardığım ve kimsenin sesimi duymadığıyla ilgili dudaklarımdan kendiliğinden dökülen bir tür ağıt duyuyordum.

Rose'un bacaklarının kıpırdandığını görebiliyordum, sol bileği terliğinin içinde dönüp duruyordu ve ben kime ağıt yaktığımdan emin olamıyordum. A'ya mı, B'ye mi, E'ye mi yoksa

K'ya mı veya hayalini kurduğum vaftiz ebeveyne mi, hatta Ingrid Bauer'e mi? Meydandaki kafede pişen kalamarın kokusunu duyabiliyordum ama ben İngiltere'yi özlüyordum. Tostu, sütlü çayı, yağmur bulutlarını... Sesim de kendime Londra'yı anımsatıyordu, orada doğmuştum ne de olsa. Odadan çıktım. Annem arkamdan sesleniyor, üst üste adımı söylüyordu –Sofia, Sofia, Sofia– ve ardından bağırmaya başladı; öfkeli bir bağırış değildi ama sanırım annemin Çin yapımı paramparça yıldızların arasından yükselmesini ve bana şöyle seslenmesini istiyordum: *Yarın başka bir gün olacak, sen de güvenle ineceksin yere, güvenle, güvenle.*

Mutfağa gittim, masada, başlarının üzerinde su taşıyan kadın köle frizleri ile süslenmiş sahte Antik Yunan vazosu vardı. Alıp yere attım. Düşüp paramparça olduğunda, medusa yaraları yeniden zonkladı, zehrin vücuduma yeniden karıştığını sandım, suyun yüzeyinde tıpkı onlar gibi tuhaf bir biçimde süzülüyormuşum gibi geldi.

Kafamı kaldırdım, annem karşımdaydı – sahiden de ayakta duruyordu. Mutfakta, sahte Antik Yunan'ın kırık parçaları arasındaydı. Uzun boyluydu. Yün bir hırka omuzlarından aşağı dökülüyordu. Hayatı boyunca çalışmıştı, ehliyeti vardı ama Antik Yunan'da ne vatandaş ne de yabancı olabiliyordu. Bir zamanlar onu soyunun devamı için bir araç olarak gören bu medeniyetin yıkıntıları arasında artık hiç mi hiç hükmü yoktu. Bense onu devirip paramparça etmekten mesul kızıydım. Annem uzunca bir süre parçaları bir arada tutmak için uğraşmıştı. Babam için, hatırlıyorum da, evet çok iyi hatırlıyorum, tuzlu keçi peyniri yapmayı öğrenmişti; sütü ısıtmayı, yoğurdu eklemeyi, karışımı peynir mayasıyla çırpmayı, kesilmiş sütü ayırmayı, tülbentle ve tuzlu suyla da bir şeyler yapmayı, peynirleri kavanoza koymayı öğrenmişti. Onun için pişirdiği kuzunun üzerine, Yorkshire, Warter'da adını bile duymadığı otlardan serpmeyi öğrenmişti. Ama hatırladığım kadarıyla, evet hem de çok net hatırlıyorum, babam bizi terk edince faturaları otlarla, peynirlerle ödeyememişti Rose. Mutfağın dışına çıkıp bir şeyler yapmak zorunda kalmıştı. Ocağın fişini çekmesi gerekmişti. Yine iyi hatırlıyorum, üzerine montunu geçirip dışarı çıktığında, paspasın üzerine oturmuş bizi bekleyen bir kurtla karşılaşmıştı. Ama kapı dışarı etmesini bilmişti onu. İş buldu, günler boyunca kütüphanede kitapları dizinlerken ne dudaklarını boyuyor ne de kirpiklerini kıvırıyordu, bir tek saçları daima bakımlı oluyordu. Tepeden bir firkete ile tutturulmuş, özenli bir topuzu vardı.

"Sofia, neyin var senin?"

Tam anlatıyordum ki meydanda çocukları eğlendiren biri maytap patlatmaya başladı. Çocukların kahkahaları duyuluyordu. Tek tekerli bisikletiyle ağzından ateş çıkaran bir adama güldüklerini biliyordum. Sahte Yunan vazosunun kırılmış parçalarına bakıp bunun babama, Atina'ya gitmem gerektiğine dair bir işaret olduğunu düşündüm.

Beyan Edecek Bir Şey Yok

Babam, Uluslararası Atina Havalimanında beni bekliyordu ama yalnız değildi. Ben valizimle bir başınaydım, o ise yeni eşi ve kızıyla beraber karşıda bekliyordu. El salladım, aramızda büyüyen tek ses valizimin tekerleklerinin mermer zeminde dönerken çıkardığı sesti. On bir yıldır hiç görüşmemiştik ama ikimiz de birbirimizi hiç tereddüt etmeden, görür görmez tanıdık. Ben yaklaştıkça o da bana doğru gelip valizimi aldı ve yanağıma bir öpücük kondurdu, "Hoş geldin." Teni güneşin bütün vitaminleriyle yıkanmış gibi görünüyordu, tavırları da bir hayli rahattı. Saçlarıyla ilgili farklı bir şey varsa o da renginin koyulaştığıydı diyebilirim. Eskiden kır saçlıydı. Dirsekleri ve yakası jilet gibi ütülenmiş mavi bir gömlek giymişti.

"Merhaba Christos."

"Bana papa de."

Bunu söyleyebilir miyim bilmiyorum ama yazarsam nasıl göründüğünü belki anlayabilirim.

Rotamızı onun yeni ailesine doğru çevirdiğimizde, babam bana uçuşun nasıl geçtiğini sordu. Uyuyabilmiş miydim, atıştırmalık bir şeyler vermişler miydi, pencere kenarında mı gelmiştim, tuvaletler temiz miydi, gibi. Ardından, eşinin ve ufak kızının yanında otururken buldum kendimi.

"Bu Alexandra, bu da senin kız kardeşin, Evangeline. İsmi, 'ulak' anlamına geliyor, melek gibi yani."

Alexandra'nın kısa, düz, siyah saçları vardı ve gözlük takıyordu. Epey gösterişsizdi ama çok gençti, mavi kot gömleği (Levi Strauss marka) göğüslerindeki sütten nemlenmişti. Yüzü solgundu ve yorgun görünüyordu. Çelikten teller ön dişlerini sımsıkı kelepçeliyordu. Gözlüklerinin ardından beni süzüyordu, içten ve cana yakındı, biraz da ürkekti ama çoğunlukla insana kucak açan bir hali vardı. Saçlarının çoğu babamınki gibi siyah olan Evangeline'e bir bakış attım. Kız kardeşim de gözlerini kocaman açtı. Çatıya düşen yağmurun parlaması gibi parlıyordu kahverengi gözleri.

Babamla yeni eşi, Evangeline'e gözlerini diktiğinde, gözlerindeki gerçek sevgiyi görebiliyordum, yalın, çıplak, utanç barındırmayan türden bir sevgi.

Tam anlamıyla aile olmuşlardı. Altmış dokuz yaşında bir adam ve yirmi dokuz yaşında bir kadına göre birlikte fazla uyumlu görünüyorlardı. Babam, Christos Papastergiadis, iki yeni kadını da önemsiyordu. Kendine başka bir yaşam inşa etmişti, bense onu mutsuz eden eski hayatının bir kalıntısıydım. Kendime cesaret vermek için saçlarımı İspanya'dan aldığım kırmızı flamenko çiçekli üç tel tokayla tutturmuştum.

Gidip arabayı alacağını, bizim de dışarıda, araçların çıkış noktasında beklememizi söyledi, sonra bana bazı bilgiler verdi. Dediğine göre, havalimanının hemen çıkışında bekleyen X95 numaralı bir otobüs vardı. Beş euro tutuyordu, Atina'ya bir sonraki gelişimde bu otobüs beni doğruca merkezdeki Syntagma Meydanı'na götürecekti. Papa arabanın anahtarlarını tonton bir dede gibi Evangeline'in kafasının üzerinde şıngırdattı, sonra da cam kapıdan içeri süzüldü.

Alexandra'ya, büfeden kendim için de alacağım buzlu kahveden isteyip istemediğini sordum. Hayır, dedi, kafein, göğsündeki süte karışırsa Evangeline de etkilenir, uyumazmış sonra. Gülümsedi, gülümseyince ortaya çıkan diş telleri onu benden çok daha genç gösteriyordu. Doğum yaparken de diş telleri var mıydı merak ettim. Bana ne iş yaptığımı sordu, (frappuccinomdan pipetle bir yudum alırken) ona antropoloji diplomamla ne yapacağıma henüz karar vermediğimi söyledim.

"Partenon tapınağına gidip bir bakmalısın bence. Biliyor musun, klasik Yunan mimarisinden geriye kalan en önemli yapıdır."

Çok iyi biliyorum, evet.

Yüksek sesle değil de kafamın içinde cevapladığım için sorusunu yeniden sordu.

"Partenon," diye tekrarladı.

"Duydum, evet."

"Partenon," dedi bir daha.

"Tapınaktır kendisi," dedim.

Alexandra, burunlarında bulut şeklinde tüyleri olan gri keçeden yapılmış terlikler giyiyordu. Bulutların üzerinde de hareket ettikçe devrilen düğme şeklinde iki göz vardı. Bulutların gözleri olur mu? Arada bir fırtına bulutları, rüzgârı çağrıştırsın diye yanaklarını şişirip içindeki havayı üfleyen bir yüz gibi resmedilir ama onların bile sağa sola devrilen gözleri yoktur. Tabii o terlikler bulut değilse başka. Kuzu onlar.

Alexandra ayaklarına baktığımı görüp kahkahayı patlattı. "Çok rahatlar. Yetmiş eurodan daha az ödedim onlara. Aslında ev terlikleri ama tabanı kalın kauçuktan yapıldığı için dışarıda da giyiyorum."

Babamın yeni çocuk gelini diş teli takıyor ve hayvan figürlü ayakkabı giyiyordu. Bakışlarım, belki uğur böcekli bir çift küpe ya da gülen suratlı bir yüzük bulurum diye her yerinde gezindi ama tek bulabildiği boynundaki iki ufak ve dudaklarının üzerindeki bir tanecik bendi. Annemin ne kadar sofistike biri olduğunu fark ettim o an. Hastalığının ardında, iki parça kıyafeti güzelce bir araya getirmeyi ve yakıştırmayı iyi bilen, göz alıcı bir kadındı.

Araba geldi. Alexandra ve Evangeline, papanın yardımıyla arka koltuğa oturtuldu. Kulağımdaki tınısını sevmiş olmalıyım ki birkaç kere kendi kendime "papa" diye fısıldadım. Papamın Alexandra'nın kucağında bebek varken beline emniyet kemerini bağlaması biraz vakit aldı. Beyaz bir çarşafı katlarından açıp Alexandra'nın dizlerinin üzerine sererek İngilizce ona biraz uyumasını söyledi. Ön koltuğa geçmem için işaret etti bana da. Valizim bagajdaydı, babam bizi otobandan Atina'ya doğru götürüyordu, ikide bir ailesinin rahatını kontrol etmek için aynadan onlara bakıyor, burada olduğunu, başka bir yerde olmadığını hatırlatmak için Alexandra'ya gülümsüyordu.

"Şu an nerede yaşıyorsun Sofia?"

Hafta içi Kahve Evi'ndeki depoda, hafta sonları ise Rose'da kaldığımı söyledim.

"İspanya'da iyi dinleniyor musun? Öğleden sonraları şekerleme yapıyor musun?"

Sık sık "şekerleme", "kestirme", "dinlenme" gibi kelimeler kullanıyordu. Fazla uyuma alışkanlığımın olmadığını söyledim. Çoğu gece, yarım kalan doktoramı düşünmekten uyanık kalıyordum, başka sorumluluklarım da vardı elbette, çoğunlukla annemle ilgili işler. Artık araba sürebildiğimi söyledim. Beni tebrik etti, ben de ona ehliyetimin olmadığını söyledim. Ama Londra'ya döndüğümde ilk iş, ehliyet alacaktım. Evangeline'in boğulur gibi bir ses çıkardığını duyunca Alexandra'ya dönüp Yunanca bir şeyler mırıldandı, o da ona Yunanca cevap verdi ve ben konuşulanların bir kelimesini bile anlamadım. Papa, "kriz" nedeniyle ilaç sıkıntısı çektiklerini söyledi, bu yüzden Evangeline'in sağlıklı kalmasına dikkat ediyorlardı. Bir süre sonra Alexandra bana neden Yunanca konuşmadığımı sordu. Benim yerime babam İngilizce açıkladı.

"Şey, Sofia'nın pek de öyle dillere yatkın bir kulağı yok. Çarşamba ve cumartesileri Yunan okuluna da gitmedi. Annesi tabağında sadece İngiliz okuluna yetecek kadar yer olduğunu düşünürdü. Tıka basa doymasına gerek yok, derdi."

İşin aslı İngiliz okulunda bana yetecek bir şey yoktu. Termosta çorbam vardı sadece, o da mercimekli Yunan çorbasıydı.

"Alexandra su gibi İtalyanca konuşur. Aslında Yunan'dan ziyade İtalyan diyebiliriz onun için." Babam iki kere kornaya bastı.

Arkadan çocukça bir sesin fısıldadığını duydum, "*Si, parlo Italiano.*"[36] İrkildim, bunun üzerine babam aniden direksiyonu kırdı.

36 *İt.* Evet, İtalyanca konuşuyorum. (ç.n.)

Dönüp Alexandra'ya baktığımda, eliyle ağzını kapatmış kıkırdıyordu. "Yani İtalya'da mı doğdun?" Neden bu kadar sönük çıktı sesim bilmiyorum. Belki de kusmuk ve süt kokan aile arabalarında oturan tek yabancı olduğumu zihnime iyice perçinlemiş olduğu içindi.

"Kesin olarak bilmiyorum." Başını, bu bir sırmış gibi sallıyordu.

Kimlik, daima güvenmesi en zor şeydir.

Saçımdaki tel tokaları çıkarıp kıvırcıklarımı serbest bıraktım, omuzlarıma döküldüler. Dudaklarım yine çatlıyordu. Avrupa'nın ekonomisi gibi tıpkı. Dünyanın her yerindeki finansal kuruluşlar gibi.

O gece papamın, Evangeline'i yatağına yatırırken ona Yunanca şarkı söylediğini duydum. Kız kardeşimin kulağı babasının diline yatkın olacak. Yirmi dört harften oluşan alfabeyi antik ve modern formlarında, alfadan omegaya öğrenecek.

Α	**Β**	**Γ**	**Δ**	**Ε**	**Ζ**
Alpha	**Beta**	**Gamma**	**Delta**	**Epsilon**	**Zeta**
(al-fa)	(vi-ta)	(ga-ma)	(del-ta)	(ep-si-lon)	(zi-ta)
Η	**Θ**	**Ι**	**Κ**	**Λ**	**Μ**
Eta	**Theta**	**Iota**	**Kappa**	**Lambda**	**Mu**
(i-ta)	(ti-ta)	(yo-ta)	(ka-pa)	(lam-da)	(mi)
Ν	**Ξ**	**Ο**	**Π**	**Ρ**	**Σ**
Nu	**xi**	**Omicron**	**Pi**	**Rho**	**Sigma**
(ni)	(kı-si)	(o-mik-ron)	(pi)	(ro)	(sig-ma)

Τ	Υ	Φ	Χ	Ψ	Ω
Tau	**Upsilon**	**Phi**	**Chi**	**Psi**	**Omega**
(taf)	(ip-si-lon)	(fi)	(hi)	(pı-si)	(o-me-ga)

Konuştuğu ilk dil, gerçek sevginin dili olacak. Erken yaşlardan itibaren "papa" demeyi, üstelik isteyerek demeyi öğrenecek. Benimse semptomların ve yan etkilerin diline daha yatkın bir kulağım var; çünkü annemin dili bu. Belki de ana dilim bu.

Kolonaki'nin yapraklarla örtülü mahallesindeki evlerinin duvarları boydan boya, çerçevelenmiş Donald Duck posterleriyle kaplı. Evin dışındaki duvarlar da "OXI OXI OXI" yazan grafitilerle donatılmış. Alexandra, OXI'nin Yunanca "hayır" anlamına geldiğini açıkladı. Tamam, *oxi*'nin ne demek olduğunu biliyorum ama neden bu kadar çok ördek var peki? Gördüğüm kadarıyla dijital olarak kontrplak panellere basılmış ve kolay asmak için resim kancalarına tutturulmuşlar. Bunların onu neşelendirdiklerini söyledi, çocukken hiç çizgi film izlememiş. Denizci kıyafeti içindeki Donald'ı işaret etti, Süpermen kıyafetli Donald'ı, timsahın birinden kaçmaya çalışan Donald'ı, mor bir sihirbaz şapkası takmış Donald'ı, sonra da sirk halkasındaki bir çember üzerinden atlayan Donald'ı.

Alexandra gülümsüyordu. "Çocuk işte. Macerayı seviyor."

Donald Duck bir çocuk ya da ergen mi yoksa olgunlaşmamış bir yetişkin mi? Ya da aynı anda bütün bunların karışımı mı acaba, tıpkı benim olduğum gibi? Hiç ağlıyor mu? Yağmurdan etkilenip duygusallaşıyor mu? Hangi zamanlarda evet, hangilerinde hayır diyor?

Annemin evinin duvarlarında yedi tane Lowry[37] resmi var. Onun gri, yağmurlu, sanayici Kuzeybatı İngiltere'deki gündelik hayatı yansıttığı tablolarını seviyor. Lowry'nin annesi hasta ve depresyondaymış, bu yüzden de kadının bakımını üstlenmiş ve o uyuduğu sırada, geceleri yapmış resimlerini. Onunla Lowry'nin hayatının bu kısmından hiç bahsetmeyiz.

Alexandra, bana boş odayı gösterirken babamdan da akşam yemeği için sofrayı kurmasını istiyor.

"En iyi tabaklarımızı kullanma," diyor. O da zaten öyle yapacak değil. Benim annem ve Lowry'nin annesi birer tabak olsaydı –ne en iyisi ne de en kötüsü olurlardı tabakların– arkalarında üretildikleri yerin damgası olurdu mutlaka: "Acı içinde yapıldı."

Tabaklar, talihsiz çocuklarına miras kalacak aile yadigarları olarak bir vitrinde sergilenirdi.

Küçük kardeşim, Evangeline, ona ne miras kalacak peki? Gemiyle nakliye işi tabii ki. "Sofia," babamın sesi gururlu bir perdeden çıkıyordu. "Çiçekli tokalarını odandaki masaya koydum. Alexandra sana odanın yerini gösterecek."

Kullanılmayan misafir odamda pencere yok. Havasız. Yataksa sert kanaviçeden yapılma bir kamp yatağı. Yatak odasından ziyade depoya benziyor, tıpkı Kahve Evi'ndeki odam gibi. Alexandra, Evangeline'i uyandırmamak için kapıyı usulca kapattı. *Şişş, şişş* diye ıslık çalar gibi fısıldayarak yürüyordu. Son bir kez daha ıslık gibi bir fısıltı çıkardıktan sonra, kuzulu terlikleriyle parmak uçlarında aşağı indi. Yatağıma uzandım. On iki saniye geçti. Yastığın pozisyonunu değiştirmemle ya-

37 Laurence Stephen Lowry, bir İngiliz ressam. (ç.n.)

tak yere çöktü. Ufak komodin de üzerine düzgünce yerleştirilmiş kırmızı çiçekli saç tokalarıyla birlikte devrildi. Evangeline uyandı, ağlamaya başladı. Bense göğsümde yatan masayla yerde kalakaldım ve uçak yolculuğundan sonraki gerginliği azaltmak için bacaklarımla bisiklet sürme hareketleri yaptım. Kapı aniden açıldı, babam içeri girdi.

"Yapma, papa. Odama kapıyı çalmadan girme."

"Bir yerin acıdı mı Sofia?"

Üzerimde kırık bir mobilyayla sessizce yatıp bacaklarımı hareket ettirmeye devam ettim.

Masa, vasat üç tabaktan ve bir sürahi sudan oluşuyordu. Babam, dua ederek açılışı yaptı, "Tanrım olmayanlara da ver, onları da doyur." Sonra Yunanca bir tilavetle devam etti. Ardından, Alexandra tabağına makarna koyarken sessizce oturdu. Hamsi ve kuru üzümle yapılmış geleneksel bir İtalyan yemeği diye açıkladı Alexandra. Tatlı ve tuzluyu karıştırmayı sevdiği için kendisi pişirmiş. Babam duayı bitirdikten sonra tek kelime etmediği için onun yerine konuşmak zorunda hissetmişti galiba. İspanya'da nerede kaldığımı, İspanyol yemeklerini sevip sevmediğimi ve orada havanın nasıl olduğunu sordu ama kimse Atina'daki çalkantılardan bahsetmedi veya anneme getirmedi lafı. Eğer Rose, odanın içindeki fil olsaydı,[38] Donald Duck bile onu önüne katıp kovalamazdı şimdi. Belki sırtına binip bir tur atar, belki mancınığıyla kafasına taş atardı ama ne olursa olsun peşine düşmezdi. Zaten Rose,

38 Odanın içindeki fil, herkesin gördüğü ama görmezden geldiği sorun anlamına gelen İngilizce bir deyimdir. (ç.n.)

onun turuncu, taraklı ayaklarıyla kovalayamayacağı kadar büyük bir hayvandı.

Babam aniden söze girdi. "Ben utancımı Rabbimize açtım, o da tüm rahmetiyle kendini gösterdi bana." Tabağına bakıyordu ama sanırım benimle konuşuyordu.

Esas Hikâye

İşler daha da kötüye gitti. Alexandra, ana akım iktisatçıymış meğer. Aslında iyi haberdi bu. Çünkü Atina'ya, hiçbir zaman yanımda olmayan babamın bana olan borcunu tahsil etmeye gelmiştim. Ama o belki de benim için harcamadığı babalık enerjisini kız kardeşim Evangeline için harcayarak kendini affetmiştir çoktan.

Sanırım benim onun sersem ve sefil alacaklısı olduğumu anladı. Kendime çekidüzen vermeli, çenemi sıkı tutmalı, üzerime bir ceket ve altıma da bir etek çekmeli, onunla sensörlü ışığı ve anlaşma metni düzenleyen bir tercümanı olan ofisine girmeli, ondan borcunu ödemesini istemeliyim. Gelgelelim, ruhum burada değil. Vücudum sıcak çöl gecelerinin öpücükleri ve okşamalarıyla titriyor. Hayatından tamamen çıksam onun için her şey daha kolay olurdu ama nedense Alexandra'yla anlaşma imzalamamı istiyor. En değerli teminatı o. Onunla gurur duyuyor ve ben bunun nedenini anlayabiliyorum. Kocasına ve çocuğuna özen gösteren biri Alexandra. Bu da babamı nazik ve sakin biri yapıyor.

Borçlarına gelince, bana olan borcu buradan İngiltere'ye yol olur. Geciktirdiği için de annem, hayatıma ipotek koydu.

İşte şimdi burada, zehrinin ve öfkesinin izlerini vücudumda bırakan Medusa'nın doğduğu yerdeyim. Parıldayan diş tellerini düzelten Alexandra'nın yanında oturuyorum; kocaman, yumuşacık, mavi bir kanepede. Pencereler kapalı ve klima da açık. Kızı göğsünde uyuyor, o da üstüne şeker serpilmiş sarı jöleli bir çikolatayı emiyor. Temizlikçi döşemeleri paspaslıyor.

Alacaklı olmanın verdiği güç mü beni mutlu eden? Alacaklılar, borçlulardan daha mı mutludur?

İşin aslı, artık alacaklı olmanın kurallarını ve neyi başarmak istediğimi pek bilmiyorum. Tam bir bilinmezliğin içindeyim.

Nedir para?

Para bir değiş tokuş vasıtasıdır. Yeşim taşı, öküz, pirinç, yumurta, boncuk, çivi, domuz ve kehribar; tüm bunlar ödeme yapmak, borçları ve kredileri tahsil için kullanılır. Çocuklar da öyledir. Ben de Alexandra ve Evangeline için takas edildim. Ama farkında değilmişim gibi davranmam gerekiyor.

Farkında değilmişim ya da unutmuşum gibi davranmak benim özel yeteneklerim. Kulaklarımı söküp atsam babam ne kadar mutlu olurdu. Oysa hafızanın barkod gibi bir şey olduğundan haberi yok. Hafızamın barkoduna tutup geçmişi okuyorum ben.

Alexandra'nın dudaklarında biraz şeker kaldı. "Sofia, senin kemer sıkma politikası karşıtı olduğunu söyleyebilirim. Bense muhafazakâr partiliyim, bu yüzden reform ilacını yutmayı yeğlerim. Euro bölgesinde kalmak istiyorsak tedaviyi yarıda kesemeyiz. Papan parasının çoğunu çekip bir İngiliz bankasına yatırdı. İleride ne olacağını bilmiyoruz sonuçta."

Biraz sonra bana ders verecekmiş gibi konuşuyordu, bu yüzden bildiklerini kontrol etmek için onu durdurdum. Lafı uzatmadan, doğrudan nitelikleri hakkında sorular sordum ona.

Öncesinde Roma'da okumuş, ardından da üniversite için Atina'ya gitmiş. Babamla tanışmadan önce önemli bir yerde eski bir baş ekonomistin asistanı olarak çalışıyormuş, sonra Dünya Bankası'ndaki ekonomik politika yöneticisine asistan olmuş, ardından daha az önemli ama yine de büyük bir yerin başkan yardımcısına asistanlık yapmış.

Alexandra, masanın üzerindeki cam kavanozda sakladığı jöleli şekerlerden almam için çağırıyor. "Eğer sorumluluklarımızı yerine getirmez de ödemelerimizi kaçırırsak, alacaklılar donumuza kadar alır." Ekonomik krizden bulaşıcı bir hastalık gibi bahsediyordu. Borç, Avrupa'ya yayılan şiddetli bir isyan, bulaşıcı ve aşı gerektiren bir salgındı. Bu enfeksiyonun nasıl ilerlediğini izlemekse onun işi olmuştu.

Elimdeki jöleli şekeri emerken bir yandan da onu dinlemek çok sıkıcı.

Dışarıda hava güzel.

Günışığı çok seksi.

Evangeline'i doğurmadan önce Brüksel'de bir bankada çalışıyormuş Alexandra. Ofisler cuma günü kepenkleri indirmiş, böylece o da eve, "papa"ma uçabilmiş.

Bu defa yeşil jöleli şekerin paketini açıp ağzına atıyor. "Sofia, hepimiz bu kâbustan uyanıp haplarımızı almalıyız."

Gómez'in annemin ilaç menüsündeki hapları sildiği geldi aklıma; ama bunu yeni üvey annemle tartışacak değildim.

Alexandra, küçük kahverengi gözlerini dikmiş endişeyle bana bakıyor. "Birkaç yıl boyunca, maliye bakanlarının her şeyin kontrol altında olduğuna dair piyasaları ikna ettiğinden emin olmak ve euronun varlığını sürdüreceği konusunda teminat vermek benim görevimdi." Küçük kardeşimin sırtını ovuyor. Arada bir yeşil jöleli şekerden yeşeren dilini dışarı çıkarır gibi yapıyor. Niye yapıyor bilmiyorum. Belki de diş telleriyle bir ilgisi vardır.

Benden sadece dört yaş büyük ve euronun varlığını sürdürmesini sağlıyor.

Alexandra'nın çenesinde iki tane sivilce izi var. Belki de babam onun yaşı konusunda yalan söylüyordur, belki de Evangeline, onun ergenlik hamileliğinin meyvesidir. Alexandra'nın yaklaşık bir yıldır Christos Papastergiadis dışında kimseyle konuşmadığını düşünmeye başlıyorum.

"Euro bölgesinden böylesine düzensiz bir çıkışın Amerika'yı etkilemeyeceğini düşünme, Sofia."

Düşünmüyorum zaten. Ingrid'i, çatlak dudaklarıma bal sürdüğü o geceyi ve kendimi hoş kokulu bir meyve gibi hissedişimi düşünüyorum. Gece yarısından sonra Juan ile plajda yattığımı düşünüyorum ve Jackie Kennedy güneş gözlüğü hediyeli kuşe kağıtlı bir yaz dergisi almak istediğim Spar'dan, altı şişe *agua sin gas* aldığımı düşünüyorum. Dergiyle beraber verdikleri güneş gözlüğü gerçeğine yakın bir kopyaydı, çerçevesi tam da Jackie tarzı Yunan motifiyle bezenmişti; ambalajını yırtıp atmak ve kendi şehvetli Camelot'umda kaktüslerin arasında, yanımda Ingrid ve Juan ile dolaşırken o gözlükleri takmak istiyordum. Üzerinde *Baş Tacı* yazan ipek bluzum hayatımı eurodan daha fazla değiştirdi. *Baş Tacı*, sahnenin ortasındaki spot ışığı gibi tıpkı. Perdelerin arkasından o ışık çemberine bakmıştım ama o sahnede başrol olabileceğimi bilmiyordum hiç.

Arzunun ne kadarını elde etmeye hakkım olduğundan emin değildim.

Alexandra'nın sol gözü kesinlikle sağ gözünden daha küçük.

"ABD'den bahsediyordum, Sofia."

Hep Amerika'ya gitmek istemişimdir. Denver'lı Dan, Kahve Evi'ndeki en yakın arkadaşım. Ben kahve çekirdeklerini öğütüp keklere etiket yapıştırırken onun o tükenmeyen enerjisini yakınımda hissetmeyi seviyordum. Sütlü kahvenin üzerine birlikte yıldız şekli yaptığımız günleri ve onun bitmek bilmeyen sağlık sigortası hikayelerini özledim. Son görüşmemizde daha hızlı para kazanmak için Suudi Arabistan'da çalışmayı aklından geçiriyordu; ancak orada kadınların araba kullanmalarının yasak olduğu gerçeğiyle yüzleşebilmek için Prozac almak zorunda kalacağını söylüyordu. Şimdi düşünüyorum da belki de benimle flört ediyordu?

Kahveler burnumda tütüyor.

Kahve Evi deposu, Atina'daki misafir odamla karşılaştırınca oldukça geniş görünüyor gözüme. Şimdi Dan mürekkep lekeli yatağımda uyuduğuna göre, keçeli kalemle yazdığım duvardaki Margaret Mead alıntısına mı bakıyor her sabah?

Kahve Evi, bunca zaman burnumun dibinde olan saha çalışmasıydı belki de.

Alexandra hâlâ hisse senedi piyasalarının Avrupa'nın neden olacağı endişelerden nasıl etkileneceğini anlatıyor. Bir süre sonra da annemin beni özleyip özlemediğini soruyor.

"Umarım özlemiyordur."

Bunu söylediğime üzülmüş görünüyor.

"Senin annen seni özlüyor mu Alexandra?"

"Umarım özlüyordur."

"Brüksel'deki bankada kendine ait bir ofisin var mı?"

"Evet, üç tane de devlet destekli kantini var. Ayrıca doğum izninden de iyi para aldım."

"Greve girme hakkın var mı?"

"Herhalde yazılı olarak bildirmek zorunda kalırdım. Sen anti-kapitalist misin yoksa?"

Elbette kocasının ilk kızının her şeye muhalif olması gerektiğini düşünüyor; bu yüzden cevap vermek için zahmet etmiyorum. Alexandra, kocası ve çocuğuyla birlikte büyükçe bir teknede, bense farklı yöne giden küçücük bir sandaldayım.

Evin sahibi olduğu için de yüzde beşlik bir ödenek aldığını söyledi.

O, evinin sahibi. Benimse anneme ait olmayan bir evim bile yok.

"Annen hâlâ babanı seviyor mu?"

"Bunun bir önemi yok çünkü babam sadece kendi çıkarına olan şeyler yapar," dedim.

Bana deliymişim gibi bakıp güldü. "Neden kendi çıkarına olmayan şeyler yapsın ki?"

Bir sincap balkona taşan ağaçlardan atladı, kilitli pencerenin ardından içeri bakıyor. Ne görüyor acaba? Üç kuşak ailemi sanırım.

Babam neden kendi çıkarına olmayan şeyler yapsın ki? Ağzından çok kolay çıkmıştı; oysa onların gösterişsiz kanepelerinin sakin, mavi kıvrımlarında esen sert bir rüzgâr gibiydi bu soru. Sincabı bile ağaçtan indirip pencereye getiren bir rüzgâr. Peki ben, kendi çıkarıma olmayan şeyler mi yapıyorum hep? Ellerim başımın arkasında, yumuşak, mavi pamuklu kumaşa yaslanıp bacaklarımı uzattım. Şort ve Ingrid'in verdiği sarı ipek bluzu giyiyorum. Alexandra, sol göğsümün üstündeki mavi iple yazılmış sözcüğü okumaya çalışıyor. Küçük gözünü iyice kısıyor, dudaklarının sessizce kıpırdamasından *Baş Tacı* dediğini görebiliyorum. Ne anlama geldiğini çözememiş gibi kaşlarını çatıyor ama tercüme etmemi isteyemeyecek kadar utangaç.

Ellerini çırpıyor, sincap, koşarak uzaklaşıyor.

Alexandra'nın kariyeri, varlıklı, sadık bir kocası ve bir çocuğu var. Muhtemelen bu zengin muhitteki huzurlu apartman dairesinden, kocasının gemiyle nakliye işinden ve kalan her şeyden yarı yarıya pay almak için sözleşme imzaladı. Tanrıya inanıyor. Bunlardan bana ne kalıyor? Köyün bir ucundaki kulübe gibi, gelip geçici bir evde, silik bir hayat yaşıyorum. Köy merkezinde iki katlı bir evde yaşamaktan alıkoyan ne beni?

Ne tanrı ne de babam esas hikayem.

Zaten esas hikayelere karşıyım.

Bunu kendi kendime söyleyince, içime bir kuşku düşüyor. Babam, kesinlikle ekran koruyucumdaki evrenin içinde bir yerde. O da o evren gibi paramparça ama hâlâ çalışıyor. Ekranı değiştirebilirim bir gün ama babamın yerine bir B planım yok. Sonra, annemin mavi gözlerini görüyorum o ekranda, küçük ve kızgın. Vücudunun enkazından başını kaldırıp ışıltılı bakışlarını üzerimde gezdiriyor. Paramparça galaksimdeki en parlak yıldızlar onun gözleri. Kendi çıkarına olmayan şeyler yapıyor, ben de onun fedakarlığına zincirleniyorum; onun yüzünden ve onunla beraber inciniyorum. Bana şöyle deseydi ne olurdu: *Sofia, her şeye en başından başlıyorum. Sen şimdi beş yaşındasın, ben Hong Kong'a gidiyorum. Elveda. Hoşça kal. Pazardaki sokak yemeklerini tatmak için sabırsızlanıyorum. Yılan balıklarından yapılan balık köftesi çorbasını deneyeceğim ilkin ve bir sonraki buluşmamızda seni seyahat hikayelerimle büyüleyeceğim. Ben iyi hastanelerden, yaşamama yetecek ve taleplerimi karşılayacak maddi güçten yararlanırken, sen, Yorkshire'da büyükannenle yaşıyor olacaksın. Kış aylarında ceketini düğmele ve baharda da Wolds üzerindeki kardelenlere bakmayı unutma.*

Beş yaşındayken bile ekran koruyucumun üzerindeki Çin yapımı yıldızlardan daha yaşlıydım.

Baban neden kendi çıkarına olmayan şeyler yapsın ki?

Alexandra hâlâ bir cevap bekliyor. Bebek kardeşim, onun memesini emiyor. Alexandra, kızının dudaklarını memesinden çıkarırken yüzünü buruşturup, ufaklığın burnuna hafifçe vuruyor. Yanlış şekilde emdiği için meme ucu çatlıyormuş. Evangeline, bu bir anlık ayrılıkta ağlayınca, Alexandra kendini daha rahat bir konuma getirmeye çalışıyor ve onun ağlamasına izin veriyor. Kendi çıkarına olmayan şeyleri yapacak kadar nezaketin sütüyle dolu değil memeleri. Babamınkiler de değil. Onların yaşadığı mükemmel bir eşleşme, üstelik bir de dünyalarını benimkinden daha güvenilir hale getiren bir tanrıya iman ediyorlar.

Keşke ben de tanrı gibi bir şeye inanabilseydim. Norwichli Julian adındaki bir ortaçağ Hıristiyan mistiği hakkında bir şeyler okuduğumu hatırlıyorum. Julian, Tanrı'nın anneliği hakkında yazmış bir kadındı – Tanrı'nın gerçekte hem anne hem de baba olduğuna inanıyordu. Dikkate değer bir inançtı ama ben daha kendi anne babamla zor baş ediyordum.

"Babam neden kendi çıkarına olmayan şeyler yapsın ki?"

Bu kez onun sorusunu yüksek sesle ben tekrar ediyorum. Konunun en belirsiz yerindeyiz ve ben o belirsizlik içinde kayboldum. Kafamı hem onaylıyor hem de karşı çıkıyor gibi aynı anda sallıyorum. Çenem tekrar tekrar bir aşağı bir yukarı kalkıyor, evet der gibi; sonra da sağa sola çevriliyor, hayır der gibi. Gülümsüyor, o gülümserken dişlerindeki çeliklerin orada değil de tüm vücudunda olduğu hissine kapılıyorum. Kelimenin tam anlamıyla çelikten bir kadın, neden sonra sesinin tonunu alçaltıp, mavi yumuşak kanepelerinin üzerinden bana doğru eğiliyor.

"Yaşlı bir adamla beraber olmak kolay bir şey değil. Aramızda kırk yaş var, biliyorsun."

Biliyorum. İnanması güç ama biliyorum. İyi de beni en yakın arkadaşı falan mı sanıyor?

Bana olan güveni dağılsın diye jöleli bir şekeri alıp hızlıca ambalajını açtıktan sonra ağzıma atıyorum.

"Altmış dokuz yaş, yaşlılık öncesi dönem aslında." Dilini yeniden dışarı çıkarıp, tellerini düzeltiyor. "Sürekli çişi geliyor ve daha şimdiden biraz sağır ve hep ama hep yorgun. Hafızası en büyük problem. Havalimanında, seni almaya geldiğinde, arabayı nereye park ettiğini unuttu. Giderken X95'e binip gitsen epey makbule geçer doğrusu. Beraber yürürken bana ayak uyduramıyor. Yeni bir kalçaya ihtiyacı var. Ama şimdilik dört tane yeni dişle başladık işe. Yatağa yatınca alt diş takımını çıkarıyor ve içi solüsyon dolu bir kavanoza koyuyor onları."

O sırada babam içeri giriyor.

"Selam kızlar. İkinizin böyle iyi anlaştığını görmek ne güzel."

Öteki Şeyler

Atina'daki ikinci günümde babama birlikte parka kadar yürümeyi teklif ettim çünkü park iş yerine giden yolun üzerindeydi. Onunla ilk kez eşi, yeni kızı, yani onu suratsız, uykusuz alacaklısından koruyan canlı kalkanları olmadan baş başa kalıyorduk.

İkimiz de onun benim hayatımda olmamasının ödenebilecek türden bir borç olmadığını iyi biliyor, yine de bir anlaşmaya varıyor gibi görünmenin heyecan verici olduğunu düşünüyorduk. Bu bağlamda, metroya yakın bir duvardaki grafitiyle aynı fikirde olmamam için bir sebep yoktu. "YA SONRA?"

Ben, siyah süet yüksek topuklu sandaletlerim yüzünden parkta sendeleyerek yürüyordum, babam da tanrısının henüz tam olarak bağışlamadığı ufak suçunun yükü yüzünden sendeliyordu. Sesimizi çıkarmadan sendeliyorduk.

Neyse ki aynı ofise giden, kendi gibi nakliyeci bir arkadaşıyla karşılaştık da biraz olsun rahatladık. Nakliyecilikte artması beklenen vergilerden ve ikisinin de acil durumlar için sakladığı büyük meblağda nakit eurolardan konuştular.

Babam beni ilk kızı olarak tanıtmak zorunda kaldı; kalıntıları Britanya'da olan, eski insanların yaptığı eski bir sanat eseri gibi bahsetti benden. Siyah süet topuklularımın üzerine şort ve altın pullarla süslü bir bluz giymiştim. Göbeğim açıktı, saçlarımsa üç flamenko çiçekli tokayla tepeden toplanmıştı. İri memeli, Londralı, yetişkin kızının iş arkadaşını tahrik ettiğini görmek babam için büyük şok olmalıydı.

"Ben Sofia." Adamın elini sıktım.

"Ben de George." O da benimkini sıktı.

"Sadece birkaç günlüğüne buradayım." Elimi tutmaya devam etmesine izin verdim.

"Sanırım işinize dönmeniz gerekiyor?" Elimi bıraktı.

"Sofia, şimdilik garsonluk yapıyor." Babam bunu Yunanca söyledi.

Başka şeyler de yapıyorum.

Bölüm birinciliğim ve yüksek lisansım var.

Hedef değiştiren cinsel arzularla dolup taşıyorum.

Süet topuklularımın içindeki bronz bacaklarımla belki de cinselliğin ta kendisiyim.

Şehirliyim, eğitimliyim ve halihazırda tanrısızım.

Babamın gözündeki ideal kadınlara hiç mi hiç benzemiyorum. Emin değilim ama sanırım babam aile onurunu lekelediğimi düşünüyor. Detaylarını bilmiyorum. Papam uzunca bir süredir görev ve sorumluluklarım hakkında benimle konuşmadı neticede.

"Sofia saçına İspanya'ya özgü flamenko çiçekleri takmış." Babamın canı sıkılmışa benziyordu. "Aslında Britanya'da doğdu ve Yunanca da bilmiyor."

İşin aslını George'a açıkladım. "Babamı en son on dört yaşımda gördüm."

Babam da George'a kardeşçe bir ses tonuyla şöyle dedi: "Annesi hastalık hastası."

Bu sefer ben George'a kız kardeşçe bir ses tonuyla şöyle dedim: "Beş yaşımdan beri ona ben bakıyorum."

Babam, tekrar benim hakkımda konuşmaya başladı. Söylediklerinin çoğunu anlamasam da beni alacaklısı gibi görmediği oldukça açıktı. Vardığımızda, ofise girmeye zahmet etmememi söyleyip döner kapıların önünde bana güle güle dedi.

Tüm günü antropoloji müzesinde geçirdim, sonrasında Akropolis'e yürüdüm, ardından tapınağın gölgesinde uyuyakaldım. Sanırım asfalt sokakların ve modern binaların altında gömülü o antik gölü gördüm rüyamda, antik Atina üzerinden Akropolis'in kuzeyine akan Eridanos gölünü. Köle kadınların başlarının üzerindeki bakraçlarda taşıdığı suyu akıtan çeşmelerin debisini duyabiliyordum.

O gece Alexandra yine göğsünde bebeğiyle yumuşak, mavi kanepesinde oturmuş Jane Austen'ın bir romanını yüksek sesle babama okuyordu. Zaten mükemmel olan İngilizcesiyle pratik yapıyordu, babam da onun telaffuzunu düzeltiyordu. Alexandra, *Mansfield Park*'tan bir bölüm okudu: "İnsanın herhangi bir yetisinin diğerlerinden daha güçlü olduğunu söyleyebilseydik eğer, bu kuşkusuz hafıza olurdu."

Babam başını onaylar gibi salladı.

"Haa-fıı-za," diyerek abartılmış İngiliz aksanıyla düzeltti onu.

"Hafıza," diye tekrar etti Alexandra da.

Papam bir tane portakallı bir tane de limonlu jelibonu ağzına tıkıp bana baktı. *Dinle bak, ne kadar da zeki. Benimle evlenmek gibi bir seçim yapmasını saymazsak benden çok daha zeki, tabii ben de bundan hiç şikayetçi değilim.*

Ona söylemeyi unutmuştum, hafıza, yarıda bıraktığım doktoramın konusuydu.

Onlar içinse hafıza, çatısının altında yeni anılar saklayan, düzeni olan evleriydi.

Ya da belki de sabit olmadığı için tanrılarına demirlenen evleriydi. Her pazar kiliseye giderlerdi. "Tanrı, Efendimizdir ve kendini bana göstermiştir," demişti babam bana, bir sefer de değil üstelik. Tanrısı ile olan bağının epey kuvvetli olduğunu anlayabiliyordum. Cemaatlerinden birçok üye biz sokakta yürürken gelip Evangeline'i öpmüştü. Rahipleri siyah kaftan giyiyor, güneş gözlüğü takıyordu. Elimi tutan elleri nazikti. Her ne kadar eşi sezdirmeden aralarındaki yaş farkından şikâyet ediyor olsa da papamın başka bir hayatta son şansıydı bu. Eski hayatını arkasında bırakıp giderken, hiç yaşamamış gibi unutmak zorunda olduğunu biliyordu. Yolundaki tek engelse bendim.

Kesik

Alexandra ve ben, her sabah yumuşak, mavi kanepelerinde oturup sohbet ediyoruz.

Elimde kalan son birkaç euro ile yeni ailem için aldığım tatlı kirazları yiyoruz. Kirazlar Antik Yunanistan'da da yetişirdi – Ovid[39], dağların zirvelerinden toplandıklarından bahseder. Meyvelerin suyu, Ingrid'in medusa yaralarımı yatıştırması için verdiği ipek bluzun üzerine döküldü.

"Ne demek o Sofia?"

"Ne, ne demek?"

"Bluzun üzerinde yazan şey?"

---

39 Publius Ovidius Naso, Romalı şair. (ç.n.)

Baş Tacı'nı nasıl tanımlayacağımı düşünmeye başlıyorum. "Anlamı çok sevilmek," diyorum. "Gerçek, büyük bir aşk." Kafası karışmışa benziyor. "Bunun doğru tanım olduğunu sanmıyorum."

Çok sevilmenin benim için mi doğru olmadığını düşünüyor diye merak ediyorum. "O sözcükler, söylediğinden daha vahşi bir şeyi çağrıştırıyor," diye devam ediyor.

"Evet, şiddetli bir his," diyorum ben de. "Birine baş tacı dediğimizde, ardında güçlü bir his vardır."

Dün gece rüyamda yine Ingrid'i gördüm. Plajda uzanmış yatıyoruz, benim elim onun göğsünde. İkimiz de uyuyakalmışız. Ingrid'in bağırmasına uyanıyorum. "BAK!" Elimin bıraktığı izi gösteriyor. Her noktası bronzlaşmış teninin üzerinde bembeyaz bir dövme gibi duruyor. Düşmanlarını korkutmak için canavar pençelerimi vücudunda taşıyacakmış.

Alexandra, yarım kilo kuşbaşı kıyılmış kuzu eti alıp aşçıya teslim edebilir miyim diye soruyor. Akşama musakka yapacakmış. "Geleneksel bir Yunan yemeğidir, Sofia."

Çok iyi hatırlamıyorum ama sanırım annem de eskiden yapardı.

Et pazarına doğru yola çıktım ve upuzun, sallanan kabloların ucundaki ampullerle aydınlatılmış tezgahlarda dizili koyun kafalarının yakınında durdum. Bunlar Alexandra'nın terliklerindeki bebek kuzulardan daha yaşlı koyunlardı. Kesilmişlerdi. Kanları dökülmüştü ve karaciğerleri soğutucunun içindeki gümüş tepsilere yığılmıştı. Bağırsakları iplerle kancalarda asılıydı. Bu kuzular, etlerini yiyenlere daha katlanılabilir bir ölüm sunabilmek için yapılan resmî ritüellerden uzak bir şekilde katledilmişlerdi. İlkel insan ava gittiğinde, bu travmatik ve tehlikeli bir eylem olurdu. Hayvanlarla birlikte yaşayıp onların çığlıklarını duymak, dökülen kanlarını görmek kolay değildi, bu yüzden cinayeti kolaylaştırmak için ayinler ve ritüeller yapılırdı. Kadınlar ve çocuklar da hayatta kalmak için bu sonsuz kan dökme eylemine katılmakla yükümlüydü.

Cep telefonum cebimde titremeye başladı. İspanya'dan, Matthew'dan bir mesaj.

Birinin şu Gómez'i durdurması lazım.
Dün annenin klinikte rehidre olması gerekti.
O delinin tek eksiği elinde bir davul.

Matthew ne zamandan beri annemin bakımıyla ilgilenir oldu?

Bana kalırsa, Matthew'un telefonu da onun davulu ama onunla bana ne tür bir mesaj iletmeye çalıştığını bilmiyorum. Davulla gönderilen mesajlar çok eskiden cep telefonları, helikopterler veya GPS yokken insanların hayatını kurtarırdı. Bir tahta çemberin üzerine gerilmiş hayvan derisiyle ulaşan mesajlar olmasa, insanlar açlıktan ya da yangından ölürdü veya savaşçı kabileler tarafından katledilirdi.

Koyun kellelerinin yanındaki bir tabureye tünedim ve Gómez'i aradım. Rose'un sağlıklı olduğuna ikna etti beni. Personeller nöbetleşe her gün yanındaymış. İlaçlarını bıraktığı için "morali daha yüksekmiş" artık. Su içmeyi reddettiğinden susuz kalıyormuş. Ona Rose için doğru suyu bulmanın ne kadar zor olduğunu anlattım ve bu yaz sıcağında, Güney İspanya'daki iklim göz önüne alındığında susuz kalmak bir sorundu.

“Yine de,” koyun kellesinin oyulmuş göz çukurlarının içine yavaşça ilerleyen sineklere bakarak konuşuyordum. “Eğer su, her seferinde kusurlu olursa, bu durum ona umut edecek bir şeyler veriyor. Günün birinde su kusursuz olursa, kusurlu olan başka bir şey bulmak zorunda kalacak.”

“Belki de,” diye yanıtladı Gómez. “Ama sana şunu söylemeliyim ki tıbbi olarak artık onun yürüme sorunuyla, su sorunuyla ilgilendiğim kadar ilgilenmiyorum.”

Vakit gece yarısını geçmişti ve ben odamda ne pencere ne de klima olduğu için uyuyamıyordum. Kahverengi ekmeği ve çedar peynirini özlüyor, hatta annemin bahçesindeki armut ağacının üstünde sarmalanan sonbahar sisini bile mumla arıyordum. Belki biraz serindir diye balkona gidecektim. Son zamanlarda ben de kendi çıkarıma olan şeyler yapmayı deniyordum, bu yüzden yastığımı ve çarşafımı alıp açık havada uyurum diye düşündüm. Ama belli ki Alexandra ve babam oraya benden önce gitmişti. Deniz kıyısında kenarlarda bir yere tünemiş yaşlı bir çift gibi iki şezlong üzerinde yan yana oturuyorlardı. Alexandra gecelik giymişti, babamsa pijamalarıylaydı. Koridorda sıkışıp kaldım, onları rahatsız etmek istemiyordum ama havasız misafir odama dönemeyecek kadar da çaresizdim.

Gidecek yerim yoktu, her zamanki gibi; param da yoktu, otele gidemezdim. En ucuz otel odasında bile en az bir tane pencere veya eski de olsa bir klima olurdu.

Sırtımı duvara yasladım, Christos ve çocuk gelininin ay ışığı banyosunu izledim.

Bir tür ritüel sergileniyordu orada.

Alexandra, kucağındaki kutudan bir puro uzattı. Tuttu parmaklarıyla o da. Sonra Alexandra yerinden kalkıp bir de çakmak uzattı. Puroyu ağzına alıp, duman çıkarana dek bekledi babamı, puronun yanan ucu gökyüzü perdesinin altında parlarken çakmağı kutuya geri koydu. Belki de bir tür bağlılık gösterisiydi bu. Uzaklarda, tepelerin üstünde Partenon parlıyordu.

Savaş tanrıçası Athena'ya adanmış bu kutsal tapınak göğe doğru uzar. Milattan önce beşinci yüzyılda, ibadet edenlerin şükranlarını sunmak için toplandıkları zamanlarda nasıldı acaba? Yaşlı bir adam ve genç bir kadın, belki de genç bir kız, gece yarısı yıldızların altında yan yana oturur muydu? Kurban etlerini paylaşırlar mıydı? Kızlar on dört yaşından itibaren evlenirdi ve kocaları da genellikle otuzlu yaşlarında olurdu o zamanlar. Kadınlar seks ve doğum, ip eğirmek ve dokumak ve cenazelerde ağlayıp sızlanmak içindi. Yakınlarının kaybı yüzünden tüm yası tutanlar, kadınlar ve kızlar olurdu. Feryat edip giysilerini parçalarken sesleri daha çok çıkar, böylelikle daha fazla etki yaratırlardı. Kadınlar onların yerine duygularını ifade ederken, erkekler de geride dururdu.

Benim sorunum şu ki ben de puro içmek ve başkasının purosunu yakmak istiyorum. Dumanını dışarı üflemek istiyorum. Bir volkan gibi. Bir canavar gibi. Tütmek istiyorum. Cenazelerde tiz bir sesle feryat eden kızlardan olmak istemiyorum.

Bir yılan. Bir yıldız. Bir puro.

Bunlar, Ingrid'in bana anlattığı gibi, nakış yaparken zihninde beliren bazı imgeler ve sözcüklerdi. Yatak odama geri döndüm ve kamp yatağımın üzerindeki ipek bluzu buldum.

Neredeyse her gün giyiyordum onu. Hindistancevizli dondurma, ter ve Akdeniz kokuyordu. Önce banyoda onu yıkamaya, sonra da kendimi soğuk bir duşla ödüllendirmeye karar verdim. Evangeline yandaki, penceresi sonuna kadar açık odada, yumuşacık siyah saçları tatlı bir esintiyle titrerken mırıldanıyordu. Sabunlu suyla dolu banyoya eğilip, ıslak ipeği ellerimde tuttum. Gözlerime yaklaştırdım. Sonra daha da yakına.

Sarı ipek üzerine mavi iple işlenmiş kelimeyi yanlış okumuştum.

Baş Tacı değildi yazan.

Orada olmayan bir sözcük icat etmişim.

Başı Kesik.

Başı Kesik yazıyordu.

Baş Tacı yazması benim dileğimdi ama aslında yazan o değildi.

Banyonun soğuk fayanslarına sırt üstü uzandım. Ingrid bir terzi. İğnesi de zihni. Beni düşlerken aklından geçen başımın kesik olduğuydu, kafasız der gibi, aptal veya akılsız belki de. Düşüncelerinin dikişlerini sökmeden yazmıştı. O sözcükleri bana sansürsüz ipliğiyle işlenmiş olarak sunmuştu.

Baş Tacı, bir halüsinasyondu.

Beyaz fayansların üzerinde uzanırken, yılan olayı, Leonardo'nun ayağımı kaydırması, evham veren diğer düşüncelerle birleşmeye devam etti. Musluklar damla damla su akıtırken benim gözüme bütün gece uyku girmedi.

Geçmiş

Kız kardeşim yüzünü bana doğru çevirip, ışık saçan kahverengi gözleriyle bakıyor. Yumuşak, mavi kanepelerinde, babasının dizinde yatıyor. Alexandra'nın başı, kocasının omzunda. Kadının çenesini kavrayıp dudaklarına yaklaştırınca bu sahneyi Clark Gable'ın başrolünde oynadığı eski bir filmde görüp taklit ettiğini düşünmekten kendimi alamıyorum. Evangeline, odadaki herkesin baş tacı, ben dahil. *Baş Tacı* ise benim için bir yara. Acıyor. Bir anlamda, *Başı Kesik*'ten pek de farklı değil aslında.

Başım ağrıyor. Annemin, kafamın içinde kapılar çarpıyor dediği türden bir ağrı. Ellerimi alnıma koyup parmaklarımla yavaşça gözlerime iniyorum, sonra da parmak uçlarımı göz kapaklarıma bastırıyorum, her şey siyah, kırmızı ve maviye dönüşüyor.

"Gözüne bir şey mi kaçtı Sofia?"

"Evet. Sinek sanırım. Seninle yalnız konuşabilir miyim papa?"

Alexandra, ayağının yarısına kadar inmiş çocuksu terliklerini sallarken bana bakıp gülümsüyor. Güneş, yaşam alanlarına sel gibi aktığında diş tellerine de fark edilir bir ışıltı yansıyor. Evet, tam adı bu: Yaşam alanı. Benim yoğun olarak işgal ettiğim yer, onların yaşam alanı. Alexandra'nın kolu şimdi de babamın omzunda, parmakları da saçlarında. Babam benimle yalnız konuşmak için genç-anne-aşkından tüm bedenini kurtarmak zorunda kalıyor.

Odama geçiyoruz. Kapıyı kapatıyor. Ne söylemek istediğimden emin değilim, sadece yardıma ihtiyacımın olduğuyla alakalı bir şeyler geveleyeceğim. Nereden başlayacağımı bilmiyorum. Hiç konuşmadan yıllar geçti aramızdan. Sahi nereden başlayacağım? Sohbete nereden başlanır? Zamanda gezinirdik şimdi, geçmişte, bugünde ve gelecekte, şayet onların tümünü çoktan kaybetmemiş olsaydık.

Odada ayakta duruyoruz ama zaman ve mekân algımızı yitirmiş gibiyiz. Bu penceresiz yerde hiç hava yoksa da bir rüzgâra kapılıyor, fırtınaya karışıyoruz. Rüzgâr sertçe esiyor. Adına geçmiş diyorlar. Havada savuruyor beni, saçlarım uçuşuyor, kollarım sımsıkı geriliyor, ona doğru açılıyor. Rüzgâr babamı da kaldırıyor. Sırtı duvara çarpıyor, kolları gevşek, aşağı doğru sallanıyorlar.

Geçmişi aldatmak, fırtınayı kandırmak istiyor.

Birbirimizden biraz uzak, hâlâ sabırla duruyoruz ayakta.

Annem için endişelendiğimi ve artık bununla başa çıkabileceğimden emin olmadığımı söylemek istiyorum.

Bir adım atacak mı diye merak ediyorum.

"Bir adım atmak" ne demek onu da bilmiyorum. Maddi yardım isteyebilirim belki. İlişkimizin şu anki durumunu hatırlatıp beni dinlemesini söyleyebilirim. Bunu yapmak biraz zaman alır, bu yüzden zannediyorum ki ondan zamanını da istemem gerekir. Beni bir süreliğine dinlemek çıkarına olur mu acaba?

"Nedir, Sofia? Ne hakkında konuşmak istiyorsun?"

"Doktoramı Amerika'da tamamlamayı düşünüyorum."

Şimdiden uzaklara daldı. Gözlerini kapattı ve yüzü gerildi.

"Çalışmalarım için maddi desteğe ihtiyacım olacak. Ayrıca Rose'u da Britanya'da yalnız bırakmam gerekecek. Ne yapacağımı bilmiyorum."

Ellerini kül rengi pantolonunun içine tıktı. "Nasıl arzu ediyorsan öyle yap," dedi. "Yurtdışı çalışmaları için burslar var. Annen konusuna gelince, o da istediği hayatı yaşıyor ve beni ilgilendirmiyor."

"Benim senin tavsiyene ihtiyacım var."

Kapalı kapıya doğru geri geri gidiyordu.

"Ne yapacağım papa?"

"Lütfen Sofia. Kız kardeşin, Alexandra'nın iliğini kurutuyor, kadının uyumaya ihtiyacı var. Benim de dinlenmem lazım."

Christos. Alexandra. Evangeline.

Hepsinin biraz kestirmeye ihtiyacı var.

Tüm Yunan mitleri mutsuz aileler hakkındadır. Bense onların ailesinin misafir odasındaki kamp yatağında uyuyan parçasıyım. Evangeline, "iyi haberler veren ulak" demek. Benimle ilgili haberler ne peki? Babamın ilk karısına bakmakla yükümlü olmak.

Yumuşak, mavi kanepenin üzerindeki yakınlarına katılmak için tuttuğu yolda babama eşlik ediyorum. Burnumdan soluyorum. Sakinleşmeye çalışayım diye duvara bakıyorum. Ama duvar temiz, huzurlu bir boşluk değil, pis pis sırıtan ördeklerle dolu. Babam, karısı ve kızıyla kanepede kıvrılmış yatarken bana da kaçamak bakışlar atıyor. Yeni, mutlu ailesini onun baktığı yerden görmemi istiyor.

Sakince dinlenmemize bak!

Bağırmadan durmamızı dinle!

Yerimizi bilip oturmamızı gör!

Karımın ihtiyaçlarımızı nasıl karşıladığını seyret!

Ailesini nasıl gördüğüm, onun ailesini nasıl gördüğüne benzemek zorunda. Başka bir bakış açısıyla görmemi istemiyor.

Bu bakış açısı denen şey de benim için özgün bir saha çalışması olmaya başlıyor.

Tüm potansiyelim kafamın içinde. Ama en çekici yanım kafam olmasaydı keşke. Küçük kız kardeşim babasını benden daha mı az rahatsız ediyor? Onunla gizli bir oyunumuz var. Ne zaman kulak memesine dokunsam, gözlerini kapatıyor. Minik ayaklarını ne vakit gıdıklasam, gözlerini kocaman açıp bana bakıyor. Babamsa her zaman onun gözlerini kapalı tutmasından yana.

"Gözümüzü kapatma vakti geldi," en sevdiği cümlesi.

Onları yumuşak, mavi kanepelerinde kestirirken bırakıp, Akropolis'in olduğu yöne doğru yürüyüşe çıktım. Biraz sonra, sıcakta yürümeye devam edemeyince şeftali suyu aldım ve gölgede bir banka oturdum. Motosikletli bir polis, gün sonuna kadar satmayı planladığı hurdalarla dolu bir süpermarket arabasını süren esmer, orta yaşlı bir adamı yakalamaya çalışıyordu. Filmlerdeki gibi hızlı bir kovalamaca değildi yalnız; adam yavaş yavaş yürüyordu, bazen de motosiklet onun etrafında çember çizerken o durup bekliyordu. Ama neticede kovalamacaydı işte. Sonunda alışveriş arabasını bir köşeye boşaltıp uzaklaştı oradan. İlkokul öğretmenime benziyordu, tek farkı onun gömleğinin cebinden taşan iki tane dolma kalemi yoktu.

Kolonaki'deki daireye geri döndüğümde Alexandra ve Christos'u masada oturmuş kuru fasulye yerken buldum. Alexandra, fasulyelerin konserve olduğunu söyledi yalnız papa üzerlerine biraz dereotu eklemiş. Düşkünmüş dereotuna. Hakkında hiçbir şey bilmediğim için dereotunu sevdiğini öğrenmekten memnun oldum. Hatıra olacaktı. İleride diyecektim ki, evet, babam dereotunu severdi, özellikle de kuru fasulyenin üzerinde.

Alexandra masanın üzerindeki koliyi gösterdi. "Annenden," dedi. Christos Papastergiadis adına gelmişti.

Christos gerilmişti, fasulyeleri aceleyle ağzına tıkmasından ve koliye orada yokmuş gibi davranmasından belliydi.

"Açsana Papa. Kesik bir baş falan değildir, korkma." Bunu söyler söylemez kendim de ağzımdan çıkana inanamadım. Belki de dalgıçlık kursundaki köpek boğulmamıştır, Rose da onun kafasını kesip taahhütlü postayla Atina'ya yollamıştır.

Babam bir bıçak alıp koliyi bantlı kısmından keserek ikiye ayırdı. "Kare bir şey," dedi. "Bir kutu."

Üzerinde Yorkshire Dales'in bir resmi vardı. İnişli yokuşlu yeşil tepeler, alçak taş duvarlar, kırmızı kapılı taş bir kulübe. Tersini çevirdi. Otlanan üç koyunun yanındaki tarlaya park etmiş duran traktör illüstrasyonuna baktı. "Poşet çay. Bir kutu Yorkshire poşet çayı." Bir de not. Sesli okudu. "İçinde bulunduğumuz bu kemer sıkma dönemine yakışır bir birlik ve beraberlik arzusuyla, şimdilik geçici olarak Almería'da olan, Doğu Londralı aileden, Kolonaki'deki aileye." Christos, göz ucuyla Alexandra'ya baktı.

"Baban çay sevmez," dedi Alexandra.

Babamın dudakları salça ve dereotuyla kaplıydı.

Alexandra ona peçete uzattı. Masanın üzerindeki bir bardağın içine üçgen şeklinde katlanıp konmuş birkaç tane daha vardı. "Masanın üzerinde her zaman biraz peçete bulundururum; baban onlardan çiçek yapmayı seviyor. Düşünmesine yardım ediyormuş."

Bunu da bilmiyordum.

"Neyse," dedi babam, ağzını peçeteyle silerken. "Yunanistan'daki son gecende seni Yunan kahvesi içmeye götüreceğim."

Alexandra, Yorkshire poşet çay kutusunda yazanları okuyordu, gözlükleri siyah kısa saçlarının içine gömülmüştü. "Sofia, Yorkshire nerede?"

"Yorkshire, Kuzey İngiltere'de. Annemin doğduğu yer orası. Kızlık soyadı Booth. Rose Kathleen Booth." Bunu söyleyince, Alexandra'nın ait olmadığı bir yere ait olduğumu hissettim. Anneme ve onun Yorkshireli ailesine aittim ben."

Babam, peçeteyi masaya fırlattı. "Yorkshire, bitter denilen birasıyla meşhurdur."

Son günümde beni söz verdiği gibi Rosebud[40] adında bir kafede Yunan kahvesi içmeye götürdü. Bunun ilk karısıyla bilinçsiz de olsa bir bağlantısı var mıydı diye merak ettim. Sonuçta onunla bir goncayken evlenmişti ama hemen dikenlerinden bahsetmeye kalkar diye bununla ilgili bir şey soramadım. Rose gibi bir isim, size böyle şeylerden bahsetmek için cesaret veriyor. Yine de onun, annemin köklerini kemiren görünmez bir kurtçuk olduğunu söylemek doğru olmazdı. Bunu ben bile biliyordum. Yan yana oturmuş, küçük fincanlarımızın içindeki şekerli, bulanık kahvemizden yudumluyorduk.

"Kız kardeşinle tanıştığına çok memnunum," dedi.

İkimiz de masa masa gezip dilenen yaşlı bir kadını izliyorduk. Ellerinin arasında beyaz plastik bir bardak tutuyordu. Eteği ve bluzuyla saygın bir hali vardı; kıyafetleri ütülenmiş ve yamanmıştı, örme hırkası omuzlarından düşüyordu, tıpkı annem gibi. Birçok kişi bardağının içine birkaç bozuk para atıyordu.

"Ben de Evangeline ile tanıştığıma memnunum."

Babamın hiç gülümsemediğini fark ettim. "Mutlu olmak için, kalbini Efendimiz'e açması lazım."

"Onun da kendine göre bir bakış açısı olacak papa."

Yan tarafta kart oynayan birkaç adama el salladı. Bir süre sonra da Atina'ya gelirken uçak biletimi karşılamamın onun için ne kadar anlamlı olduğunu söyledi. Tabii Almería'dan Granada'daki havalimanına kadar kiraladığım arabayı sürdüğüm için de minnettardı.

---

40 *İng.* Gül goncası. Sofia'nın annesinin ismi olan Rose ile anlamca yakın. (ç.n.)

"Yarın gitmeden önce, sana biraz harçlık vereceğim."

Neden gitmeden önceki gecemde bana harçlık vermek istediğini anlamamıştım, yine de dokunaklı buldum bunu. Onun da hatırlayacağı gibi, on dört yaşımdan beri bana harçlık vermemişti, belki de bu yüzden dediği şey kulağa bu kadar çocuksu geliyordu. Cüzdanını çıkarıp masaya koydu, eprimiş, kahverengi deriyi parmağıyla dürttü. Tepki vermediğini görünce de şaşırdı biraz galiba.

İki parmağıyla içinde bir şeyler aradı. "Ah," dedi. "Bankaya gitmeyi unutmuşum." Parmaklarını yeniden cüzdanın içine daldırdı ve uzun süre bir şeyler arayıp taradı, sonunda da on euroluk bir banknotu çekip çıkardı. Gözlerine götürdü ilkin. Sonra da masaya bıraktı, avucunun içiyle düzledi ve gururla bana doğru itti.

Kahvemden son yudumumu alırken dilenci kadın masama yanaştı, ben de on euroyu onun plastik bardağına attım. Yunanca bir şeyler mırıldandı, hafifçe topallayarak eğildi, elimi öptü. Atina'da ilk kez biri bana sevgi gösteriyordu. Hayatımdaki ilk erkeğin, kendi çıkarı söz konusu olduğunda benimkini hiçe saymasını kabul etmek zordu. Yine de bir şekilde beni özgür bırakan bir aydınlanmaydı yaşadığım.

Christos Papastergiadis dua ediyor gibi görünüyordu. Gözleri yarı kapalıydı, dudakları kıpırdıyordu. Aynı anda parmakları da peçetelerin üzerinde geziniyordu. Paslanmaz çelik peçeteliğin içinden incecik bir peçeteyi çıkarıp katlamaya başladı, önce ikiye katladı, sonra daireye benzeyen bir kare yaptı, daha sonra da mucizevi bir şekilde, üç kalın yapraklı bir çiçek.

Bir adak gibi elinde tutuyordu onu, belki bir hayrı dokunur diye kurban edilen bir adak ya da bir dilek gerçekleşsin diye çeşmeye atılan bir eşya gibi.

Elindeki çiçeği işaret ettim, dalgın dalgın baktı yüzüme; sanki onun orada, parmaklarının arasında olduğunu yeni fark etmiş gibiydi.

Daha cesur olmuştum artık. "Sanırım o çiçeği benim için yaptın," deyiverdim.

O da nihayet yüzüme baktı. "Evet, senin için yaptım Sofia," dedi. "Saçlarına çiçek takmayı seviyorsun sen." Elindekini uzattı, ben de ona, göstermek istemediği nezaketi için teşekkür ettim. Sonunda bana bir şey verebildiğine memnun, benim onu başkasına vermediğime daha da memnundu.

Babamı değiştirmek için bir B planım yok; çünkü her ne kadar akrabalık ilişkilerinde böyle şeylerin olduğunu görsem de baba gibi bir koca istediğimden emin değilim. Bir kadın, kocasına anne olabilir ve bir oğul, annesine koca ya da anne olabilir; bir kız, annesine kız kardeş ya da anne olabilir; anne, kızına hem baba hem anne olabilir; belki de bu yüzden hepimiz birbirimizin kimliğinde saklanıyoruz. Babamın hiçbir zaman ortalıkta olmaması benim bahtsızlığımdı; ama ben de soyadımı Booth olarak değiştirmemiştim, insanların telaffuz edebileceği bir isme sahip olma fikri cezbetse bile. O bana soyadını vermişti ve ben onu başkasına vermemiştim. Onunla yapacak başka bir şey bulmuştum. Babamın adı beni daha büyük bir dünyaya yerleştirmişti, kolayca söylenemeyen ya da hecelenemeyen isimler dünyasına.

Rosebud kafede dua ederkenki görüntüsü, Kolonaki'ye yürürken hep aklımdaydı. Alexandra için endişelendim bir anda. Babamın dünyadan kopmaları tedirgin etmişti beni, aramızdaki iletişim ne zaman çıkmaza girse dalıp gitmesi, sık sık Tanrı'yla kafasının içine iliştirilmiş bir telefonmuş gibi yüksek sesle konuşması ürkütmüştü.

Alexandra, eve geldiğimizde yumuşak, mavi kanepede uyuyor numarası yapıyordu. Christos ona doğru güvercin adımlarla yürüdü, kuzulu terliklerini nazikçe çıkarıp yere koydu. Işığı söndürüp gece lambasının düğmesine bastı, sonra da parmağını dudağına götürdü. *Şşşşşşşşş.*

"Uyandırma onu."

Alexandra tamamen uyanıktı.

Babamsa bir battaniye, çarşaf ve kırlentle her zamanki gibi onun yanında duruyordu. Babamın her fırsatta onu uyutmak istiyor gibi bir hali vardı, Alexandra da kocasının oynadığı narkozcu rolüne uyum sağlıyordu.

Alexandra kesinlikle uyanıktı. Farklı açılardan da olsa birbirimize bakıyorduk.

Ertesi sabah valizimi toplayıp benim için hazırladıkları kamp yatağını katladım. Babam çoktan işe gitmiş ve giderken de güle güle demek için beni uyandırmamıştı. Alexandra'yı balkonda geceliğiyle dikilirken buldum. Yakınlardaki bir ağacın dallarına sıçrayan o uysal sincaba dalıp gitmiş görünüyordu. Evangeline'i memesinden uzaklaştırdı, o da sincaba bakabildi böylelikle.

Onu ürküttüm galiba, hoşça kal dediğimde sıçradı.

"Ah, sen miydin Sofia."

Başka kim olabilirdi ki? Babam olsaydı mesela, esnemeye başlayıp yumuşak, mavi kanepede şekerlemeye hazır olduğunu mu söyleyecekti ona?

Evinde benim için yer açtığı için teşekkür ettiğimde, sabahları konuşacak başka kimsesi kalmayacağı için gitmeme üzüldüğünü söyledi.

Uzun, pamuklu geceliği beyaz ve bakire işiydi, kolları ve yakası dantelli, Evangeline'i emzirebilmek için de düğmeleri açık. Kısacık saçları yağlı ve dağınıktı.

Onu daha önce hiçbir arkadaşıyla görmediğimi fark ettim.

"Erkek ya da kız kardeşin var mı Alexandra?"

Gözleri yeniden sincaba doğru kaydı. "Bildiğim kadarıyla yok." Evlatlıkmış. İtalya'da büyümüş ama anne babası –biyolojik olmayan anne babası– yaşlı olduğu için Roma'dan Atina'ya, torunlarını görmeye gelmekte zorlanıyormuş. İtalya'da da kemer sıkma politikası uygulandığı için onların emekli maaşları konusunda endişeleniyormuş. Çalışırken düzenli olarak para gönderiyormuş ama artık bunu yapması o kadar kolay olmuyormuş çünkü papamın başka planları ve fikirleri varmış. Alexandra, eninde sonunda her şeyin kendiliğinden çözüleceğine inanıyordu.

Evangeline'i yeniden kendine doğru çevirip tombul yanaklarından öptü.

Yetim, genç bir annenin çocuğunun yanında olup, onu sevgiyle göğsüne bastırdığını görmek neredeyse kutsal bir deneyimdi.

Belki de Christos için kolay bir av olmuştu, ne de olsa Alexandra, aynı zamanda koca da olan bir babanın hasretini çekiyordu. Donald Duck posterleri, kuzu terlikleri, jöleli şekerler ve babamın omzunda uyuyormuş gibi davranması, kendisi için başka bir çocukluk inşa etme girişimiydi. Terk edilmediği bir çocukluk.

Kız kardeşim, annesinin meme ucunu dudaklarıyla sıktı, küçük ayak parmakları, emerken havada sallanıyordu; gözleri açık ve şaşkındı, annesinin göğsündeki baş döndürücü süt dışında her şeyden bihaberdi.

Alexandra göz kırptı. "Rica etsem bana bir bardak su getirebilir misin? Elim kolum dolu."

Suyu buzdolabındaki şişeden doldurdum, bardağın içine buz ve bir dilim limon attım ve Alexandra'nın ağzına biraz daha layık olsun diye bir de çilek koydum.

Sıkılmışa benziyordu.

Solgun yanağından öptüm. "Kız kardeşim böyle nazik ve sabırlı bir anneye sahip olduğu için çok şanslı."

O da bana bir şeyler söylemek istiyordu ama aklından geçenleri içinde tutmayı tercih etti.

"Ne diyecektin Alexandra?"

Daha cesur oluyordum.

"İstersen sana Yunanca bir şeyler öğretebilirim; böylelikle bebek uyurken benim de yapacak bir şeylerim olur."

"Nasıl olacak o?"

Tekrar sincaba baktı, yanımıza ne kadar rahatça yaklaştığını bana göstermek istiyordu. "Şey, sen İspanya'dayken alfabeye göz atar ve biraz aşina olursan, sana Yunanca e-posta gönderebilirim, sen de Yunanca cevap verirsin, bu şekilde sohbet etmiş oluruz."

"Olur, bir deneyelim bakalım."

Tekrar teşekkür ettim, sonra da Yunanca, Roma'daki ailesine maddi olarak yardım etmesi konusunda daha özgür hissetmesi gerektiğini söyledim.

Konuşmadığım bir dilde kurduğum birkaç cümle oldukça karmaşıktı ve daha karmaşık bir şey varsa o da ekonomist olanın Alexandra olmasıydı.

Gülümseyip Yunanca cevap verdi. "Sen az önce 'daha özgür' mü dedin?"

"Evet."

"İyi de ben hiç olmadığım kadar özgürüm zaten."

Bunun hakkında sorular sormak istiyordum ama kulağım dillere yatkın değildi ne yazık ki. Her neyse, Yunan diliyle beni terk eden babamı özdeşleştirmeyi bırakmak biraz zaman alacaktı. Küçük kız kardeşimin esmer ayak tabanlarını, sonra da ellerini öptüm.

Havalimanına giden X95'e binmek için tekerlekli valizimi terminale kadar sürüklerken birdenbire her zamankinden daha fazla kendim gibi hissettim.

Yalnız.

Valizdeki giysilerimin üstüne uzanıp yatma arzusu, babamın can çekişen düşüncelerinden yaptığı çiçek gibi güzeldi. Kütüphaneci annemin ömrünü dizinleyerek geçirdiği kitaplar gibi, kağıtlardan yapılmış bir çiçek. Bir milyardan fazla kelimeyi kataloglamış, ancak umutlarının, onun çıkarına dönmeyen bir dünyanın rüzgârlarında nasıl savrulduğuna dair tek bir sözcük bulamamıştı.

Yunan kız İspanya'ya geri dönüyor. Medusalara. Terli gecelere. Tozlu sokaklara. Almería'nın cehennem sıcağına geri dönüyor. Bana geri dönüyor. Onu zeytin ağacı dikmeye davet edeceğim. Eline bir fidan verip çukur kazmasını isteyeceğim. Sonrasında benim de ağaçları bambu sırıklarına bağlamam gerekecek. Böylelikle rüzgâr eğip bükemeyecek onları. Çılgın bir rüzgârla, eğilmeyecek o ağaç.

İlaçla Tedavi

Annem, su istediğini İspanyolca haykırıyordu. "*Agua agua agua agua.*"

Ama sesi sanki şöyle çıkıyordu: "*Acıyo acıyo acıyo.*"

Janis Joplin ile aynı odada olmak gibiydi ama kabiliyetsiz olanıyla. Ona bir bardak su getirdim, sonra parmağımı suya daldırdım ve dudaklarına sürdüm.

"Baban nasıldı?"

"Mutlu."

"Seni gördüğüne sevindi mi?"

"Bilmiyorum."

"Seni daha iyi ağırlamadığına üzüldüm."

"Onun üzgün olması gerekiyor, senin değil."

"Olur mu hiç öyle şey canım."

"Onun kabahati ama."

"Ben senin için üzülüyorum."

"Bunu benim için de yapma. Benim üzgün olmam gereken bir şeye sen üzülme."

"Bir tuhafsın Sofia."

Ben yokken dizlerindeki suyun çekildiğini söyledi. Matthew tüm nezaketiyle onu Almería'daki bir devlet hastanesine götürmeyi teklif etmiş. Çok zorladığı için bağ dokusu zedelenmiş ama büyütülecek bir şey değilmiş. Doktor yeni bir ilaç menüsü hazırlamış ona. Antidepresanlar mide bulantısı yapıyormuş; ancak baş dönmesi ve reflü için aldığı yüksek kolesterol ve tansiyon ilaçlarından da olabilirmiş. Onu ayrıca oluşabilecek yan etkiler konusunda da antidiyabetik, antigut, antienflamatuar reçetelerle, uyku ilaçlarıyla, kas gevşeticilerle ve müshillerle de yatıştırmış. Bu tedaviyi Gómez'in nasıl karşıladığını sordum.

"Araba sürmemi yasakladı."

"Arabayı sürmekten keyif alırdın sen."

"Bu masajdan daha çok keyif alıyorum ama. Ellerin çok iyi. Keşke plaja giderken ellerini kesip bütün gün benimle bıraksan."

Pablo'nun köpeğinin havlamasını bekledim; ama sonra onu azat ettiğimi hatırladım.

Koca Bir Deniz Canavarı

"Sen benim hem ilham kaynağım hem de canavarımsın!"

Ingrid'le üstümüzdeki kayalıkların içine oyulmuş mağaraların gölgesinde, uzanmış yatıyoruz. Yastık yapmak için havlularımıza birkaç avuç dolusu kara yosun sardık. Göz kapaklarım mavi farın simleriyle kaplı ve Ingrid'in eski giysi mağazasındaki kelepir kutusundan kurtardığı, boyundan bağlamalı beyaz saten elbiseyi giyiyorum. Etek kısmı lekeli, bu yüzden ondan ticari kar elde etmenin zor olduğunu düşünüyor. Bu sefer boyun kısmına geometrik mavi daireler ve yeşil çizgili desenler işlemiş. Soyut şekiller değilmiş bunlar, ben ona engel olmadan önce avlamaya çalıştığı kertenkelenin üzerindeki desenlermiş.

Satenin kalçalarıma dokunuşu ve uyluklarımın arasından dalga dalga kayışı hoşuma gidiyor. Saçlarım uçlara doğru daha bir ışıltılı iniyor, oysa neredeyse bir haftadır hiç taramadım. Bu sabah Ingrid buklelerimi, bacaklarımı, ayaklarımı ve çatlamış dudaklarımı hindistancevizi yağıyla ovdu. "Biraz daha yaklaş Zoffie."

Biraz daha yaklaşıyorum. Dudaklarını, yosunlu yastığımızın üstündeki kulağıma bastırıyor.

"Küçük hayvanlarınki gibi korkutucu, karanlık gözlerinle mavi bir gezegene benziyorsun."

Baş Tacı'nı okurken düştüğüm yanılgıyı unutmaya karar verdim. O dikiş iğnesine bağladığı duyguları sorgulamak bana düşmez, beni incitseler bile.

"Zoffie, neden geceleri limon otu tütsüsü yakıyorsun?"

"Sen bunu nereden biliyorsun?"

"Üzerine sinen kokudan anlıyorum."

"Sivrisinekleri savıyor," diyorum. "Ayrıca beni sakinleştiriyor."

"Yani, sakin değil misin Zoffie?"

"Evet, sanırım değilim."

"Senin bu yanını seviyorum işte."

Ingrid kollarına vuruyor çünkü özellikle bu plajda at sinekleri var. Buraya gelmekten genellikle kaçınır ama benim için bir istisna yaptı. Bana Pablo'nun dengesiz köpeği boğulduğundan beri iyi iş yapan Ingmar'ı anlatıyor.

"Takma kafana Zoffie, sen ona ölme özgürlüğü verdin."

"Hayır hayır hayır." (Kulağına fısıldıyorum.)

"Sen ona iyilik yaptın. Zincirliyken de ölüydü zaten. Hayat değildi yaşadığı."

"Ölü değildi ama. Hayatını değiştirmek istiyordu."

"Hayvanların hayal gücü yoktur, Zoffie." (Eli karnımda duruyor.)

"Boğulmamıştır belki."

"Gördün mü bir yerlerde?"

"Hayır."

"Son zamanlarda havladığını duydun mu?"

"Hayır."

"Konuyu değiştirip sana biraz daha Ingmar'dan bahsedeyim mi peki?"

"Evet." Soluk mavi püsküllü bikinisiyle poposunun üzerinde uzanmış yatıyor, yüzü bana dönük. Arada bir göbeğindeki takıya hafifçe vuruyor. "Hazır mısın Zoffie?"

"Evet."

"Sen Atina'dayken deniz polisi özel bir tekneyle halk plajına geldi. Suyu test ettiler ve sonuç olarak benzin atığı tespit ettiler. Herkese sudan çıkması söylendi. Ingmar da tüm o gürültü patırtı müşterilerini rahatsız etti diye küplere bindi. Çadırından şortuyla koşarak çıkıp polislere yanıldıklarını, makinelerinin düzgün çalışmadığını, denizin temiz ve suyun berrak olduğunu söyledi. Onlar da sinirlenip suyun tadına bakmasını emrettiler ona. Ingmar boş bir şişeyi deniz suyuyla doldurup hepsini içti ve evet, dedi, suda benzin atığı var. Şimdi hasta, çalışamıyor ve polisleri onu suyu içmeye zorladılar diye dava etmeyi düşünüyor."

"Pablo'nun köpeğinin cesedi olabilir belki."

"Kesinlikle Zoffie! İşte bu! Pablo'nun köpeği boğuldu ve bütün suyu kirletti."

Upuzun, kusursuz bedenini sere serpe uzatmış, güneşleniyor.

"Demek benden kaçıp babanın yanına gittin?"

"Senden kaçmadım."

"Minik kız kardeşini anlatsana."

Evangeline'in yumuşacık siyah saçlarından, kavruk teni ve küpeli kulaklarından bahsettim.

"Sana benziyor mu?"

"Evet, gözlerimiz benziyor. Ama o üç dil konuşacak büyüyünce; Yunanca, İtalyanca ve İngilizce."

"Ingrid yeniden sırt üstü yatıp gökyüzüne bakıyor. "Sana neden kötü abla olduğumu söyleyeyim mi?"

"Evet."

Hasır şapkasıyla yüzünü kapatıp onun altından konuşuyor, ben de söylediklerini duyayım diye yan dönüp dirseğimin üzerinde ona doğru eğiliyorum. O kadar donuk, düz bir tonda konuşuyor ki duymak için iyice eğilmek zorunda kalıyorum.

Bir kaza olmuş. Kız kardeşi üç yaşında, o ise beş yaşındayken bahçedeki salıncakta sallıyormuş onu; ne kadar hızlı ittiğinin farkında olmadan, çok kuvvetli sallamış. Kız kardeşi de salıncaktan düşmüş. Çok kötü bir kazaymış. Kolu kırılmış ve üç kaburgası da çatlamış. Ingrid, anlatmayı bırakıyor.

"Daha beş yaşındaydın. Çocuktun daha," diyorum.

"Ama çok hızlı salladım. Çığlık attı. Yavaşlamamı istedi ama ben yine de sallamaya devam ettim."

Kayanın üzerinde duran beyaz bir tüyü alıp parmağımı ucunda gezdiriyorum.

Ingrid, "Başka bir şey daha oldu," diyor.

Ingrid'le beraberken hep hissettiğim, göğsümden boğazıma doğru yükselen paniği yine hissediyorum.

"Kız kardeşim kafasının üstüne düştü. Röntgen çektiklerinde kafatasının çatlamış olduğunu ve beyninin hasar gördüğünü anladılar."

O konuşurken nefesimi tuttuğumun farkındayım. Parmaklarım tüyü yoluyor.

Ingrid, ayağa kalkınca şapkası yere düşüyor. Yerdeki balık ağını yanına alıp büyük plajın ardındaki gizli koya doğru kayaların üzerinden yürüyerek gidiyor. Yalnız kalmak isteyişini anlıyorum; şapkasını yerden alıp deniz yosunu yastığının üzerine koyuyorum.

Birisi adımla sesleniyor.

Julieta Gómez mağaralardan birinin gölgesinden el sallıyor. Saçları ıslak, yüzmekten gelmiş. Hafifçe eğdiği bir şişeden küçük yudumlarla su içiyor. Sonra da şişeyi bana doğru sallayıp yanına çağırıyor.

Kayaların üzerinden tırmanıyorum, beyaz saten elbisemi bacaklarımı özgür bırakmak için bikinime sıkıştırıyor ve yanına oturuyorum.

"Bugün izin günüm," diyor.

Sığlıklardaki bir kayaya yaslanmış oturan, perişan haldeki Ingrid'e bakıyorum. Arada bir balık ağını denize savurup medusaları yakalıyor.

Julieta'nın dişleri günışığında daha da parlıyor, kirpikleri uzun ve ipek gibi.

Şişeyi bana uzatıyor, hayır, der gibi kafamı sallıyorum. Sonra fikrimi değiştiriyorum. Su soğuk ve ferah. Ingrid'in küçük kız kardeşiyle ilgili söylediklerinden sonra hissettiğim panik, geceleri ağaçlarda titreşen görünmez böcekler gibi vücudumda hâlâ.

"Pop yıldızı gibi görünüyorsun Sofia," diyor Julieta. "Bir gitara ihtiyacın var, bir de müzik grubuna. Babam bateristin olurdu."

O kadar sesli gülüyor ki ben de kendimi gülümsemeye zorluyorum ama aklım sığ koyda oturan Ingrid'de hâlâ. Arkası dönük. Terk edilmiş, yalnız.

Julieta, hastanedeki sağlık görevlilerinden birinin motosikletiyle onu bıraktığını, günün sonunda da almaya geleceğini söylüyor. Babası aşırı korumacı olduğundan personele kızının kask takıp takmadığını da kontrol ettiriyordu. Kız sinirden deliye dönüyordu bu yüzden.

Şişedeki suyunu işaret ediyor. "Votka içiyorum çünkü babamı öfkeden kudurtuyor bu. Uyuşturucunun her türünden nefret eder o. Hâlâ annemin yasını tutuyor, hatıraların acısından ilaçla kurtulma fikri de onu yaralıyor."

Ingrid hâlâ sarı ağıyla denizanası yakalıyor ve onları kumun üzerine atıyor.

"Medusalar," diyorum, sanki önemli bir şeymiş gibi.

"Evet," diyor Julieta da. "Söylentiye göre soktuğu yerin üzerine işersen ağrı diniyor."

Julieta'nın mağarasından inip deniz yosunu yastıklarıma doğru yürüyorum. Sabah erkenden arabayla çıkıp, şehrin dışındaki bir süpermarkete biraz marul, portakal, üzüm ve de Ingrid'in sevdiği Alman salamından almaya gitmiştim. Kayaya yeniden tırmanınca bu çirkin, korunaksız ve aşırı sıcak plajın ona göre olmadığını söylüyor. Julieta'nın güneşlendiği mağaraya bakarak eve gitmek istediğini söylüyor.

"Gitme Ingrid." Sesim fena halde yalvarır gibi çıkıyor.

Beyni hasarlı kız kardeşinin şokunu hâlâ üstümden atamadım ve bir kez daha onun suçu olmadığını söylemek istiyorum. Daha çocuktu, bir hata yapmıştı; ama *Başı Kesik* sözcükleri bana hep engel oluyor.

Ingrid beni iterek kendine yol açıyor, bir yandan da eşyalarını topluyor. "Çalışmak istiyorum Zoffie. Dikiş dikmeye ihtiyacım var. Şu an tek istediğim doğru ipi bulup işe koyulmak."

Yanımızda altı yaşında bir oğlan, koca bir domatesi şeftaliymiş gibi ısırarak yiyor. Suları göğsüne sıçrıyor. Bir ısırık daha alırken Ingrid'in gümüş rengi gladyatör sandaletlerinin iplerini dizine kadar bağlamasına yardım edişimi izliyor.

"Çok güzelsin Ingrid."

Gülüyor. Sahiden, bana gülüyor.

"Bütün gün senin gibi tembellik edemem. Yapacak işlerim var benim."

Telefonu çalıyor. Matthew, biliyorum, kontrol ediyor, gözünü sürekli üstünde tutup nerede olduğunu öğrenmeye çalışıyor, benimle olup olmadığını bilmek istiyor.

"Plajdayım, Matty. Denizin sesini duyuyor musun?"

Yanına gidip telefonu elinden alıyorum.

Geri vermem için bağırıyor ama ben denize doğru koşuyorum; arkamdan geliyor, gümüş rengi sandaletleri iplerinden çözülünce çıkarıp kumlara atıyor. Yakalanıyorum, saten elbisemin eteğinden tutup çekiyor. Bir yırtılma sesi çıkıyor, o sırada telefonu denize atıyorum.

Etrafındaki titreşen, sakin medusalarla beraber üç saniye kadar öylece süzülmesini ve sonra da yavaşça batmasını izliyoruz.

Su yırtık saten elbisemin eteğini ıslatıyor.

Ingrid, gözlerindeki kumu siliyor. "Beni takıntı haline getirmişsin sen," diyor.

Beni kafamı karıştıracak kadar etkileme gücüne takıntılı olduğum doğru. Bana saygı duymadığını bilsem de bütün katiyetlerimden beni çekip çıkarmasını, kararlılıklarımı yıkmasını seviyorum. Güzelliğine benim gibi hayran olan erkeklerin etrafında pervane olmasına bayılıyorum; iğnesini eline alıp kendince ameliyat ediyormuş edasına bürünmesine, sökükleri, yırtıkları tamir etmeyi bu kadar sevmesine hayranım.

Ingrid, suya girip bütün gücüyle saçımı çekiyor. "Git getir telefonumu seni koca hayvan."

Kafamı sıcak, boz bulanık suyun altına itiyor. Mücadele edince de bu sefer dizini omzuma dayayarak tekrar itiyor. Kız kardeşini salıncakta ittiği gibi itmeye devam ediyor. Sanki her şeyi tekrar yapıyor, o çocukluk kazasını tekrarlıyor, ama bu sefer benimle birlikte. Suda başka biri daha var. Bir kol hissediyorum, sonra iki kol, belimi sarıyorlar, Ingrid beni aşağı iterken beni kaldırmaya çalışıyorlar. Bir dalga kafamın üzerinden kıvrılarak beni yere seriyor. Dengemi sağlayıp suyun yüzüne çıktığımda, Julieta Gómez denizde, yanımda, suda yürüyor, uzun, ıslak saçlarını sıkıyor. İkimiz de bir kadın çığlığı duyuyoruz. Tiz ciyaklamaları kayalıklara yakın küçük koyun olduğu yönden geliyor. Ingrid sağ ayağını tuta tuta kumun üzerinde sekiyor. Ağıyla toplayıp kuma yığdığı medusalara basmış.

Beni biraz yatıştırıyor bu, sanki bir şekilde öfkemin zehrini ayağına zerk etmişim gibi hissediyorum.

Julieta gözlerime bakıp gülümsüyor. "Sınırların kumdan yapılmış Sofia."

"Evet," diyorum. "Biliyorum."

Bir martı dalgaların üzerinde bizimle birlikte sürükleniyor.

Kayalıklara geri dönüp havlumu toplamaya başlıyorum. Ingrid'in plajı bensiz terk etmesini istemiyorum. Aksi gibi onu şu an daha çekici buluyorum. Tez konum, hafıza. Ingrid, geçmişte kalan travmatik hatırasını gün yüzüne çıkarıp benimle birlikte yeniden canlandırıyor; çünkü biliyor ki benim sınırlarım kumdan yapılmış.

"Zoffie sen ipe sapa gelmeyen, karmaşık birisin. Borç batağındasın, sahildeki evin de pasak içinde. Şimdi de telefonumu denize attın. Ne yapacağımı bilmiyorum. İşimden olacağım senin yüzünden."

"Müşterilerin balıklarla konuşmak zorunda kalacak artık."

Sırılsıklam olan saten elbisemi çıkarıp kalçalarımı kurutmaya başlıyorum. Küçük çocuk hâlâ domatesini yiyor. Birkaç saniye daha bana bakıyor, sonra da kaçıp gidiyor.

"Onu korkuttun Zoffie. Yüzün ölü gibi, mosmor. Göz farın yanaklarına kadar akmış, denizden çıkmış bir canavara benziyorsun." Bir salam alıp dışını soyuyor. "Burada at sinekleri ve medusalarla kalmak istemiyorum." Eti ağzına tıkarken bir yandan da mağaralara bakıyor. "Ayrıca arkadaşlarını da sevmiyorum."

Julieta bana el sallıyor ve ben de ona sallıyorum.

Ingrid, ayağındaki kabaran kızarıklıklara bakıyor. Gümüş rengi sandaletleri koyun sığ sularında sürükleniyor ama o bunu düşünemeyecek kadar acısıyla meşgul. "Bana gel. Ben çalışırken sen de zeytin ağaçlarını bahçeye dikersin, hava serinleyince de yürüyüşe çıkarız."

Bu bir davet mi? Âşıkların birlikte yaptığı planlara benziyor.

Ingrid kayanın üzerinde çömeliyor ve denizanasının soktuğu ayağına işiyor. "Söylenti bu," diyorum.

"Söylenti olan ne?"

Güzel soru. Hatta bu soruya takıntılı olduğumu söylesem yeridir.

Ingrid'in evine geldiğimizde ilk işi iplik makaralarını aramak oldu. Sonra da eski giysi mağazasından aldığı kıyafetlerle dolu sepeti ters çevirip içindekileri yere döktü. Yere saçılan bluzlardan birine iğneyi hızlıca batırıp çıkarmaya başladı. Parmaklarının arasındaki iğne silahmış, o da kumaşa saldırıyormuş gibi dikiyordu.

"Ne kadar uyuşuksun Zoffie! Zeytin ağacı dikmeye geldin buraya. Önce çukur kazman gerekiyor."

Ağaç dikmeyi bilmiyorum. Nasıl yapacağımı bilmediğim pek çok şey var; ama nasıl sır tutulur iyi bilirim. Matthew ve Ingrid'in İspanya'da beraber oturdukları bu eve bakarken aklıma Matthew ve Julieta geliyor. Ama ağzımı açmıyorum. Burayı aralarındaki bağın sağlamlığını göstermek için kurdukları besbelli. Ailelerini sergiledikleri fotoğrafları mantar panoya tutturmuşlar. Matthew'un annesi, babası ve Ingrid'in babası, Matthew'un iki erkek kardeşi ve Ingrid'in erkek kardeşi veya kuzeni gibi görünen biri. Kız kardeşininse hiç fotoğrafı yok. İğnesiyle kumaşları delik deşik ederken benim orada olmayan birini aradığımı görüyor.

"Mutlu olabilir mi sence Zoffie, aklı başında olmadan?"

"Kim?"

"Kim olduğunu biliyorsun."

"Hannah'yı mı kastediyorsun?"

Ingrid şaşkına dönmüştü, üzerine mavi iplikle *Başı Kesik* diye işlediği ipek bluzu bana verdiği gece kız kardeşinin adını söylediğini unutmuş gibiydi. Unutmak istiyordu ama iğnesi onun yerine her şeyi hatırlıyordu. Aslında sandığı kadar boş biri değilim. Tarafsız bir araştırmacı değilim çünkü öyle olamayacak kadar fazla kaynaştım onunla.

"Zihni tıpkı bir yaprak gibi durgun mu Zoffie?"

"Yapraklar durgun değildir."

"Hatırlıyor mudur peki?"

"Zihin de durgun değildir."

"Bazen kendimi havaya uçurmak istiyorum," Ingrid fısıldayarak konuşuyordu.

Ayaklarına kadar eğilip kollarımla beline sarıldım.

Saçlarıma uzandı ve kıvırcıklarımdan bir tutamı dudaklarının arasına aldı. "Benden hâlâ hoşlanıyor musun Zoffie?"

Birisi cama vuruyordu.

"Sen evet diyene kadar her şey karanlıkta kalacak."

Hiçbir şey söylemedim. Hem de hiçbir şey.

"Hâlâ karanlık Zoffie. Bütün dünya karanlık." Başımın üzerinden cama vurulan yöne doğru baktı. "Leonardo," dedi, sanki aydınlık geri gelmiş gibi.

Leonardo'yu bir daha gördüğüme bu kadar sevineceğimi hiç düşünmezdim ama gelişi beni soruyu cevaplamaktan kurtarmıştı. Ingrid ön kapıya doğru yanımdan geçip giderken hafifçe topallıyordu. Sol ayağı hâlâ yaralardan dolayı sızlıyor ama o hiç önemsemiyordu. Yaralar sadece benim vücudumda olduğunda büyüleyici geliyordu ona. Leonardo'nun gelişiyle yüzü aydınlanmıştı; adamın göğüs hizasında tuttuğu bir çift kahverengi deri çizmeyi görünce, "Yaşasın!" diye bağırdı. Leonardo ise bana ters ters bakarak kafasıyla selam verdi. İçinden geçenleri duyabiliyordum. *Görüyorum ki yine buradasın. Ne yazık ki. Ne zaman gelsem sen hep buradasın.*

Ingrid'in ayakları çizmelerin içine doğru kayarken rüzgâr pencereleri titretiyordu. Biz onu izlerken baş parmaklarını derinin içine soktu, uğraştı ve yukarı doğru çekti. Çizmeler dizlerinin hemen altında kaldı. Sırtını dikleştirdi, göğüslerini öne çıkardı, başını yukarı kaldırdı; Leonardo o sırada deri çantasını karıştırıyordu ve içinden bir kask çıkardı. Ingrid, güç ve zafer kazanmış bir hale bürünmüş, erkeklerle savaşan bir kadın savaşçı edası takınmıştı. Acaba düşmanları kimdi? Listede ben de var mıydım? Ne için savaşıyordu?

Leonardo azgın bir köle gibi öne atıldı. "Atıma binerken bu kaska ihtiyacın olacak."

Kaskı nazikçe Ingrid'in başına yerleştirdi, iki uzun saç örgüsü sıkıştı altında; Leonardo'nun parmakları çenesinin altında kalan kopçayı beceriksizce yoklarken uslu duruyordu. Sonra Leonardo'nun yanağına mesafeli bir öpücük kondurdu.

"Karşılığında ben de sana bir zeytin ağacı vermek istiyorum," dedi.

Yeni çizmeleri ve kaskıyla bahçeye girdi ve küçük bir fidanla geri döndü.

"Ben dört tane ekmiştim, Zoffie de iki tane ekecek ve yedincisi de senin."

Leonardo, elindekine methiyeler düzmesi gerektiğini hissediyordu. Karamsar bir ses tonuyla "Sağlıklı görünüyor," dedi.

Ingrid buzdolabını açtı, iki şişe bira alıp birini bana fırlattı, sonra elini arka cebine attı ve paslı bir açacak çıkardı. Diğerinin kapağını Leonardo için açtı. Ingrid'in elinden yavaşça aldığı buz gibi şişeyi dudaklarına götürüp kocaman bir yudum aldı o da. Ben ağaç gibi olduğum yerde, açılmamış biram elimde bekliyordum. Ingrid kendince engelleri aşıp parkuru tamamlamış ve Leonardo'nun gözüne girmeyi başarmıştı. Açacağı istedim. Şişeyi benden aldı ve tek bir hamleyle kapağını açtı. Ingrid Bauer'i anlamaya başlamıştım. Beni her seferinde öyle veya böyle bir köşeye atıyordu çünkü sınırlarımın kumdan yapıldığını biliyordu. Ona izin veriyordum. Evet, ona dile getirmediğim bir rıza gösteriyordum çünkü benim çıkarıma olmayacaksa bile bundan sonrasını bilmek, yaşamak istiyordum. Kendine zarar veren biri miyim ben, acınası şekilde etkisiz ya da boş vermiş biri? Belki sadece bir denek ya da işinde gücünde bir kültür antropoloğuyumdur. Yoksa yalnızca âşık mıyım?

Ingrid Bauer'de beni derinden etkileyen bir şey vardı. Bir çift çizme ve kaskın sayesinde karanlık ruh halinden dört nala koşarak uzaklaşmasını, kötü abla olduğu o kasvetli hikâyeden kolayca kurtulmasını dokunaklı buldum. Yine de hâlâ o hikâyenin içine sıkışmış olabileceğinden kuşkulanıyordum. Belki de hikâye henüz bitmemişti. Ona kendi biramı uzattım. Gözü dönmüş gibi hızlıca elimden çekip aldı. Çizmelerini ve kaskını sevmişe benziyordu. Aptal Leonardo da onu izliyordu. Şişeyi dudaklarına götürdü, bir dikişte hepsini içti. Sanki vahşi bir atı evcilleştiriyormuş gibi "Vaahahaaav!" diye bağırdı Leonardo. Sonra o da elindeki şişeyi dudaklarına götürdü ve bitirene kadar durmadı. Ingrid bana döndü, yeşil gözleri alev alevdi. Günışığından ziyade karanlıkta daha iyi gördüklerini söylediği gözleri ışıldıyordu. "Leonardo bana Endülüs atına binmeyi öğretecek."

O an bildiğim tek bir şey vardı. Odadaki en önemli kişi bendim. Ingrid'in Leonardo'yla olan sahte flörtü bana olan arzusunu gizlemek için kurgulanmıştı sadece.

Röntgenciydi.

Kendi arzularının kurbanıydı.

Anladım ki Ingrid Bauer gerçek manada kafamı kesmek istemiyordu. Bana olan arzusunun kafasını kesmek istiyordu. Arzuları ona katlanamayacağı kadar korkunç geliyordu.

Beni, olduğunu hissettiği canavar yapmıştı.

Uzun zamandır yakınlarımda gizleniyor, beni izliyor, gizlice gözlemliyor, beni bekliyordu. Ürkütücü bir şekilde, kımıldamadan ve sessizce. Bütün yaz sesi kafamda çınladı, saklandığını gördüm, nefes alışını ve yüzüme üfleyişini duydum. Arzusunun ateşini soludum.

"Zoffie, Leonardo ile birlikte binicilik derslerimi planlamak istiyoruz."

Çantamı alıp omzuma taktım. Su yosunlarının gümüşi yaprakları havada uçuşuyordu.

Kopuş

"Bayan Papastergiadis'in ayakkabılarını çıkarın lütfen."

Gómez, muayene odasında oturmuş, saatine bakıyordu. Saat sabahın yedisiydi. Bu saatte annemle ilgilenmek zorunda kalmaktan hoşnut olmadığı yüzünden okunuyordu. Julieta Gómez, Rose'un ayakkabılarını çıkardı. Sonra da bana uzattı.

Annem somurtuyordu, ağzının köşeleri iyice aşağı sarkmıştı. Yalnızca çıkıntılı çenesiyse konuşurken yukarı doğru kalkıyorlardı. "Size söyledim, Bay Gómez," dedi. "Daha detaylı bir tetkike gerek yok."

Gómez diz çöktü ve annemin ayak parmaklarını oynatmaya başladı. Gömleğinin altından görünen bilekleri ince siyah kıllarla kaplıydı. "Bunu hissediyor musunuz?"

"Neyi hissediyor muyum?"

"Parmaklarımın ayak parmaklarınıza yaptığı baskıyı."
"Ayak parmaklarım yok."
"Bu hayır mı demek?"
"Bu ayakları istemiyorum artık."
"Teşekkür ederim." O esnada not alan Julieta Gómez'e bakıp onaylar gibi kafasını salladı. Kırlaşmış kaşları çatıktı. Bugün, saçındaki beyaz şeritle eşleşen kolalı beyaz bir palto giyiyordu. Boynunda asılı duran stetoskop onu her zamankinden daha ciddi gösteriyordu.
"Sanırım bir aşamada bu garip aletle kalbimi dinleyeceksiniz," dedi Rose.
"Buna gerek olmadığını söylediniz, ben de size inanıyorum." Gómez bana doğru döndü ve kollarını beyaz paltosunun üzerinde kavuşturdu. "Anneniz klinikte uyguladığım tedavi hakkında şikayette bulundu. Bu nedenle Los Angeles'tan bir yönetici ve Barselona'dan bir sağlık görevlisi iki gün sonra ziyarete gelecek. İkinizin de katılması gerekiyor. Sanırım Los Angeles'taki beyefendi, Bay Matthew Broadbent'in müşterisi. Bay Broadbent yatırımcılarla nasıl etkili iletişim kuracağı konusunda ona koçluk yapıyormuş."
Julieta'ya baktım, notlarına dalıp gitmişti.
Rose'a neden şikâyette bulunduğunu sordum.
Dimdik oturuyordu ve o sabah saat beşten beri saçlarıyla uğraşıyordu. Sıkı bir topuzla ensesinde toplamıştı. "Çünkü şikâyetim var. İlaçlarımı kontrol altında tuttuğumda kendimi çok daha iyi hissediyorum."
"Yeni ilaçlarınızın sizi daha iyi hissettirmesi pek mümkün değil," dedi Gómez. "Hâlâ endoskopi sonucunu beklediğimizi unutmayın lütfen."

Endoskopinin ne olduğunu bilmiyordum. O da bana açıkladı. "Vücudun iç kısmının –bu durumda boğazın– endoskop adı verilen bir cihaz tarafından incelendiği bir yöntemdir. Bir ucuna video kamera bağlı, uzun, esnek bir tüp kullanılır."

"Evet," dedi Rose. "Rahatsız ediciydi ama acı verici değildi."

Julieta, bundan sonra tüm muayene raporlarının kendisi tarafından tutulacağını açıkladığı sırada Gómez ona bakıp tuhaf tuhaf kafasını salladı. Rose'un tekerlekli sandalyesini kapıya doğru sürerken bana bakmadı.

"Sofia Irina, siz kalın, lütfen." Gómez, masasının karşısındaki sandalyeye oturmam için işaret etti.

Oturdum ve elinde gümüş bir tepsiyle içeri girip onu masaya bırakan başka bir hemşireyi işi bitene kadar bekledim. Tepside iki kruvasan ve bir bardak portakal suyu vardı.

Gómez, hemşireye kahvaltı için teşekkür etti ve bir sonraki hastaya biraz geç kalacağını söylemesini rica etti. Sonra da bana dönüp, "Sizinle iki konu hakkında konuşmak istiyorum," dedi. "İlk olarak, ilaç şirketindeki beyefendiyi konuşmalıyız. Bence bu ilginizi çeker."

Portakal suyunu dudaklarına götürdü, sonra fikrini değiştirip hiç içmeden tekrar yere indirdi. "Los Angeles'tan gelen ziyaretçimiz Sinyor James'in pazarlama sahasını genişletmek için etkili stratejiler bulması gerekiyor. Birkaç yıldır da beni bu yüzden taciz ediyor. Yaptığı şey olağanüstü. Önce bir hastalık icat ediyor, sonra da ona uygun bir tedavi öneriyor." Başparmağını saçındaki beyaz şeride bastırıyordu.

"Hastalığı nasıl icat ediyor?"

"Açıklayayım."

İçerisinden hoş olmayan bir şeyi çıkarmaya çalışıyormuş gibi, başparmağıyla kafasına küçük daireler çiziyordu. Bir süre sonra stetoskopu boynundan alıp masasına koydu.

"Sofia Irina, biraz içe dönük biri olduğunuzu varsayalım. Diyelim ki utangaçsınız ve daha cesur olmaya ve hayatınızın her günü kendinizi nasıl koruyacağınızı öğrenmeye ihtiyacınız var. O benden buna sosyal anksiyete bozukluğu dememi istiyor. Bu şekilde ben de onun icat ettiği rahatsızlık için size onun ilaçlarını satabiliyorum." Dudakları aniden öyle geniş bir gülümsemeyle açıldı ki altın dişlerinde kendi yansımamı gördüğümü sandım. "Ama siz, Sofia Irina, sıcakkanlı bir antropolog olarak ve ben de, sıcakkanlı bir bilim adamı olarak, düşüncelerimizin Las Alpujarras'ta serbestçe dolaşmasına izin vermeliyiz. Her zaman tıbbi ilaçların kölesi olmamalıyız." Gómez kruvasan tabağını bana doğru itti. "Buyurun lütfen."

Komik ama rüşvet veriyor gibi geldi. Sesi nazik çıkıyorsa da kesinlikle gergindi. Masasındaki bilgisayara baktı. "Atina'da babanızı mı gördünüz?"

"Evet."

"Ve böylece?"

"Babam beni defterden sildi."

"Oo. Yani tamir edilemeyecek kadar hasarlı bir araba gibi attı mı sizi?"

"Hayır."

"Nasıl oldu da defterden silindiniz peki?"

"Benim var olduğumu unutmaya çalışıyor."

"Başarılı oluyor mu?"

"Beni unutarak var olmaya çalışıyor."

"Unutmak hafızanın tersi midir sizce?"

"Hayır."

"O zaman silinmemişsiniz demektir?"

"Doğru."

Bana kendi babamdan daha nazik davranıyordu. Ben Atina'dayken yaptığımız telefon görüşmelerinden birinde, Leonardo da Vinci olduğum konusunda ısrar edip durmuştu. Dediğine göre Leonardo da onu terk eden babasına geri dönmek istediği için uçmaya takıntılıydı. Bildiğim kadarıyla vücuduna sardığı ev yapımı uçan makineler parçalanmış ve uçarken onu yere düşürmüştü.

Dirseğim çarptı, portakal suyu bardağını devirdim. İlaç yöneticisinin yaklaşan ziyareti beni de germişti. Gómez yere damlayan meyve suyunu fark etmişe benzemiyordu. Elimi sürmediğim kruvasanlara tekrar işaret etti. Gergin görünüyordu. Ama ona güveniyordum. Bana karşı babacan duygularının olduğunu hissedebiliyordum.

Kruvasandan bir ısırık aldım.

"Sizde bariz bir *je ne sais quoi*[41] durumu var, Sofia Irina."

"Gerçekten mi?"

Onaylar gibi başını salladı.

Kruvasanlardan birini silip süpürdüm. Vasıflarımın ve beden ölçülerimin ötesinde bir iştahım vardı. Bitirdiğimde, Gómez diğerini de isteyip istemediğimi sordu.

Kıvırcıklarımı ona doğru salladım. "Hayır, teşekkürler. Pek sağlıklı olmaz."

---

41 *Fr.* Ne olduğunu bilmiyorum. (ç.n.) Açıklanamayan bir niteliğe sahip olma durumu için kullanılan ifade. (ed.n.)

Gómez önce bilgisayarına, sonra da bana baktı. "Haberler iyi değil," dedi. "Annenizi tedavi edemem. Tekrar yürüyeceğinden şüpheliyim. Belirtiler hayalet gibi hortluyor, gelip gidiyorlar. Fizyolojik varlıkları yok. Siz Atina'dayken bana ampütasyondan bahsediyordu. Aslında kararını verdi bile. Ameliyat olmak istiyor."

Gülmeye başladım. "Şaka yapıyor," dedim. "Yorkshire mizahını bilmiyorsunuz siz. Hep, şu ayakların icabına bakın, diyor değil mi? Onun tarzı bu."

Omuzlarını silkti. "Belki bir şaka, kesinlikle de bir tehdit. Ama onun için artık yapabileceğim bir şey olmadığını söyledim ona. Çoktan yenik düşmüş bir ruhu var."

Annemin sözlerini geri almamasının veya vücudunun parçalarını koparmayı arzulamasının onun sorumluluğunda olmadığını söyleyerek konuşmasına devam etti. Aldığı ücretin büyük bir bölümünü iade etmeyi düşünüyordu. Aslında, belirlediği tutarın sonraki gün annemin bankasına aktarılması için ayarlamaları bile yapmıştı.

Çıktım baktım merdivene,
Olmayan bir adam görmeye,
Bugün baktım yoktu yine,
Benden uzak dursa keşke.

Gómez nasıl olur da annemin kara mizahını yanlış yorumlayabilir ve söylediği şeylerde ciddiymiş gibi onu terk edebilir ki?

O benim annem. Bacakları benim bacaklarım. Ağrıları benim ağrılarım. Ben onun sahip olduğu tek şeyim, o da benim. *Keşke, keşke, keşke.*

"Onun için yapabileceğim bir şey yok," dedi.

"Ama size şaka yapıyor," diye bağırdım. "Gerçek değil, doğru değil söyledikleri."

Parmak uçlarıyla çenesine dokundu. "Çenenizde biraz kırıntı kalmış," dedi.

"*Gerçek değil!*" diye yeniden bağırdım.

"Evet, kabul etmesi zor. Ancak ampütasyon arzusunu Londra'da bir uzman doktorla görüşmeyi planlıyor. Aslında, çoktan randevu aldı bile." Konuşmamızın bittiğini söyledi. Bayan Papastergiadis'in onun tek hastası olmadığını anlamam gerekiyordu.

O kadar sarsılmıştım ki ayağa bile kalkamadım. Bunun yerine, cam kafesinde çömelmiş oturan vervet maymununa baktım. Bakışlarımdaki öfke, zavallı hayvanın Gómez'in muayene odasındaki son sığınağını da paramparça ederdi. Denize girip boğulsun diye onu da azat ederdim.

Gómez'in altın dişleri ortaya çıktı. "Sanırım küçük primatımızı serbest bırakmak istiyorsunuz, böylece odanın etrafında dolaşıp Baudelaire'in ilk baskılarını okuyabilir. Ama önce kendinizi o sandalyeden kurtarıp kapıya doğru yürümelisiniz." Sesinin yeni tonu keskindi. "Dağlarda yürüyüşe çıkın. Ama annenizin topallığını ödünç almamaya ya da onun ayakkabılarıyla adım atmamaya dikkat etmelisiniz." Ellerime işaret etti.

Annemin ayaklarında olmayan ayakkabılarını tutuyordum hâlâ.

Yunan güzeli dün Sinyora Bedello'nun evinde aynı ağaca tek bacaklarından asılmış üç tavuk gördü. Ağlamaya başladı. Yazık. Günah. Tavukların dördü sıcaktan ölmüştü. Bırakın kimsenin onun çektiği acıyı ya da ayaklarını hüzünlü hüzünlü sürüdüğünü görmediğini sansın. Aşk, yakınlarında bir savaş gibi patlak verse de o, savaşı başlatanın kendisi olduğunu asla kabul etmiyor. Silahı yokmuş gibi davransa da tozu dumanı seviyor. Yıldızların altında elini tutan ve onunla beraber mehtaba bakan kimsesi olmasa bile eksikliğini duyduğu tek şey aşk değil. Bir iş istiyor. Zaten benim de yapacak başka işlerim var.

Cennet

Ölüler Plajı'nda çırılçıplak uzanıyorum. Playa de los Muertos. Sol kaşımın üstüne küçük bir cam parçası saplanmış. Oraya nasıl geldi bilmem. Playa de los Muertos, nüdist bir plaj. Çıplak olmak isteyenlerin güneşten korunacak bir yeri yok. Muhtemelen on yedi yaşında olan iki incecik kız, tertemiz, turkuaz denizde çıplak yüzüyor. Hırpani, çirkin bir köpek de aralarında yüzüyor. Sudan çıktıklarında kızlar, kıyıya vurmuş birkaç çıta arıyor ve onları bembeyaz çakıl taşlarının arasına çadır kazıkları gibi çakıyorlar. Yeşil bir örtüyü çubukların üzerine gölgelik yapmak için astıklarında köpek sürünerek altına giriyor ve alev alev yanan güneşin alnında hep birlikte oturuyorlar. Kızlardan biri bir şişe su çıkarıp küçük hayvanları içsin diye bir kâseye dolduruyor. Kız, bitli tüylerini okşarken köpek ulumaya başlıyor.

Evet, köpek uluyor.

Okşanıyor ama yine de uluyor.

Yok yere uluyor.

Hayatı bundan daha iyi olamaz ama o yine de uluyor.

Pablo'nun köpeği o. Alman kurdu. Alman çoban köpeği. Dalgıçlık kursu köpeği. Onun ulumasını nerede olsa tanırım. Pablo'nun köpeği hayatta ve Ölüler Plajı'nda uluyor.

Kızlardan biri bir tarak çıkarıp uzun, ıslak saçlarını tarıyor. Tarağın ritmik hareketi huzursuz hayvanı yatıştırmışa benziyor; kasedeki suyu çabucak yalayarak içiyor. Kız saçını tarıyor, o da yalayarak suyunu içiyor.

Kızlar dikkatlerini zavallı hayvandan uzaklaştırıp sırtlarını onun nefes alan ıslak vücuduna yaslıyor. Ufka bakıyorlar. Otuzlarının sonunda çıplak bir adam, küçük oğluyla birlikte denize çakıl fırlatıyor. Çıplak kızların ona baktığını hissedince gözlerini güzelliklerinden uzağa çeviriyor ve aniden denize küçük bir kaya fırlatıyor. Kızlara güç gösterisi yapıyor, onlarsa fark etmiyormuş gibi yapıyor. Aslında fark ediyorlar. Adam bir baba. Oğluyla birlikte duruyor ve birisiyle evli. Belki de bu genç kızlar kadar büyüleyici, vücuduyla böylesine barışık, ıslak saçlarındaki düğümleri çözmekle ilgilenen bir kadını tuzağa düşürmüştür. Daha önce bir kez yakalanmış ama bir daha yakalanmak istiyordur. Avcılık bu. Avın, avcıları tarafından yakalanmayı ve parçalanmayı istediği tek av türü.

Kayalar sıcak. Deniz berrak.

Medusalar ortalıkta gözükmüyor. Kayboldular bugün. Nereye gittiler acaba? Yüzüm beyaz çakıllara yaslanıyor. Kaşımın kenarındaki cam parçasını saymazsak çırılçıplağım. Artık hiçbir şeyin anlamını bilmekle ilgilenmiyorum.

Beyaz çakılların sıcaklığı karnımı ısıtıyor, tuzlu su esmer tenimde beyaz çizgiler bırakıyor. Cennetteyim ama mutlu değilim. Bir zamanlar Pablo'ya ait olan o köpek gibiyim. Geçmiş, ciğerimizi parçalayan, içimizdeki karanlık büyücüdür.

Ölüler Plajı'nda vakit öldürmek için koca bir günüm var.

Denver'lı Dan, Kahve Evi'ndeki deponun duvarlarına bir kat beyaz boya sürdüğünü söylemek için aradı. Odamı artık onun odası yapan ufak bir tadilat. Antropoloji ders kitaplarımdan bazılarını yatağın altında bırakmışım. Ayakkabılarımı ve kışlık montumu ne yapmasını istermişim, ikisi de kapının arkasında bir kancaya asılıymış. Rezalet. O depo benim mekanımdı. Mütevazı, geçici bir yer olabilir ama benim evimdi orası. Margaret Mead alıntısını kısa mesajda göz kırpmayı temsil eden noktalı virgülden beş tane kullanarak (;;;;;) yazdığımda, duvara kendi izimi bırakmıştım.

Eskiden sınıflarımda içgörü kazanmanın yollarını
şöyle anlatırdım:
Çocukları inceleyin; hayvanları inceleyin;
ilkel insanları inceleyin; psikanaliz yaptırın;
din değiştirin, sonra boş verin; psikoza girin,
sonra onu da boş verin.

O akşam, eski giysi mağazasından aldığı kıyafetlerle dolu bir kutuyu taşıyan Matthew ile karşılaştım. Ingrid'in Berlin'deki eve gitmesini gerektiren bir işi olduğunu söyledi, sonra da ona iletmesini istediğim bir mesajımın olup olmadığını sordu. Sanki onunla konuşmam yasaklanmıştı da bunu yalnızca onun aracılığıyla yapabilirmişim gibi.

Orada, ağustos ayının kızgın güneşinin altında dikiliyordum. Terliyordum. Deliye dönmüştüm.

Ingrid'e nasıl bir mesaj iletmek isterdim?

Hemen cevap vermedim. Bıraktım beklesin.

"Bu arada Sophie, Inge ile beraber mahzenimden çaldığınız şarap... Orta sınıf bir şaraptır, yaklaşık üç yüz pound değerinde. Sanırım yarısını ödemen gerekiyor."

Elleri kıyafet kutusu yüzünden doluydu, bu yüzden beyaz bez ayakkabılarından birini söylediklerini pekiştirmek için bana doğru salladı.

Öyle bir güldüm ki kendi sesimden ürktüm. "Ona Pablo'nun köpeğinin hayatta ve özgür olduğunu söyle. Deniz mazisi olduğu için yüzebildiğini de söylersin."

"Deniz mazisi derken?"

"Enikken birisi ona yüzmeyi öğretmiş olmalı."

"Sen iyice delirmişsin Sophie."

Matthew, kutuyla cebelleşerek yanıma geldi ve yanağımdan öptü. O an vücudunun ruhundan daha zarif olduğunu söyleyebilirdim, bana yakın olması hoşuma gitti. Delirmiş diğer yanağımı da onun deli dudaklarına sundum.

Saat gecenin on biri ve ben yine çıplağım. Ama bu sefer Juan'la.

Bedenlerimiz titriyor. Revirdeki kulübede çalışırken kiraladığı odada, yerde bir Türk kiliminin üzerinde uzanıyoruz.

"Sofia," diyor. "Senin yaşını, memleketini biliyorum. Ama mesleğin hakkında hiçbir şey bilmiyorum."

Bana âşık olmayışını seviyorum.

Ona âşık olmayışım hoşuma gidiyor.

Marketten aldığı iki minik yabani ananasın sarı etlerini seviyorum

Omzumu öpüyor. Alexandra'dan bir e-posta okuduğumu görüyor.

Yüksek sesle okumamı istiyor.

Yunanca yazılmış, bu yüzden İngilizceye çevirmek zorunda kalıyorum.

Sevgili Sofia,

Kız kardeşin seni özlüyor. Biliyor musun, bir arkadaşım bana iki kızım olduğunu söyledi. Onu düzelttim, hayır, bir tane var, dedim. Ama o bana tekrar, hayır, iki tane var, dedi. Seni kastediyormuş meğer. Ben seni kardeşim gibi görüyorum ama senin kardeşinin benim kızım olduğunu hatırlıyorum sonra. Baban öldüğünde bütün paramızı kiliseye bırakacağını söylüyor. Bunu sana bir kız kardeş olarak anlatmak istedim. Her ne kadar inançlı biri olsam da kızımın geleceğini de düşünmem gerekiyor. Hem o senin de kardeşin, beni anlıyor olmalısın. Brüksel'deki işimi kaybettim. İki kızı, evet onlardan biri sensin ve karısı, yani ben, onun tanrısına kurban edileceğiz. Yatırımlarımızı ve evimizi kaybetmekten korkuyorum. Son olarak, mektubumu bitirirken annenin sağlığının iyiye gittiğini ve bacaklarının iyileştiğini umarım. En iyi dileklerimle, Sofia

Alexandra

Yunanca okumamı söylüyor. "Böyle bir mektubu okumak için en ideal dil o." Dokunduğunda titreyeceğimi bildiği bir yerime dokunuyor.

Amerika'yı tartışıyoruz. Antropolog Claude Lévi-Strauss'a ve kot pantolon üreticisi Levi Strauss & Co.'ya yuva olan, hatta belki doktoramı bitirirken bana da geçici bir yuva olacak ülkeyi konuşuyoruz. Tez konumun hafıza olduğunu duyunca, nereden başlayıp nerede bitireceğimi merak ediyor. Kaşımın üstündeki cam parçasını alırken, bazen zamanın tüm boyutlarında kaybolduğumu itiraf ediyorum ona; geçmişin bugünden daha yakın geldiğini, geleceğin ise çoktan yaşanmış olmasından korktuğumu.

Onarma

Yunanistan'a gitmeden önce kırdığım sahte Yunan vazosu sahildeki evin masasında paramparça duruyor hâlâ. Kırılanları yeniden bir araya getirmeye uğraşır mıyım bilmiyorum. Çeşmeden su toplayan yedi kadın köle paramparça. Köle bedenleri kırık, kafaları çatlamış. Uzun uzun bakıp sonra karar veriyorum; macun ve boya fırçasıyla onarmayacağım onları. Bunun yerine bir şişe şarap açıp terasta içeceğim.

"Bana su getir Sofia. Soğuk olmasın."

Ben bir kadın köleyim, şarap içen bir kadın köle.

Anneme ısıtıcıda kaynatılmış ama buzdolabında soğutulmamış su götürüyorum. Yine de su kusurlu oluyor. Kusurun kabule elverişli birçok türü varmış meğer. Artık onunla konuşmuyorum. Ampütasyon isteği beni bütünüyle sarsmış durumda. O da benimle sohbet etmeye can atmıyor. Belli ki cerrahın bıçağı ayaklarından önce dilini kesti. Hayalini kurduğu ya da planladığı vahşetle yaşayamıyorum. Aslında şu an ne tür bir gerçekliğin içinde yaşadığımdan da emin olamıyorum. Gerçeğin ne olduğundan haberim yok. Ayaklarımı yere bastığımda bana ait olduklarından kuşkulanıyorum. Hakimiyet elimde değil artık. Annem her şeyden elini eteğini çekmiş, her şeyi reddetmiş, bırakmış halde ve beni de kendisiyle beraber aşağı çekiyor. Ona olan sevgim balta gibi. O ise o baltayı elimden alıp beni ayaklarını kesmekle tehdit ediyor.

Bu tehdidinin, bu uzuvlarını kesme meselesinin beni gerginleştirdiği doğru. Uykunun mutlu insanlar için olduğunu keşfediyorum. Doktoramı Amerika'da tamamlamak için başvuru yaparken sabahlıyorum. Rose'dan mümkün olduğunca uzaklaşmak istiyorum. Gece klavyeyi yumruklamıştım da cümleler çöl yıldızlarının altındaki paramparça dijital sayfada tuhaf bir şekle bürünmüştü. Güneşin doğuşunu seyrettim. Gökyüzünde bir o yana bir bu yana kayıyordu ama aslında Dünya onun etrafında dönüp duruyordu.

Ben de onunla dönüp duruyorum ve sonunda Gönder tuşuna basıyorum.

Yunan kızı rüyamda gördüm yine. Plajda uzanmış yatıyoruz, benim elim onun göğsünde. İkimiz de uyuyakalmışız. Uyanınca bağırıyor. "BAK!" Elimin bıraktığı izi gösteriyor. Her noktası bronzlaşmış teninin üzerinde bembeyaz dövme gibi duruyor. Diyor ki, düşmanlarımı korkutmak için canavar pençelerini vücudumda taşıyacağım.

Gómez Sanık Koltuğunda

İlaç şirketinin kıdemli yöneticisi ve Barselonalı sağlık memuru, Gómez'in muayene odasında, vervet maymunun altında, sert ahşap sandalyelerde oturuyor. Biri epey çelimsiz, saçları üç numara, kır. İş arkadaşı ise sarkık yanaklı, daha kilolu, seyrelmiş saçları yağlı, ufacık dudakları ıslak.

Sıska yönetici sağ elinde bir golf topu, kıpırdanıp duruyor, baş parmağıyla hafifçe tepesine vuruyor, arada bir topu havaya atıp tutuyor. Gómez masasının önünde dikiliyor, Julieta ise yepyeni bir beyaz önlüğün altından taşan bacaklarını üst üste atmış, masanın üzerinde oturuyor. Annem, tekerlekli sandalyesinde kraliçe gibi oturuyor, ben de yanında ayakta duruyorum.

Gómez, iki adamı işaret etti. "Sizi Los Angeles'tan Bay James'le tanıştırayım." Sıska, kır saçlı adamı gösterdi sonra. "Ve de Barselona'dan Sinyor Covarrubias ile."

Elini annemin olduğu yöne salladı. "Bu da hastam Bayan Papastergiadis ve kızı Sofia Irina."

Tombul olan anneme çapkın bir bakış attı. "Umarım bugün daha iyisinizdir," dedi.

"İyileşiyor olmak güzel," diye yanıtladı o da.

Bay James golf topunu fırlatıp yeniden tuttu.

"Buyrun lütfen. Size nasıl yardımcı olabilirim?" Gómez'in sesi nazik ama keskindi.

Los Angeles'tan gelen Bay James öne doğru eğilip annemle göz teması kurmaya çalıştı. Üstesinden gelmek zorunda kaldığı ilk zorluk, soyadını telaffuz etmek oldu. İsim vermeden kastettiği kişiyle ilgili, belli ki, bir şey gelmişti aklına. "İki geceliğine kliniğe yatırılmıştınız sanıyorum. Bize bu konuyu biraz daha anlatır mısınız?"

"Vücudum susuz kalmıştı." Rose, ağır başlı bir ses tonuyla konuşuyordu.

"Doğru." Gómez, çizgili ceketinin kollarını kavuşturdu. "Sonra da damardan verilen tuzlu suyla sıvı replasmanı sağlandı." Burada, Gómez Kliniği'nde uyguladığımız bir prosedür bu. Sıvı replasmanı konusunda endişelenmekte haklısınız. Hastam suyu kolay kolay yutamıyor, bu da demek oluyor ki ilaçlarını da kolayca yutamıyor."

Bay James onaylar gibi başını sallayıp Rose'a döndü. "Anladığım kadarıyla bütün ilaçlarınızı kestiler?"

"Şimdi yeniden başladım. Almería'daki hastanenin doktoru da durumum için endişelendi."

Julieta öne doğru bir adım attı. "Günaydın beyler." Babasına bir bakış attı.

Gómez, aralarında gizli bir mesaj akışı sağlanmış gibi başını salladı. İkisi de kaygılı ve gergin görünüyordu.

"Tedavi devam ediyor," dedi Julieta. "Sürüyor hâlâ. Yapacak işlerimiz var. Bu toplantının en kısa sürede bitmesini ve Bayan Papastergiadis ile yalnız konuşmayı umuyoruz."

"Tedavi bitti," dedi annem. "Süreç devam etmiyor. Londra'ya döndüğümde başlayacak başka medikal ayarlamalar yaptım ben."

Sinyor Covarrubias kravatına dokundu. İngilizceyi mükemmel konuşuyor, annemin soyadını kolaylıkla telaffuz ediyordu. Annemden şu an kullanmakta olduğu ilaçları listelemesini istedi. Uzun uzun saydı o da. Bay James, o konuşurken not defterindeki forma tik atıyordu.

Rose, ondan yeni ilaçlarından biri hakkında bilgi almak istediğinde, Bay James'in sesi güven verici çıktı, hatta belki biraz da heyecanlı. Almería'daki doktorun iş arkadaşı olduğunu ve ona yazdığı reçetedeki ilaçların hastaya zararlı olabilecek olumsuz içsel konuşmaları yok etmeye yardımcı olacağını fısıldadı.

"Ne tür konuşmalar?" Rose, daha iyi duyabilmek için ona doğru eğildi.

"Kendini suçlama ya da kendine eziyet." Bay James başka örneklerin de varlığından söz edecek gibiydi ama bu iki tanesi yeterli oldu.

"O tarz konuşmaları mı siliyor yani?"

"Susturuyor," dedi.

"Susturuyor," diye tekrar etti annem de.

"Sanırım siz İngilizcede 'sakinleştirme' diyorsunuz." Sinyor Covarrubias annemle sohbetine geri dönmeye istekli görünüyordu. Telefonu cebinde titriyordu.

"İlk olarak," dedi. "Size doktorunuzun herhangi bir zaman diliminde tedavinizin nasıl ilerlediğine ve neye ulaşıldığına dair bir gelişme planı sunup sunmadığını sorabilir miyim?"

"Ben öyle bir gelişme planı görmedim hiç," dedi Rose.

"Zamanınızı aldığımız için bağışlayın Bayan Papastergiadis ama bence gayemiz ortak. Hepimiz, şimdiye dek gördüğünüz tedavinin hayatınızı daha verimli sürdürmenize yardımı oldu mu diye merak ediyoruz."

Rose soruyu epey düşündü. Yolunu şaşırmış gibi oldu. Rengi soldu, omuzları titriyordu. Son derece durgun, sessiz ve kaygılı oturuyordu. Elini kaldırıp parmaklarını bana selam verir gibi salladı. O parmaklarla ne iletmek istediğini bilmiyorum ama aklıma havalimanı yakınlarındaki kırık dökük evdeki çocuğun arabaya el sallayışını getirdi. Git buradan demekti belki de.

Ya da merhaba. Ya da yardım et.

"Soruyu tekrar edebilir misiniz?"

Julieta Gómez araya girdi. "Cevap vermek zorunda değilsiniz Rose. Sizin tercihiniz bu."

Rose Julieta'nın sevecen, zeki gözlerine baktı. "Şey, sabah uyanıyorum. Giyiniyorum. Saçımı topluyorum."

Ceketli adamlar o konuşurken önlerindeki formlara tik atıyordu. "Çocukken her gün kilometrelerce koşardım. Çitlerden ve hendeklerin üzerinden atlardım. Şimdiyse zavallı, köhne bir at gibiyim."

Sinyor Covarrubias not defterinden kafasını kaldırıp baktı. "Köhne?"

"Eski bir sözcük, 'geçkin, yaşlı' demek," diye açıkladı annem.

Bay James sözü iş arkadaşından aldı. "Bugün bu toplantıyı yapıyoruz çünkü sizin emin ellerde olduğunuza ikna olmak istiyoruz."

Gómez boğazını temizledi. "Beyler, lütfen şunu aklınızda tutun, hastama bugüne kadar felç, omurilik hasarı, sinir basısı, sinir sıkışması, çoklu doku sertleşmesi, kas distrofisi, motor nöron hastalığı ve omurilik kireçlenmesi testleri yapıldı. Yeni yaptığımız bir endoskopinin de sonuçlarını görüşmek üzereyiz."

Gómez'i dinlerken, Bay James'in parmakları titriyor, elindeki golf topunu gergin bir şekilde atıp tutuyordu. Gómez sanki yabancı bir dil konuşuyormuş gibi somurtuyordu – ki farklı bir dil konuşuyordu da. Her ne kadar Bay James Güney Kaliforniyalı olsa da İspanyolcayı su gibi konuşuyordu, oysa Gómez İspanya'da İngilizce konuşmayı tercih ediyordu.

Elindeki golf topunu dizginleyemediği bir hızla havaya fırlattı, o da tepesindeki rafa çarptı.

Bir şeylerin parçalanmasına benzeyen, çok hafif bir ses çıktı; tıngırtı gibi değilse de keskin, apaçık bir kırılma sesiydi. Yöneticileri yerlerinden zıplattı. Maymuna, ufacık beyaz tüylü kafasına, öfkeli, panik halindeki kaşlarına, birazdan cırlayıp cıvıldayacakmış gibi havaya kalkmış kuyruğuna bakmak için kafalarını kaldırdılar. *Kik kik kik kik.*

"Affedersiniz," dedi Bay James. "Onun orada olduğundan haberim yoktu."

Oturduğum yerden onları izliyordum. Elektrikle idam edilmiş maymun kafalarının üzerinde havaya zıplıyormuş gibi görünüyordu. Ölgün ama ışıltılı gözlerini Avrupa ve Kuzey Amerika'dan gelen yöneticilere sabitlemişti. Yanlarında gezdirdikleri hamallar, çadır hizmetçileri, silahlı korumalar ve silah taşıyıcılarıyla, insan tacirleri ve fildişi avcılarıydı onlar, yeni Büyük Beyaz Avcılardı.[42] Fildişi ise annemdi. Bay James, onun adını bile telaffuz edemese de bir şeyleri değiş tokuş etmişlerdi aralarında. Annem ilaçları karşılığında bacaklarını vermişti. Sonunda toprakları kazanan Bay James olmuştu.

Sinyor Covarrubias öne eğildi. "Bizimle paylaşmak istediğiniz endişeleriniz var mı Sofia?"

Odadaki tek ses, Rose'un gangster saatinin tik taklarıydı; sahte elmaslarla süslenmiş kayışı incecik bileğinde parıldıyordu.

"Annem yaşıyor mu yoksa ölü mü bilmiyorum," dedim.

Julieta, beni anlamadığını göstermek ister gibi duvara dikti gözlerini.

"Lütfen devam edin Sofia. Kendinizi teknik terimler kullanmak zorunda hissetmeyin." Bay James, yüzünde cesaret verici bir gülümseme vardı.

Rose, tekerlekli sandalyesinin koluna bir yumruk indirdi. "Teknik terimler kullanmak kızım için sorun değil. Bölüm birincisidir kendisi."

---

42 Büyük Beyaz Avcı terimi avcılığın ırksal ve sömürgesel yönlerini vurgular. 20. yüzyılın ilk yarısında, Afrika'da ticaret yapan Avrupalı veya Kuzey Amerika kökenli profesyonel büyük avcılar için kullanılan edebi bir terimdir. Faaliyet, büyük ava hâlâ izin veren bir düzine Afrika ülkesinde devam ediyor. (ç.n.)

Dönüp benimle Yunanca konuşmaya başladı. Uzun zaman sonra ilk kez yapmıştı bunu. Annem bana üç yaşından itibaren Yunanca öğretmişti aslında. Evde, muhtemelen babamı cezalandırmak için, nadiren konuşurduk. Dilin bütün kalıntılarını kafamdan silmek için çok uğraşırdım ancak içimdeki sesin yankıları susmak bilmezdi. Kafamda konuşup duran Yunancanın dilini kesmek istiyordum ama babam evi terk ettiğinden beri Yunanca her gün benimle sohbet ediyordu. İşin tuhafı, annemin şimdi Yorkshire'da doğmakla ilgili bir klişeye atıfta bulunan bir şaka yapmak için Yunancayı seçmesiydi. Anlattıklarının içinde İngilizce söylemeyi tercih ettiği tek cümle. "Üstelik benim bir tazım da yok," oldu.

Gülümsedim, o da güldü. Julieta bize dönüp baktığında hüzünlü görünüyordu. Belki de anne ve kızı arasında gözlemlediği bu nadir suç ortaklığı, kendi kayıp annesini tabutundan kaldırmış ve bizimle aynı odada bir yere yerleştirmişti. Rose ve ben gerçekte olduğumuzdan daha mutlu görünüyorduk. Ben özgürce konuşmuştum, annemse bir şakayla sözümü kesmişti. Yumruğunu vurmuş, bir problemim olmadığı konusunda kararlı durmuştu ve bunu da bir çeşit iltifat gibi göstermişti.

Gelgelelim, Bay James'in kafası karışmış ve süngüsü düşmüş gibiydi. Yoldan çıkmış, hedefini kaybetmişti. Bir sapma, bir gecikme yaşıyordu içinde. Rose tekerlekli sandalyede olabilirdi ama alfabeyi boydan boya geziyor, alfa ve omega arasındaki tenhalarda oyalanıyor, "köhne" ve "tazı" gibi kelimeler kullanmayı akıl ediyordu. Dizinde *Tek Gerçek* gibi duran formuyla uyduracağı hikâyeye uymuyordu olanlar.

Sinyor Covarrubias'in kulağına bir şeyler fısıldarken elini kaldırıp ağzını kapattı, ardından da ondan duyduklarını onaylar gibi başını salladı. Sonra telefonunu almak için cebini karıştırdı. Tükenmez kalemiyle formun üzerinde bir yerleri işaretleyip yuvarlak içine alırken, telefonuna yetmiş üç e-posta geldiğini görebiliyordum.

"Gómez Kliniği bana umut verdi." Sesim titriyordu ama bence söylemek istediklerimi özetleyebildim.

Gómez hemen araya girip üst düzey yöneticilerle İspanyolca konuşmaya başladı. Uzun bir konuşma oldu. Ara sıra, Julieta da karıştı söze. Sesi rasyonel, hatta sertti, duygularındaki gerilim hissediliyordu. Sol eli boğazında geziniyordu. Bir ara sesini yükseltince babası ona parmağını salladı.

Elektrik çarpmış vervet gözlerini dikmiş, hepimize bakıyordu.

Bay James ayağa kalktı. Kır saçlı kafasını annemin sakat ayaklarına doğru eğip "Tanıştığımıza memnun oldum," dedi.

Sinyor Covarrubias da Rose'un eline bir öpücük kondurdu. Burnu kavgadan yeni çıkmış biri gibi hafifçe basıktı.

"Profunda tristeza,"[43] dedi, ağır, yorgun bir sesle. Tombul parmaklarını cebine daldırdı ve arabanın anahtarlarını adeta içinde yeni uyanan bir enerjiyle çıkardı. Sanki kliniğin arazisine park edilmiş beyaz limuzinine koşmaktan ve Barselona yolunda hız sınırını aşmaktan başka bir şey istemiyordu.

Onlar gittikten sonra Gómez odadan çıkmamı istedi. "Hastamla yalnız kalmak istiyorum."

Rose, yamuk yumuk, romatizmalı parmağını donuk suratlı, gülümsemeyen doktoruna salladı. "Bay Gómez, doldurulmuş primatınızın cam kafesi kızımın kafasının çok yakınında pa-

---

43 *İsp.* Derin hüzün. Çok geçmiş olsun, anlamında söylüyor. (ç.n.)

ramparça oldu. Kaşının kenarına cam kıymık battı. Lütfen bir dahaki sefere kafesi bir örtüyle kapatın."

Kapıya doğru yürürken annemdeki ışığın sönüşünü gördüğümü sandım. Ama aynı zamanda ona bir güzellik gelmişti. Elmacık kemikleri, teni ışıl ışıldı. Yeniden doğmuş gibi.

Sofia'yı Haklamak

Sessizlik. Huzur.
Güneş doğuyor.

Simsiyah bir duman kümesi kıvrılarak gökyüzüne çıkıyor. Ötelerde bir patlama olmuş.

Gómez'in tavsiye ettiği gibi dağlarda yürüyüşe çıktım, göz kamaştırıcı manzaraya bıraktım kendimi, incelikleri keşfettim; kayalıklar arasında büyüyen küçük sukulentlerin mükemmel şekillerini, parlaklıklarını ve tazeliklerini hissettim. Sırt çantamda bir şişe su zulalamıştım ve kulaklarımda kulaklıkla Philip Glass'ın *Akhnaten* operasını dinliyordum. Böylesine güçlü bir müziğin derimin altında aylak aylak gezinen korkuyu ateş gibi yakmasını istiyordum. Gökyüzündeki siyah dumandan uzağa, kurak vadiye, çok eski bir Arap Kalesini andıran yapının kalıntılarına doğru yürürken kertenkeleler spor ayakkabılarımın altında bir görünüp bir kayboluyordu. Yaklaşık bir saat sonra gölgede biraz dinlenmek ve beni sahile geri götürecek yolu aramak için durdum.

İleride beni bekliyordu.

Ingrid, kaskı ve çizmeleriyle Endülüs atının üzerinde bacaklarını iki yana açmış oturuyordu. Bir kartal, baş döndürücü göklerde kanat çırpıyor ve atın etrafında daire çiziyordu. Ingrid, atıyla bana doğru dörtnala koşarken kulaklığımdan coşkulu müzikler taşıyordu. Kolları kaslı, uzun saçları örgülüydü ve atı uyluklarıyla kavramıştı. Dağların eteğindeki deniz ışıldıyordu.

Önce hareketsiz bekleyip izledim onu, adeta geride kalan manzarayı hareket halindeki bir trenin penceresinden seyreder gibi. Ama yanıma geldiğinde atın üzerinde ne kadar hızlı olduğunu anladım. Ingrid'in gücünü sonuna kadar kullandığını biliyordum. Riskleri almış, hesapları yapmıştı ama bazen evdeki hesap çarşıya uymuyordu. Daha önce kız kardeşinin kafasını kesmişti, şimdi de beni almaya geliyordu.

Vurulmuş gibi yere düştüm; ellerim başımın üzerinde yüzükoyun yatıyordum, kulaklarımda toynakların sesi dövülürken kopkoyu bir nehir gibi kaynıyordu kanım. At üstümden atlarken güneş, yerini gölgeye bırakıyordu. Hayvanın vücut ısısı aşırı derecede yüksekti. Benim kalp atışlarımsa altımdaki sıcak toprağı dövüyordu.

Ingrid, soylu atının tepesinde öyle bir zıplıyordu ki neredeyse gökyüzüne karışacaktı. Kulaklığım ve iPod'um deve dikeni kümelerinin ve güneşte kavrulmuş taşların arasında darmadağın olmuştu ancak müzik çalmaya devam ediyordu. Kulaklıktan gürül gürül taşan müzik, Endülüs atının güçlü çığlıkları ve görünmez çöl hayvanlarının iniltileriyle birleşip ufak bir koro oluşturuyordu.

"Zoffie, neden kovboy gibi yerde yatıyorsun?"

Dizginleri çekiştiriyordu. Bir adım uzağımda durmuş bekliyordu. Panikle kendimi toza toprağa, dikenlere atmıştım ama kulaklığı kafamdan çıkarıp atan bendim.

"Gerçekten seni atımla ezeceğimi mi sandın?'

Ingrid tepemde bağırırken ben Endülüs atının yaşlı, siyah, cam gibi parlak gözlerine bakıyordum.

"Benim katil olduğumu mu düşünüyorsun Zoffie?"

Leonardo'nun atıyla kemiklerimi kıracağına inandığım doğru.

Yere düşünce dizlerimin derisini yüzmüş olmalıyım. Ayağa kalktığımda kot pantolonumun yırtıldığını fark ettim.

Deve dikenleri ve taşların üzerinden ata doğru topallayarak yürüdüm.

"Beni defterden sildin mi Zoffie?"

"Hayır."

"O zaman tişörtünü ver bana."

Parmaklarımın üzerinde ayakta dururken, ter içinde kalmış tişörtümü başımın üzerinden çıkarıp Ingrid'in uzattığı eline koydum.

Güneş omuzlarımı kırbaçlıyordu.

"Neden tişörtümü istiyorsun?"

Elimi tutup beni kendine çekti. "Ben sana bir hediye verdim ama karşılığında sen bana hiçbir şey vermedin. İpeğe nakış işlemek zordur. Hiç kolay değildir. Elinden kayıverir kumaş. İsmini *Ağustos Mavisi* denilen bir iplikle işledim ipeğe." Bir eliyle dizginleri tutarken, sanki kayıp gideceğimi sanıyormuş gibi, diğeriyle hâlâ elimi tutuyordu.

Takas kurallarını çiğnemiştim. O vermişti, ben de almıştım ama karşılığında bir şey vermemiştim.

Aşk gibi bir hediye bedava olur muydu hiç?

Ağustos Mavisi.

Mavi benim yanılma, yere çakılma ve hissetme korkum. Mavi, Almería'da üzerimizdeki ağustos göğü. Kaskı gözlerinin üzerine düştü. Mavi, onun gözyaşları ve unutmakla hatırlamak arasında sonsuzca genişleyen boyutlarda verdiği yaşama çabası.

Elimi bıraktı ve atı dizleriyle dürttü.

Kaskını düzeltmesini ve eyerin içine sıkışmış tişörtümle tozu dumana katıp kaybolmasını izledim. Sonra da deve dikeni kümelerine karışan kulaklığımı çözüp kulaklarıma geçirdim, artık ısınmış olan su şişesini çıkarıp bir dikişte içtim.

Sütyenim, yırtık kotum, spor ayakkabılarım, arka cebimden taşan iPodum, kulaklarıma tekrar kavuşan kulaklığımla birlikte öğle güneşinin altında eve doğru uzun bir yürüyüşe koyuldum. Altımdaki denize, tuhaf bir biçimde süzülen medusalara bakarken kendimi hayat dolu ve iyi hissediyordum.

Çöl kuşları kafamın üzerinde cıyaklarken, Ingrid'in bana karşı duyduğu yasak arzunun bedelini bir hediyeyle ödeyebilir miyim diye geçirdim aklımdan. Sırtımdaki elbiseleri çıkarıp vermekten öte bir şeyle.

Ingrid Bauer'e âşığım. O da bana âşık.

Âşık olacak kadar güveneceğiniz biri değil. Ama ben bütün riskleri üzerime almaya hazırım.

Bazı şeyler büyürken, başka şeyler de giderek küçülüyor. Aşk büyürken tehlike de beraberinde büyüyor. Teknolojik cihazlar küçülürken insan bedeni büyüyor, düşük bel kotlarım küçülüyor, bir aydır her gün yüzmemin mükafatı olarak bronzlaşan kalçalarıma kadar iniyorlar ve ben kemerin üzerinden taşan göbeğime baktıkça bu kotun kalçalarım için yapılmadığını düşünüyorum. Kâğıt bardaktan sızan kahve gibi taşıyorum. Merak ediyorum da biraz küçülsem nasıl olur? Kendimi küçülttüğümde de yer açacak mı dünya bana?

Siyah duman bulutları gökyüzünde eriyip kayboldu.

Nihayet dağ yolundan aşağı inip deniz kıyısına çıkan düzlüğe vardığımda hiç olmadığım kadar kendimin uzağındaydım. Gördüğüm her şehirden uzağa, çok daha uzağa ulaşmıştım.

Çıplaktım ve susuzluktan ölüyordum; toz ve kan içinde kalmış, dudakları ve ayakları çatlamış, dizleri sıyrık, kalçaları morarmış biriydim belki ama yanımda yaşlı bir adam ve kucağımda bir bebekle battaniyenin altında, kanepede uyuklayan biri olmadığıma da epey memnundum.

Yolu Yürümek

Sahile yaklaştıkça, kıyıya geri dönen bir tekne görünüyordu. Çiçekli çöl yaseminleriyle süslü bahçeye demirli, *Angelita* adlı tekneydi. Balıkçının kaslı oğlu, iki tane parlak gümüş rengi kılıç balığını kıyıya çekerken, sağ pazısının etrafına bağladığı deri kolye de ışıldıyordu. Balıklar birer savaşçı gibi yatıyordu yerde; neredeyse üç metre uzunluğundaydılar, kılıçlarını sayarsak belki daha da uzun. Kardeşlerinden ikisi tekneyi sahile sürüklemesine yardım etmek için yanına koştu ama tekne onlara da ağır gelince yardım çağırdılar. Sırt çantamı kuma bıraktım, hâlâ kot pantolon ve sutyenli halimle denize koştum, ipi kavradım ve sandalı onlarla beraber kıyıya çektim. Balıkçının oğlu ağır bir bıçak çıkardı ve kılıcı kesmeye başladı. Kılıç, mavi gözlü, gümüş rengi balıktan ayrıldığında, boğanın kulağını koparıp kalabalığa fırlatan bir matador gibi onu bana doğru attı. Kılıç, ayaklarımın önüne düştüğündeyse annemin, ayaklarını bir cerrahın bıçağına teslim edeceğini hatırladım. İnsanlığın en eski yarası olan göbek deliğime kadar denize girdim ve ağladığımı fark ettim. Annem sonunda beni yaralamayı başarmıştı. Denizde diz çökmüş, çocukken ağladığımda yaptığım gibi kimsenin beni görmediğini hayal ederek ellerimle yüzümü örtüyordum. Hiç kimseye görünmüyordum. Hem de hiç kimseye. Görünmeyen ve anlaşılmayan olmak istiyordum. Soran olursa, nereden başlayıp nerede bitireceğimi bilemezdim çünkü. Bir süre sonra, bir uçurumla diğeri arasındaki boşluğa bakmak için geri döndüm ve onu gördüm.

Onu gördüm.

Etekleri ayçiçeği desenli elbisesiyle altmış dört yaşındaki bir kadın kıyı boyunca yürüyordu. Sol elinde hasır bir şapka tutuyordu. Evet, oydu ve yürüyordu. Başta bir serap olduğunu sandım çünkü bütün günü çöl güneşinin altında geçirmiştim. Bir halüsinasyon, bir hayal ya da uzun süredir gördüğüm bir rüyaydı belki. Ne kimseyi tanıyor ne de beni görüyordu. Ona koşmaya yeltendim. Anneme koşmak ve ona sarılmak istiyordum ama o, plajı boydan boya yürürken kendisiyle baş başa kalmaktan memnun görünüyordu. Kafasının içinde çıkmaz bir yol vardı; gidemediği bir yeri, ulaşamadığı birini arıyordu. Ona görünmemenin tek yolu denizde saklanmaktı. Ben de tekrar suya daldım ve bu sefer onun yürüyebilen bacaklarına doğru sırtüstü yüzmeye başladım. Yüzümü kıyıya döndüğümde, Rose Papastergiadis hâlâ yürüyordu. Yaşlılığın baharında, hoş elbiseli ve şapkalı bir kadın kumlarda yalınayak geziniyordu.

Turistlerin ayaklarındaki kumu yıkadığı ahşap rampa üzerindeki duşa yöneldi. Hâlâ vücuduna bağlı olan ayaklarını duşun altında yıkadı. Gün batımına kadar suda kaldım ve kıyıya doğru yüzerken bütün medusalar yeniden ortaya çıkmıştı. Kot pantolonumla yüzmeye devam ediyordum ve bu sefer bir yığın medusa, bir medusa cemaati gördüm. Kollarımla, suyun altındaki kafamla kestim önlerini, Akdeniz'de kendi yolumu açarak ilerledim. Karnımdan ve göğüslerimden beni soktular ama başıma gelen en kötü şey elbette bu değildi. Sudan çıktığımda annemin kumdaki ayak izlerini aradım. Şurada, burada. Elime bir sopa aldım ve Güney İspanya'nın Almería şehrine bırakılmış ve daha silinmemiş olan ilk ayak izlerini dikdörtgen içine aldım. Rose Papastergiadis'in ayak izleri.

Parmakları geniş, ayakları uzun; çünkü uzun boylu, bir seksenin üzerinde belki, iki ayaklılar türünden ve aylak aylak gezdiğine dair kanıtlar da var. Bu ayak izleri, onun hakkında etraflıca bilgi veren bir belgedir. Ailenin üniversiteye giden ilk kızı; yabancı biriyle evlenip duygusuzluktan, soğuktan, gri Channel'den uzaklaşıp, Ege'nin parlak, sıcak sularına karışan ilk kişi; yeni bir alfabeyle boğuşan ilk insan; annesinin dua ettiği tanrıyı bırakan ve kendi ne kadar beyazsa o kadar esmer ve yine kendi ne kadar uzunsa o kadar kısa boylu bir kız doğuran ilk anne; çocuğunu tek başına büyüten ilk kadın. İşte orada, altmış dört yaşında, ayaklarındaki kumu duşun altında temizliyor. Islak, sert kuma kazınmış ayak izlerini dalgalar, cerrahtan önce sileceğe benziyor.

Ondan korkuyorum ve onun için korkuyorum.

Ya ampütasyon hakkında şaka yapmıyorsa? Ya bunu gerçekten yaparsa, ayaklarını koparırsa, onu nasıl tek parça ve canlı tutabilirim? Onu nasıl kollayabilirim ve kendimi ondan nasıl koruyabilirim? Doğduğum günden beri gözlerim Rose Papastergiadis'in üzerinde, çok fazla belli etmemeye çalışarak hep izliyorum onu.

Hep uzaklara dalıyorsun Sofia.

Hayır. Hep çok yakındayım.

Baktığım yerden görünen zavallı haline gözlerimi uzun uzun dikmemem gerek; küçümseyip üzülüyorum diye taşa dönüverir belki.

Su yükseliyordu. Plajda yürürken, kız kardeşlerinin denizkızı kuyruğu yapmak için bacaklarını kuma gömdükleri kızı gördüm. Yalnızca başı dışarıdaydı. Hareketsiz yatıyordu. Bacaklarının olduğu yere bir tahta koymuşlardı. Kızın yanına gidip bileklerini bulana kadar ellerimle kazıyarak kumun içine daldım ve tüm gücümle onu o kumlu mezardan dışarı çektim. Kardeşleri yaygarayı bastı hemen. Sonra da plaj koltuğunda oturup sigara içen annelerinin yanına koştular. Kadın sigarayı hışımla yere attı, bana doğru hızlı hızlı yürümeye başladı. Bana sövüp sayarken boynundaki ağır zincir de sağa sola sallanıyordu. Hızlıca kaçtım, hızlıca, kayaların arasında bir görünüp bir kaybolan kertenkeleden bile daha hızlı kaçtım. Revir kulübesine yetişene kadar kaçtım.

Sarı medusa bayrağı tepede dalgalanıyordu. Juan, belediye meclisinin turistlerin plaja gelmeyi bırakmasından korktuğunu söyledi. "Medusa Planı" adlı bir strateji geliştirmekle meşgullermiş, denize girenlere "sığlıklardaki sokma tehdidine karşı dikkatli olmalarını" tavsiye ediyorlarmış. Güldü, sonra da kırmızı elmasından sulu bir ısırık aldı. "Biliyorsun," dedi, biraz uzaklaşarak. "Denizanası istilası, kaplumbağa ve ton balığı gibi doğal yırtıcıların azalmasından, küresel ısınma ve yağış değişikliklerinden kaynaklanıyor." Sandaletlerini yere sürte sürte bir yukarı bir aşağı yürüyordu. Deniz gibi kokuyordu. Sakalı parlaktı. İnce yapılıydı, esmerdi ve gevrek, taze elmasının tadını çıkarmakla meşguldü. Yanıma yaklaştı ve birkaç saç telini gözlerimden uzaklaştırdı. Parmakları elmanın suyuyla ıslanmıştı. İspanyolca bir şeyler mırıldandı.

"Senden daha yumuşak görünüyorum, sense benden daha sert duruyorsun. Sence doğru olan bu mu, Sofia?"

Anne Katili

Annem ayçiçeği desenli elbisesinin içinde, sandalyede oturmuş boş boş duvara bakıyordu. Terlikleri yeniden ayağına geçirilmişti, hasır şapkası da sanki öfkeyle atılmış gibi yerde duruyordu.

"Sen misin?"

"Evet, benim."

İyi haberi verir diye bekledim.

Ama onun gözleri hâlâ duvara kilitlenmişti.

Bacakları da fısıldaşıp duruyor, hep birlikte bana komplo kuruyorlardı sanki. Sağlıklı ayaklarını benden gizlemek için terlik giyiyordu.

"Bana biraz su getir Sofia."

Agua con gas, agua sin gas. Hangisini seçsem acaba?

Dolabı açıp yanağımı buz gibi kapıya yasladım. Kandırıyordu beni. Bunca yıl iyileşeceğine dair yitirmediğim umudu şimdi benden esirgiyordu. Bardağa biraz kusurlu su doldurdum. Yürüyüşten sonra acıkmıştır diye de olgun bir muzu sütle ezip tabağa koydum. Hem enerji verir, kalkıp yeniden yürütürdü belki. Yeniden. Sonra yeniden. Yeniden. Tabağı, akıl sır ermez bir uğurda acı çeken bir kurban gibi aldı. Gözleri yerdeydi. Dudakları kilitli. Elleri bükük.

Acıkmıştı.

"Yanmışsın, her yerin de kum olmuş." dedi.

"Evet, çok güzel bir gündü. Harikaydı. Sen neler yaptın?"

"Hiçbir şey. Her zamanki gibi hiçbir şey. Ne yapabilirim ki?"

"İyi, madem sıkıldın, ayaklarını kesseydin o zaman." Düğümlenmiş, ıslak saçlarımdaki kumları, deniz yosununu silkeledim. "Ampütasyon planını duydum. İnsanlar para versin diye bacağını kıran dilencilere benziyorsun."

Sırtını döndü. Yüzüme bakmıyordu ama öfkeli bir şarkıyı gırtlaktan, kötü sesli bir kuş gibi bana söylüyordu.

Tarak değmemiş saçlarımdan iğreniyordu. Zekâmı boşa harcamıştım. Onun gibi sakin ve ölçülü olacağım yerde dik başlı ve isteriktim.

Mavi gözleri üzgün ve kederliydi.

Onu rahatlatmak için elini tuttum. Onlar da kâğıt gibi ince ve hissizdi.

Uyumaya korktuğunu söyledi.

Elini çekti, bağırmaya başladı. Sanki bir kibrit petrol havuzuna düşmüş, hızlıca alev almıştı. Dinmek bilmeyen bir öfkeyle aklına gelen herkese ve her şeye hakaret ediyordu. Nefesi hızlandı, yanakları kızardı; sesi giderek yükseliyor, bedeni yaprak gibi titriyordu. Öfkenin nasıl bir şey olduğunu sorsalar söylerdim şimdi. Öfke, annemin topal bacaklarına benziyordu.

Banyoya giderken ağzından saçılan nefret cümlelerini hâlâ duyuyordum. Elektrikli sandalyeye oturtmuş, sözleriyle çarpıyordu beni. O elektrik direğiydi, bense yere yığılan, titreyen ama nefes almaya devam eden vervet maymunuydum. Duşa girdim. Derimdeki medusa izleri ılık suyun altında zonkluyordu. Beni korkunç bir şey yapmak için kışkırtıyorlardı ama ne olduğunu henüz bilmiyordum. Başıma güneş geçmiş, yaralarım su toplayıp kabarmıştı, dizlerim çürük içindeydi ama ben bu bilinmeze hazırlanıyordum. Saçımı taradım, göz kapaklarıma kuyruklu birer kalem çektim. Niçin hazırlandığımdan emin değildim ama büyük bir şeydi, biliyordum. Aklımın bir köşesinde de Ingrid ve atı vardı. Muhtemelen her zaman içimde gizlenen bir fikri gün yüzüne çıkarmışlardı. Rose, muzuna biraz daha süt eklemem için bağırıyordu.

"Elbette."

Oturma odasına girdim, yalancı, düzenbaz ellerinden (dudakları kadar saldırgan değillerdi) yavaşça tabağı aldım ve karışıma süt ekledim. Bu sefer üzerinde bal da gezdirdim. "En iyisi seni bir gezintiye çıkarayım," dedim.

Tuhaf ama kabul etti. "Nereye gidelim?"

"Rodalquilar'a gidelim."

"Çok iyi olur. Bütün gün dışarı çıkmadım zaten." Yürüyüşten sonra belli ki kurt gibi acıkmıştı. Muzlu karışımı çizgi gibi dudaklarına daha önce onda görmediğim bir iştahla götürüyordu.

Tekerlekli sandalyeyi arabaya iterken yol, uzayan, bitmek bilmeyen kıvrımlara ayrılıyordu. Cumartesi gecesiydi. Köy, aileler ve çocuklarıyla doluydu. Sanırım onunla ben de aileydik. O ağır gövdesini itme, kaldırma işi bana vız geliyordu. Alışık olmadığım, canavarca bir öfkeyle tekerlekli sandalyesini istesem başımın üstüne bile kaldırabilirdim. Annem bunca zaman beni yanında tutmuştu, umut ve umutsuzluk arasında sonsuza dek asılı kalayım diye.

Nihayet Berlingo'ya oturabildiğinde ben de vitesi ayarlamaya çalışıyordum. Bana, emniyet kemerini bağlamakla uğraşmayacağını söyledi.

"Bunu güvenoyu olarak kabul ediyorum," dedim.

"Rodalquilar'da biriyle mi buluşacaksın Sofia?"

"Bildiğim kadarıyla hayır."

Kestirmeden gitmek için otobana girmeyip bozuk yola saptım. Hava sıcaktı. Kararan gökyüzüne bakmak için penceresini açtı. Yıkıntıların arasındaki toprağa gömülü paslı direklerde SATILIK ilanları vardı. Yıkıntıların yakınlarında da bir bahçe vardı. Uzun, çiçekli bir kaktüs, sarı dikenli armutlarının ağırlığından eğilmişti. Tehlikeli çukurlar ve irili ufaklı taşlarla dolu bir yoldan ön cama toz toprak püskürterek geçiyorduk.

Yeni otobana çıkana kadar önümü göremez halde sürdüm.

"Su istiyorum Sofia, çok susadım."

Benzincide durup Rose'a su almak için markete koştum. Tezgâhın üzerinde bir yığın porno filmi, bir dizi anahtarlık, bir şişe köy şarabı ve seramik bir domuz kumbara vardı.

Tekrar yola çıktığımızda arabanın saati 08:05'i gösteriyordu, sıcaklık 25 dereceydi, hız da saatte 120 kilometre. Paslanmış bir dönme dolap, son kez atılan ucuz bir kahkaha, açık kalmış bir ağız gibi çölün ortasında terk edilmiş duruyordu.

Arabayı emniyet şeridinde durdurdum. "Hadi biraz gün batımına bakalım," dedim.

Seyredecek gün batımı manzarası yoksa da Rose fark etmişe benzemiyordu.

İnip tekerlekli sandalyeyi dışarı çıkardım ve on beş dakika boyunca onun ağır bedenini taşıdım. Rose önce koluma, sonra omzuma tutundu ve sonunda kendini tamamen sandalyeye bıraktı.

"Ne bekliyorsun Sofia?"

"Hiç. Sadece soluklanıyorum."

Beyaz bir kamyon uzaktan bize doğru geliyordu. Kasası, kölelerin plastik örtüler altında bunaltıcı sıcaklarda yetiştirdiği domateslerle yüklüydü.

Annemin tekerlekli sandalyesini yolun ortasına kadar sürdüm ve onu orada bırakıp arabaya döndüm.

Kubbe

Geceleri Gómez kliniğinin mermer kubbesi, bahçesindeki sukulentlerin arasında gizlenen lambalarla aydınlanınca hayalet gibi bembeyaz bir memeyi andırıyordu. Dağın tepesindeki anaç bir deniz fenerinin damarlı, sütlü mermerinden de mor deniz lavantaları fışkırıyordu. Sakin ama tekinsiz bir gecede, parlak yıldızların altında ışıldayan bir memeydi o da. Bir deniz feneri nasıl oluyordu da çölün ortasında huzurumu kaçırıyordu, tüm vücudumu tir tir titretecek neyi işareti ediyordu bana? Deniz fenerlerinin tehlikelerden uzak durmamıza yardım etmesi, bizi güvenli limanlara yöneltmesi gerekir. Ama bana öyle geliyordu ki, hayatımın büyük bir kısmında benim için asıl tehlike annemdi.

Kubbenin cam kapıları neden burada olduğumu ya da ne bulmayı umduğumu bilmeden sessizce açıldı. Genç bir erkek doktor, telefonuyla uğraşırken sırtını bir sütuna yaslamış duruyordu. Işıklandırma zayıftı, etraf alacakaranlık gibi loştu. Orada mı değil mi bilmiyor, olsa bile onunla ne yapacağımı kestiremiyordum ama yine de Gómez'in muayene odasına doğru yürüdüm. Gidecek başka yerim yoktu. Meşe kaplama kapıya vurdum. Parmaklarımın değdiği ahşaptan, üzerine düşen her şeyin paramparça olduğu buz gibi mermerin aksine, derin, yankılı, sıcak bir ses dağıldı. Cevap gelmedi, ben de ağır kapıyı omzumla ittim, açıldı. Oda karanlıktı. Bilgisayar ve panjurlar kapalı, Gómez'in sandalyesi boştu. Yine de orada birinin olduğunu hissedebiliyordum. Oda garip kokuyordu, karaciğer ya da kan gibi, koyu bir iç organ kokusu sinmişti havaya. Yere baktım. Gómez, odanın uzak bir ucunda karnının üstünde yatıyor ve bir karton kutuya bakıyordu. Ayakkabılarının tabanını ve kır saçlarının üstüne kondurduğu gözlüklerini seçebiliyordum. Odada kimin olduğunu görmek için başını çevirdi ve beni görünce irkildi. Parmağıyla sus işareti yapıp yaklaşmam için eliyle işaret etti. Kutuya doğru güvercin adımlarla yürüdüm, sonra yanına diz çöktüm. Jodo doğurmuştu. Üç küçük, ıslak, buruşuk yaratık, annelerini emiyordu. O ise yan yatıyor, arada bir kürkündeki kurumuş kanı yalıyordu.

Gómez kulağıma yaklaştı. "Görüyor musunuz gözleri nasıl da sımsıkı kapalı? Annelerini henüz göremiyor ama kokusunu alabiliyorlar. Her biri kendine bir meme seçti. İçlerinde en güçlüsü şu beyaz olan. Sütün akışını hızlandırmak için pençeleriyle annesini yoğuruyor."

Jodo, Gómez'in parmakları kürklü kafasını hafifçe okşarken endişeyle ona bakıyordu.

"Sıcak tutmak için yavrularından birini yalıyor. Bakın, en zayıfları o, görüyor musunuz? Şu cılız şeyi yalıyor ve ona kokusunu bırakıyor."

Acilen konuşmamız gerektiğini söyledim. Hemen.

Başını salladı. "Doğru zaman değil. Randevu almanız lazım Sofia. Ayrıca çok yüksek sesle konuşuyorsunuz, hayvanlarım korkuyor."

Hıçkıra hıçkıra ağlamaya başladım. "Sanırım annemi öldürdüm."

Jodo'yu okşuyordu. Bir anda parmağı duraksadı. "Peki bunu nasıl yaptınız?"

"Yolun ortasında bıraktım onu. Biliyorsunuz, yürüyemiyor."

Parmağı beyaz kürkü okşamaya devam ediyordu. "Yürüyemediğini nereden biliyorsunuz?"

"Yürüyebiliyor. Ama yürümeyi beceremiyor."

"Ne demek bu?"

"Hızlı yürüyemiyor."

"Hızlı yürüyemediğini nereden biliyorsunuz? Yaşlı değil ki."

"Yeterince hızlı yürüyemiyor."

"Ama yürüyebiliyor?"

"Bilmiyorum. Bilmiyorum."

"Onu yolda bıraktıysanız yürüyebildiğini biliyorsunuzdur."

Annelerinin memelerini emip yumruklayan, yalayıp çekiştiren yavruların kafalarının üzerinden fısıldaşıyorduk.

"Anneniz ayağa kalkıp yol kenarına geçecektir."

"Ya kamyon durmazsa?"

"Ne kamyonu?"

"Karşıdan bir kamyon geliyordu."

"Karşıdan mı?"

"Evet. Bize doğru yaklaşıyordu."

"Ama uzaktaydı?"

"Evet."

"O zaman kamyondan uzaklaşıp yürüyecektir."

Gözyaşlarım yavruların üzerine dökülüyordu.

Gómez beni kutudan uzaklaştırdı.

Yere oturup kollarımla dizlerime sarıldım. "Annemin nesi var?"

"Jodo'yu rahatsız ediyorsunuz."

Kalkmama yardım etti ve beni muayene odasından hızla çıkardı. "Ücretinizi iade ettim. Şimdi benim bahçeyi sulamam ve hayvanlarımla ilgilenmem gerekiyor." Saatine baktı. "Ama aklıma takılan bir şey var: Sizin neyiniz var?"

"Annem yaşıyor mu öldü mü bilmiyorum."

"Evet. Mutsuz annelerin tüm çocukları bundan korkar. Kendilerine her gün bu soruyu sorarlar. Annem neden yaşayan bir ölü? Annenizi yolun ortasında bıraktınız. Belki de onun hayatını kurtarmak için gösterdiğiniz bu meydan okumayı anlayacaktır. Onun hayatı. Onun bacakları. Yaşamak istiyorsa, kendini kurtaracaktır. Ama bunun onun kararı olduğunu kabul etmek zorundasınız."

Yaşamak istemeyebileceği aklıma hiç gelmemişti.

"Kafanızı bilerek karıştırıyorsunuz," dedi. "Bilmezliğe sığınıyorsunuz. Size artık onun yürüyememesiyle ilgilenmediğimi söylemiştim. Dediklerime kulak verin artık, lütfen."

Köyün şamanıydı sanki. Bana yolu gösteriyordu. "Eve dönmeden önce altı kat merdiveni koşarak çıkın," dedi.

İşe yaramazın teki aslında. Hiçbir şey bildiği yok. Altı kat merdiveni koşarak çıkın. Ne demek bu? Eskiden büyükannem beni başından savmak istediğinde söylerdi böyle şeyler.

"Ölülerimizin yasını tutarız ama hayatımızı ele geçirmelerine izin veremeyiz."

Son sözleriydi bunlar da. Muayene odasına dönüp kapıyı kapattı. Son veda gibi bir şeydi. Sanki *artık işimiz bitti*, diyordu. Gómez, hastasının zihniyle dans etmiş ve kızının da yardımıyla ona bir çeşit tedavi uygulamıştı ama işin sonunda annemin zihni mi yoksa benimki mi hastalıklıydı emin olamıyordum.

Teşhis

Rose, gümüş rengi denize bakan evimizin pencere kenarında, ayakta duruyordu. Plaj hemen hemen boştu. Birkaç genç, yıldızların altında gülüşerek kumda yalınayak yatıyordu.

Annem çok uzun.

"İyi akşamlar, Fia." Sesinde tehlikeli bir sakinlik vardı.

Oturdum ve ayakta durmasını izledim. Aşağıdan bakınca, kafamın üstünden yükselen bir kuleye benziyordu. Annemi dikey görmek ilginçti. Çözülüp açılmış gibiydi. Tuhaf bir hisse kapılıp, acaba hayalet olabilir mi, diye geçirdim içimden. Öldüğünü ve dirilip yeni bir kadın olarak geri döndüğünü düşündüm. Önemsediği tek şey bir ilacı kutusundan çıkarmak olmayan, enerjiyle dolu, dikkatli, uzun boylu bir kadın. Yıllar önce bana samanyolunu şöyle yazmam gerektiğini söyleyen –*γαλαξίας κύκλος* – ve Aristoteles'in, babamın doğduğu yer olan Selanik'in otuz dört mil doğusundaki Halkidiki'de samanyoluna gözlerini dikip baktığını hatırlatan kadın. Pocklington'a dört mil uzaktaki Doğu Yorkshire'ın Warter köyünde yedi yaşındayken baktığı yıldızlardan hiç söz etmemişti. Yorkshire Wolds'da kardelenler arasında sırt üstü yatıp hayatı üzerine büyük planlar yapmış mıydı acaba?

Bence yapmıştı. Gökyüzüne bakıp nereyi düşlemişti?

"Jodo'nun yavruları oldu," dedim.

"Kaç tane?"

"Üç."

"Ah, öyle mi? Annelerinin sağlığı iyi mi peki?"

Yavruları sormayışı dikkatimden kaçmamıştı.

"Bir bardak su rica ediyorum," dedim.

Biraz düşündü. "Lütfen, de."

"Lütfen."

Mutfağa gidişini izledim, buzdolabını açılmasını, suyun bardağın içine akışını duydum. Bana su getiriyordu.

Hayatım boyunca ona servis yapmıştım. Garsondum ne de olsa. Ona hizmet ediyor, onu bekliyordum. Aslında neyi bekliyordum? Kendisi için bir şey yapmasını ya da görmezden geldiği benliğinden dışarı çıkmasını bekliyordum. Kasvetli yolculuklardan kurtulmasını, esaslı bir hayata bilet almasını bekliyordum. Benim için de fazladan bir bilet almasını bekliyordum. Evet, hayatım boyunca beni de düşünsün, bana da yer ayırsın diye bekledim.

Bardağı kaldırdım. "Şerefe."

Sahildeki beton terasın kapısı tatlı bir esintiyle kendiliğinden açıldı. Deniz yosunları ve kızgın kumların keskin tuz kokusunu taşıyan sıcak bir çöl esintisiydi. Dalgalar sahile vuruyordu, bilgisayarım terastaki masada duruyordu. Ekrandaki Çin malı yıldızlar, İspanya'nın sahici gece yıldızlarının altında belli belirsiz ışıldıyordu. Yaz boyu o dijital samanyolunda, ayda yürüyüş yapmıştım. Orası sakindi. Ama ben sakin değilim. Zihnim, tilkilerin geceleri baykuşları yediği otoban kıyıları gibi. Kümelerce yıldızın içinde, ekranda silikçe parlayan yörüngelerin üzerinde koşuyor, o sanal evrenin tozuna ve ışıltısına ayak izlerimi bırakıyordum. Teknolojinin de tıpkı medusa gibi bana geri baktığı ve bu bakışla beni taşa çevirdiği, tüm zor şeylerin gerçekleştiği yere, dünyaya inmekle korkuttuğu, çıkış ücretlerinden, barkodlardan ve çıkar elde etmek için çok fazla kelimeye ihtiyaç duyulmasından, buna karşın acıyı anlatırken kelimelerin kifayetsiz kalmasından bahsettiği olmadı hiç.

"Bugün yürüyüşe çıktım," dedi annem. "Seninle iyi haberleri paylaşmak hep çok zor gelirdi eskiden.

"Evet. Benimle iyi haberleri hiç paylaşmadın."

"Seni umutlandırmak istemedim."

"Beni hiç umutlandırmak istemedin."

"Beni eve bırakan kamyoncuyu anlatmamı ister misin?

"Hayır. O adam hakkında hiçbir şey bilmek istemem."

"Kadındı. Kamyoncu bir kadındı."

Rose, elindeki su bardağını bırakıp yanıma geldi. "Ehliyetsiz araba kullanmayı bırak Sofia. Gecenin körü olduğu halde farlarını açmamıştın. Hayatından endişe ettim. Artık seni şoför olarak düşünemiyorum."

"Evet," dedim. "Şoför olan sensin. Evin sahibi de sensin. Bir de kendi çıkarına olan şeyler yapmaya başlasan çok iyi olacak."

"Denerim."

Kiralık dairemizdeki sert, yeşil kanepeye, yanı başıma, hiç zorlanmadan oturdu. "Kendi yararıma olan şeyler yapmaya çalışacağım, aynı zamanda Amerika'da doktoranı bitirdiğini de hayal edeceğim."

Peki ben onun için ne hayal ediyordum?

Bilekten kayışlı şık ayakkabılar giydiğini hayal ediyorum. Elmas taşlı kol saatiyle bana işaret ediyor, sinemaya geç kalacağımızı, daha hızlı yürümem gerektiğini söylüyor. Biletleri o almış. Evet, yerlerimizi de o seçmiş. Daha hızlı yürü Sofia, daha hızlı (kol saatini gösteriyor), fragmanları kaçırmak istemiyorum.

"Bir şey daha var Sofia."

"Gómez zaten söyledi bana."

"Ne söyledi?"

"Parayı iade edeceğini."

"Ah, evet," dedi. "Çok iyi bir doktor o. Bunu yapmasına gerek yoktu."

Konuşmaya devam etti. Başta Sofokles[44] dediğini sandım. Üç kere Sofokles diye tekrar etti sanki. Sonra fark ettim ki özafagus[45] diyordu. Özafagus.

Ardından endoskopinin sonucunu anlattı.

Uzun bir süre geçti. Gangster saati tik tak ediyordu. Dalgalar kumları yıkıyordu.

Başımı omzuna koydum. "Bu gerçek olamaz anne."

---

44 Antik Yunan'da yaşamış bir trajedi yazarı. (ç.n.)

45 Yemek borusu. (ç.n.)

Ölüme teslim olmak, yaşamaya teslim olmaktan daha mı kolay?

Ona bakmak için yüzümü çevirdim.

Uzunca bir süre bana baktı. Gözleri kupkuruydu. "Böyle bakman çok kaba," dedi. "Ama senin beni izlediğin gibi ben de seni böyle yakından izlerdim. Anneler böyledir. Çocuklarımızı izleriz biz. Hatta bakışlarımız öyle güçlüdür ki çoğu zaman bakmıyormuş gibi yaparız."

Dalgalar yükseliyor ve tüm medusaları kendine katıp savuruyordu. Belirsizliğe sürüklenen denizanalarının kamçıları, bağlarından kopmuş bir şeye benziyordu; plasentaya, paraşüte, belki de yurdundan edilmiş bir mülteciye.